十二国記

2

風の海、迷宮の岸

옮긴이 추지나

대학에서 일본지역학을 전공했다. 출판 편집자로 일하다 지금은 일본 문학 전문 번역가로 활동하고 있다. 옮긴 작품으로는 오노 후유미의 십이국기 시리즈를 비롯해, 『잔예』, 『귀담백경』, 『시귀』, 『흑사의 섬』, 미야베 미유키의 『지하도의 비』, 오카모토 기도의 『한시치 체포록』, 나쓰키 시즈코의 『W의 비극』 등이 있다.

이 도서의 국립중앙도서관 출판예정도서목록(CIP)은
서지정보유통지원시스템 홈페이지(http://seoji.nl.go.kr)와
국가자료종합목록 구축시스템(http://kolis-net.nl.go.kr)에서 이용하실 수 있습니다.
(CIP제어번호 : CIP2014032904)

십이국기 2

바람의 바다 미궁의 기슭

小野不由美
오노 후유미 지음, 추지나 옮김

엘릭시르

風の海、迷宮の岸

차례

十二國記 2

십이국 전도

十二國全圖

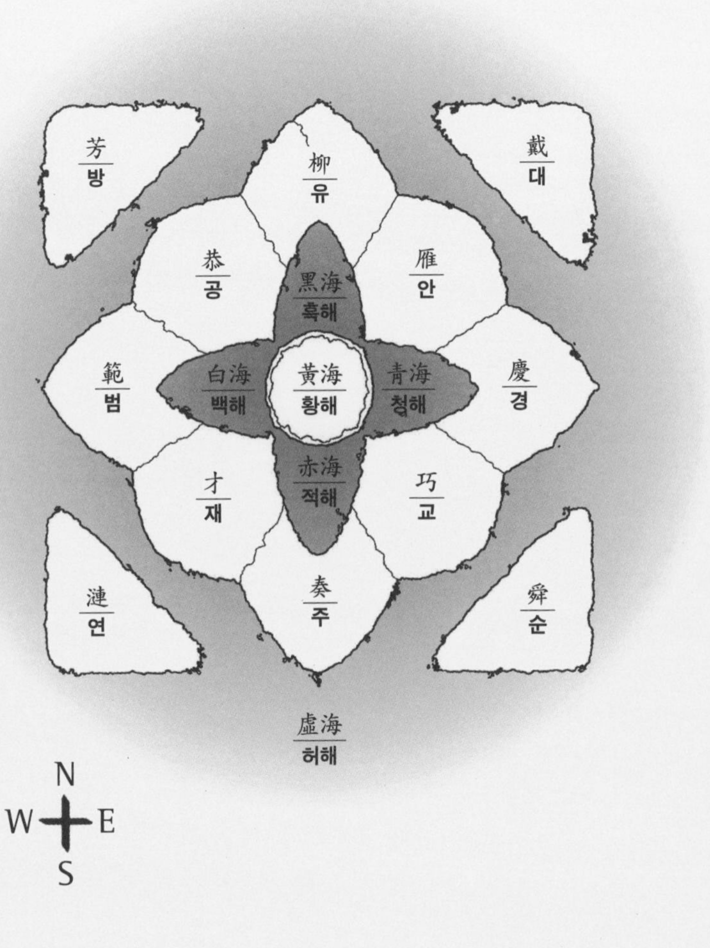

芳 방
柳 유
戴 대
恭 공
雁 안
黑海 흑해
範 범
白海 백해
黃海 황해
靑海 청해
慶 경
赤海 적해
才 재
巧 교
奏 주
漣 연
舜 순
虛海 허해
N
W
E
S

국명과 국씨

國名 · 國氏

사대국 四大國

경동국 慶東國 — 경 景

주남국 奏南國 — 종 宗

범서국 範西國 — 범 氾

유북국 柳北國 — 유 劉

사주국 四州國

안주국 雁州國 — 연 延

공주국 恭州國 — 공 供

재주국 才州國 — 채 采

교주국 巧州國 — 각 塙

사극국 四極國

대극국 戴極國 — 태 泰

순극국 舜極國 — 순 徇

방극국 芳極國 — 봉 峯

연극국 漣極國 — 염 廉

봉산의 지리

蓬山 地理

봉려궁蓬廬宮

산 중턱의 작은 궁전. 오산에서 사는 자의 유일한 주거지.

◎노천궁露茜宮 — 다이키의 침전.

◎자련궁紫蓮宮 — 게이키가 봉산에 있을 적에 머물렀던 궁.

◎단계궁丹桂宮 — 바깥과 가장 가까우며 봉려궁 안에서 가장 큰 궁.
천칙天勅을 받기 위해 이 궁에 머무르며 길일을 기다리는 것이 관례이다.

◎백귀궁 白龜宮

◎해동궁海桐宮

운제궁雲梯宮

봉려궁 북쪽, 낭떠러지 기슭에 있다. 천칙을 받을 때, 주칠을 한 문 너머에 봉산 꼭대기와 통하는 투명한 계단이 생긴다.

보도궁甫渡宮

봉려궁 바깥에 위치한 별궁.

황해도

黃海圖

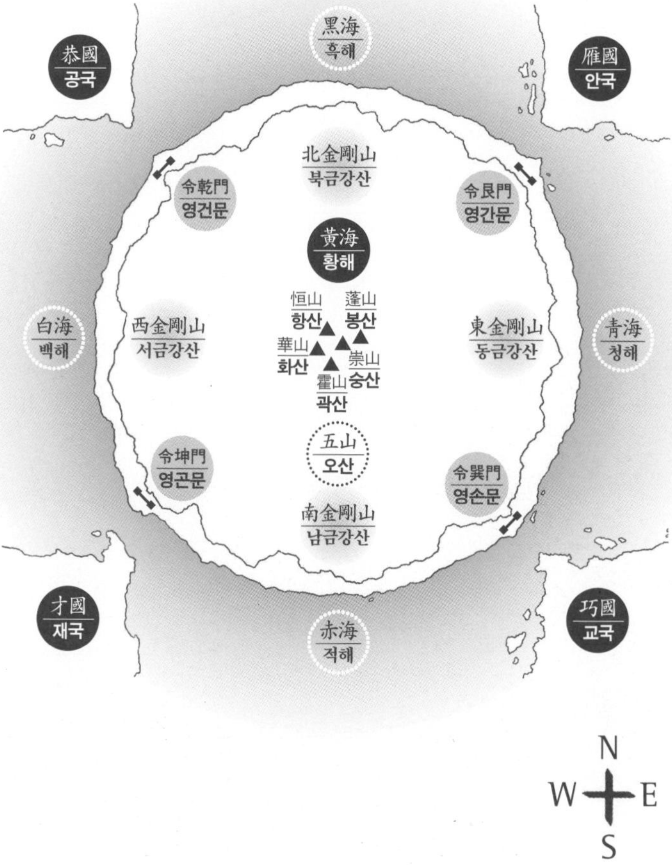

黑海
흑해
恭國
공국
雁國
안국
北金剛山
북금강산
令乾門
영건문
令艮門
영간문
黃海
황해
恒山
항산
蓬山
봉산
白海
백해
西金剛山
서금강산
華山
화산
崇山
숭산
霍山
곽산
東金剛山
동금강산
青海
청해
五山
오산
令坤門
영곤문
令巽門
영손문
南金剛山
남금강산
才國
재국
巧國
교국
赤海
적해
N
W
E
S

十二國記、風の海 迷宮の岸、小野不由美

프롤로그

눈이 내렸다.

크고 묵직한 눈송이가 차가운 공기를 가르며 거세게 몰아쳐 내렸다. 드높은 곳을 올려다보면 엷은 잿빛의 무수한 그림자가 순백의 하늘을 물들이고 있다. 춤추듯 떨어져 종이에 물이 번지듯 빠르게 시야를 가로지르는 잿빛 그림자는, 눈으로 좇는 사이에 하얗게 바뀌어 있었다.

그는 어깨에 살짝 내려앉은 눈송이 하나를 바라보았다. 솜털 같은 결정이 보일 정도로 크고 무거운 눈이다. 하얀 결정은 쉴 새 없이 어깨에서 팔로, 다시 새빨개진 손바닥으로 떨어져 머물다가 투명하게 바뀌며 녹는다.

그는 벌써 한 시간째 거기에 서 있었다. 잘 익은 사과처럼 빨개진 작은 손도 바지 아래 드러난 무릎도 감각이 없었다. 문지르고 끌어안아도 차가울 뿐이라 이제는 쏟아지는 눈을 멍하니 바라보면서 그저 오도카니 서 있을 수밖에 없었다.

북쪽 안뜰이었다. 좁은 마당 구석에 오래도록 사용하지 않은 창고가 있다. 토담에 생긴 균열이 으스스하다. 안채, 창고, 토담으로 삼면이 둘러싸여 있지만 바람도 없이 그저 춥기만 한 이 시기에는 아무런 도움도 되지 않는다. 정원수라 부를 만한 나무도 없다. 여름이 가까워지면 범부채꽃이 피지만 지금은 맨땅에 눈이 남긴 하얀 얼룩으로 물들어 있을 뿐이다.

'은가이 고집 쎄다 안 하나.'

간사이 지방에서 시집온 할머니는 지금도 고향 사투리가 남아 있다.

'울면 차라리 귀엽기라도 하재.'

'어머니, 아무리 그래도 말씀이 너무 심하세요.'

'너그가 응석을 받아준께 고집만 이리 쎄졌다 아이가.'

'하지만…….'

'요새 젊은 아들은 저거 새끼들 비위만 맞춰싸코. 아아는 엄하게 갈키라 케도.'

'하지만 어머니, 감기 걸리겠어요.'

'아아는 눈 요거 갖고 감기 안 걸린다. 지가 잘몬했다 카기 전까지는 집안에 들오지 말라 케라. 알았나?'

처음에는 누가 세면장 바닥에 물을 흘려놓고 닦지 않았느냐는 별것 아닌 문제였다. 동생은 그라고 말했고, 그는 자신이 아니라고 했다. 기억에 없는 일이라 숨김없이 말한 것뿐이다. 평소에 할머니는 그에게 거짓말이 가장 나쁘다고 했기에 자신이 범인이라고 거짓말할 수 없었다.

'솔찍하게 잘몬했다고 케라.'

할머니의 엄한 꾸짖음에 자기가 하지 않았다는 말만 되풀이할 따름이었다.

'니가 안 하면 누가 한기고?'

범인을 모르니 모른다고 했다. 그렇게 말할 도리밖에 없었다.

'와 이리 고집이 쎄노.'

예전부터 계속 들어왔던 말이라 그는 어린 마음에도 자신이 고집이 센 줄 알고 있었다. '고집'이란 말의 뜻을 정확히 알지는 못했으나 자신은 '고집통이'라서 할머니가 자신을 싫어하는 거라고 생각했다.

당황하는 바람에 눈물조차 나오지 않았다. 할머니는 용서를 빌기 바랐지만 잘못을 인정하면 할머니가 세상에서 가장 싫어하는 거짓말을 하게 된다. 그는 어찌해야 좋을지 알 수가 없어 그저 얼어붙어 있었다.

눈앞에는 복도가 가로놓여 있다. 복도의 커다란 유리창 너머는 거실 미닫이문이다. 반쪽이 유리로 되어 있는 미닫이문을 통해 거실에서 말다툼하는 할머니와 엄마의 모습이 보였다.

두 사람이 싸우는 것이 안타깝다. 언제나 싸움에서 지는 엄마. 엄마는 그럴 때면 항상 욕실을 청소하며 남몰래 눈물짓곤 한다는 사실을 알고 있었다.

—엄마, 또 우실까.

그런 생각을 하며 멍하니 서 있었다. 조금씩 발이 저려온다. 한쪽 발에 체중을 싣자 무릎이 삐걱거리는 소리를 내며 아팠다. 발끝은 감각이 없다. 무리해서 움직이자 차갑고 예리한 아픔이 전해졌다. 무릎에서 녹은 눈이 차가운 물방울이 되어 정강이로 흘러가는 것이 느껴졌다.

그가 아이 나름의 무거운 한숨을 지었을 때였다. 목덜미에 바람이 닿았다. 차갑고 거친 바람이 아닌 봄날처럼 포근한 바람이다. 주변을 둘러보았다. 누가 자신을 가엾게 여겨 문을 열어주었다고 생각했다.

하지만 둘러보아도 창문은 전부 꼭 닫혀 있다. 그를 살펴보는 그림자조차 없다. 고개를 갸웃거리고 다시 한번 주변을 둘러본다. 따뜻한 공기는 지금도 그가 있는 곳으로 흘러왔다.

시선이 창고 옆쪽에 미쳤다. 그는 휘둥그레 뜬 눈을 몇 번 슴벅였다. 창고와 토담 사이에 난 아주 좁은 틈새로 하얀 것이 나와 있다. 사람 팔처럼 보였다. 창고의 그림자 속에서 어깨까지 내민 팔은 하얗고 통통한 맨살을 그대로 드러내고 있었다. 팔 주인의 모습은 보이지 않는다. 아무래도 창고 뒤에 숨어 있는 모양이다.

참으로 이상했다. 창고와 담 사이에는 아주 좁은 틈밖에 없다. 어제는 좁은 틈에 떨어진 야구공을 잡을 수 없어 동생이 울음을 터뜨렸다. 그나 동생의 작은 몸으로도 틈새 안으로는 팔을 집어넣는 것이 고작이었다. 어른 같은데 대체 어떻게 저 틈에 몸을 숨겼을까.

팔꿈치 아랫부분이 헤엄치듯 움직였다. 팔이 자신을 부르고 있음을 깨닫고 그는 걸음을 떼었다. 마치 소리가 날 것처럼 얼어붙어서 마비된 무릎이 어색하게 움직였다.

따뜻한 공기가 그쪽에서 흘러들었기 때문에 겁은 나지 않았다. 몹시 추운데다, 정말로 어찌하면 좋을지 몰라서 자신을 부르는 곳을 향해 걸어갔다.

눈은 이미 지면을 덮어 그의 작은 발자국을 남길 정도로 쌓였다. 하얗던 하늘은 먹이 번진 듯한 빛깔로 변했다.

짧은 겨울 해가 기울고 있다.

1장

001

생명이 어디에서 오는지 아는 이는 없다. 더군다나 인간이 아닌 존재라면 더욱 그렇다.

생명과 의식은 그녀 안에 느닷없이 깃들었다.

그녀가 하얀 나뭇가지 아래에서 눈을 떴을 때 머릿속에는 단 하나의 말밖에 없었다.

—다이키.

몸을 일으키는 동안 머릿속에 가득차서 넘친 그 말에, 그녀는 모든 사정을 파악했다.

자신이 누구인지, 무엇을 위해 존재하는지, 무엇이 가장 중요한지.

—다이키.

그 말은 상반신을 일으킨 후에도 그녀의 머릿속에서 넘쳐 몸 안에 뚝뚝 떨어졌다.

마치 떨어지는 물을 몸속 깊은 곳에서 받아내려는 듯이 그녀는 일으킨 상체를 젖혔다. 하늘을 향해 얼굴을 들고 눈을 감는다. 눈물이 관자놀이 쪽으로 흘러내려, 아직 젖어 있는 머리카락 속으로 녹아들었다.

힘이 들어가지 않는 다리를 움직이자 발끝에 축축한 흙과 금빛 파편이 닿았다.

파편은 조금 전까지 그녀를 감싸고 있던 껍데기였다. 흙이 머금고 있는 수분은 껍데기 안에 가득했던 물질이다. 그녀는 방금 알에서 부화했다. 그녀를 감쌌던 금색 알은 나뭇가지에서 떨어져 깨졌다.

그녀는 한동안 알의 파편을 보다가 시선을 들었다. 눈앞에는 가느다란 흐름처럼 하얀 가지가 늘어져 있었다. 머리 위로 뻗어 있는 은백색 가지는 희미한 빛을 뿜으며 아득히 높은 공중을 덮은 단단한 암반에 빨려들어가 있다.

길게 늘어진 가지에는 금빛 과실 몇 개가 혹처럼 열려 있었다. 아직 생명이 깃들지 않은 알이다. 배운 것도 아닌데, 자신도 조금 전까지 똑같이 그곳에 열려 있었음을 그녀는 알았다.

생명이란 그렇게 탄생하는 것이다.

—다이키.

그녀는 네 다리에 힘을 주어 일어났다. 다시 눈물이 흘렀다.

난생처음 바깥공기에 닿은 눈동자를 지키려는 생리적인 반응이다. 하지만 뜨거울 정도로 따뜻한 물방울의 감촉은 자신도 모르게 몸속에서 흘러나온 단 하나의 말이 주는 감촉처럼 느껴졌다.

다이키, 다이키. 부르짖는 그녀의 눈에서 눈물이 흐른다.

똑바로 일어나자 머리카락이 가지에 걸렸다. 그녀는 땅을 밟고 있는 네 다리와는 별개의 두 팔로 머리카락을 풀었다.

"부화했나 보구나."

갑자기 들려온 목소리에 그녀는 소리가 난 쪽을 보았다.

주위는 어슴푸레한 어둠으로 둘러싸여 있다. 머리 위에서 늘어진 가지만이 하얗게 인광을 발하고 있다.

눈이 조금 익자 그곳이 거대한 동굴 안임을 알 수 있었다.

거대한, 실로 거대한 반구형 동굴 한가운데에 하얀 가지가 늘어져 있다. 제대로 말하면 그녀를 뒤덮듯 늘어진 것은 가지가 아니라 뿌리다. 가늠할 수 없을 정도로 높은 천장 중앙에서 암반을 뚫고 그녀가 선 발치까지 빼곡하고 가늘게 뿌리가 뻗어 있었다.

흠. 가까이서 목소리가 들렸다.

"훌륭한 여괴女怪로군."

그녀는 다시 한번 목소리가 나는 곳을 찾았다.

이번에는 손쉽게 찾을 수 있었다. 그녀의 발치에서 그리 떨어져 있지 않은 곳에 허리가 굽은 노파가 서 있었다.

노파는 몸집이 몹시 작았다. 키가 그녀의 가슴께까지밖에 오지 않는다. 노파는 발돋움하며 삭정이 같은 팔을 뻗어 올려서 그녀의 젖은 등에 달라붙은 머리카락을 쓰다듬었다.

"여자고."

말하면서 볼을 어루만진다.

"머리는 물고기."

어깨를 살짝 두드린다.

"상체는 사람."

등으로 돌아간 손이 더 아래로 내려가 등줄기를 두드렸다.

"아래는 표범. 꼬리는 도마뱀이구나. 잘 섞였어."

노파는 위쪽 등줄기와 아래쪽 등줄기 사이, 긴장되어 단단해진 부근을 가볍게 눌렀다.

"자, 그리 울지 마라. 이리 와."

그녀는 노파에게 떠밀려 걸었다. 걸을 때마다 눈물이 떨어져 마른땅에 얼룩이 진다.

그녀는 노파의 걸음에 맞춰 발처럼 늘어진 하얀 뿌리를 빠져나갔다. 천천히 오랜 시간을 들여 동굴을 가로질렀다. 천장 암반이 이룬 곡선과 지면이 교차한 곳에 굴처럼 생긴 좁은 계단 통로가 있었다.

“산시로 하자꾸나.”

한참 뒤에 노파가 중얼거렸다.

“오구 산汕에, 아들 자子다. 너를 앞으로 산시라 부르마.”

그녀는 좁고 어두운 돌계단을 묵묵히 오르면서 노파의 목소리를 들었다.

“성은 하쿠白다. 이는 봉산에 열린 여괴의 숙명.”

크게 굽은 돌계단을 오르자 갑작스레 빛이 보였다.

“성을 준 것은 네 사명이 무거운 까닭이다. 그것을 잘 새겨두렴.”

그녀는 고개를 끄덕였다. 무엇을 뜻하는지는 말하지 않아도 알고 있다.

그 무게를 한 계단씩 가슴에 새기며 묵묵히 돌계단을 올라가는데 느닷없이 시야가 트였다. 어느새 폭이 넓어진 돌계단의 정면에 큼직하고 네모난 구멍이 빼끔하게 뚫려 있었다.

그녀는 걸음을 멈추었다.

올려다보이는 구멍으로 뻥 뚫린 듯이 드높은 연청빛 하늘과 그곳을 향해 뻗은 눈부신 하얀 나무가 보였다. 보이는 것은 그뿐이었다. 겨우 멈추었던 눈물이 다시 넘쳐났다.

노파가 등을 두드렸다.

"어서 가려무나."

그녀는 달렸다. 막 태어난 다리로 난생처음 달렸다.

돌계단을 끝까지 올라가 햇살 속으로 뛰쳐나가자 찌르는 듯한 빛에 눈물이 흘렀다. 그러나 멈추지 않고 곧장 나무로 달려갔다.

그녀는 뿌리에 열렸다. 가늘고 길게 늘어진 뿌리에 비해 나무는 낮고 굵직했다. 이끼 낀 암반 위, 하늘을 등지고 곧게 뻗은 나무의 하얗디하얀 가지에는 금빛 열매가 하나 열려 있었다.

"다이키."

목소리가 처음으로 목을 넘어왔다.

그녀가 열린 뿌리와 마주보는 듯한 위치에 과실이 있다. 아직 작고, 양손으로 감쌀 정도의 크기밖에 되지 않았다. 햇살이 채 마르지 않은 예민한 피부를 찌르는 것을 느끼며 그녀는 열매를 양손으로 감싸고 볼을 가져다 댔다.

눈물이 멈추지 않는다.

"……다이키."

산시는 이 세상에 생을 얻었다.

002

세상의 한가운데에 황해黃海가 있다.

바다라고 해도 물은 없다. 그곳에는 시간과 바람만이 흐르고, 끝없는 사막과 끝없는 나무숲, 아니면 온통 늪지, 또는 줄줄이 이어진 바위산이 펼쳐져 있을 뿐인 산지다.

황해 중앙에 한층 높게 줄지은 산이 있다. 다섯 개의 준봉을 중심으로 복잡하게 뒤얽힌 그곳을 오산五山이라 한다.

중앙의 높은 산을 숭고崇高, 주위 사방에 줄지은 산을 각각 봉산蓬山, 화산華山, 곽산霍山, 항산恒山이라 부른다. 오래전에는 봉산을 태산泰山이라 했지만, 흉사가 있을 때마다 개명하여 천 년쯤 전부터는 봉산이라 불리고 있다.

특별히 오산은 서왕모西王母의 산이라 하고, 봉산은 왕부인王夫人의 산이라 한다. 나머지 네 산의 주인에 대해서는 설이 많아 분명치 않다. 진위야 어떻든 오산은 여신女神과 여선女仙의 땅이었다.

오산은 어느 산이고 하늘을 찌를 듯이 높지만, 기슭에 펼쳐진 황해와 마찬가지로 아무것도 없는 곳이다. 녹음과 바위와 물이 복잡기괴한 지형을 이루며 어우러져 있을 뿐인 그곳에 바람만 끊임없이 스쳐지났다.

봉산 중턱에 봉려궁蓬廬宮이라 불리는 작은 궁전이 있다. 여기가 봉산, 나아가서는 오산에서 사는 자들의 유일한 거처다.

"어머, 양귀비꽃이……."

데이에이禎衛가 작게 말하며 허리를 굽혔다.

샘에 양귀비 꽃잎이 여러 장 떠 있는 것을 발견했기 때문이다.

데이에이보다 두 걸음 정도 늦게 사잇길을 걷던 요카蓉可 역시 걸음을 멈추었다. 맑은 물 표면에 떠도는 불그스름한 꽃잎의 빛깔이 아름다웠다.

"양귀비원罌粟苑의 꽃일까요."

요카의 물음에 데이에이는 고개를 끄덕이고 꽃잎을 건진다.

"바람에 실려 날아왔겠지. 오늘은 이상하게 바람이 부네."

요카도 고개를 끄덕이고 머리 위를 올려다보았다.

봉산은 기암산이다. 특히 이곳 봉려궁이 있는 고지대는 이끼 낀 기암으로 이루어진 미로 같은 형태다.

기암이라는 말에 걸맞게 기묘하게 파인 바위가 위태롭게 치솟아 있다. 기암은 낮은 것도 사람 키의 세 배가 넘고 기암 사이를 누비듯 지나는 좁은 길은 여자 두 사람이 어깨를 나란히 하고 간신히 걸을 수 있을 정도밖에 되지 않는다.

데이에이는 사잇길을 걷다 말고 멈추어 서서 샘에 뜬 양귀비 꽃잎을 조심스레 건졌다.

그녀는 여선 중 한 사람이었다. 열여덟아홉 살의 처자로 보이지만 여선의 겉모습을 믿어서는 안 된다. 어떠한 경위로 언제 승선昇仙했는지 그녀 자신도 이제는 기억하지 못한다. 그만큼 오랜 시간 봉산에 있었던 것만은 확실했다. 쉰 명 남짓한 여선 중에서도 데이에이만큼 봉산에 오래 산 여선은 없다.

반대로 요카는 가장 신출내기 여선이다. 나이는 열여섯. 지극히 평범한 농가의 딸로 태어났지만 무슨 까닭인지 속세와 어울리지 못하고 열세 살에 승선을 맹세하며 오곡을 끊고 서왕모의 사당을 다닌 지 삼 년, 얼마 전에 만원滿願을 성취하여 오산에 올랐다.

따라서 요카의 봉산 생활은 결코 오래되지 않았다. 숭고산에서 수행을 마치고 봉려궁으로 옮긴 지 보름밖에 되지 않은 그녀에게도 오늘 바람은 어쩐지 기묘하게 여겨졌다.

평소에는 샛길을 산들산들 흐르던 바람이 오늘은 세차고 빠르다. 기암을 따라 상공으로 치부는가 싶더니, 내리 불며 곳곳에서 소용돌이쳤다. 날씨도 왠지 끄물거렸다. 구름이 조금 끼었을 뿐인데 묵직한 것이 낮게 깔린 듯한 느낌을 떨칠 수 없다.

"무슨 징조일까요?"

요카의 물음에 데이에이는 고개를 갸웃했다.

"글쎄, 오늘 아침 팔괘에 나온 예언에 따르면 무슨 일이 일어날 법하지는 않았는데. 아무튼 물을 마저 긷자."

"예."

요카는 들고 있던 들통을 샘에 담갔다.

샘 이름은 해동천海桐泉이라 한다. 기암의 밑동을 도려낸 듯이 생긴 바위 속에서 샘물이 솟아나고, 그 위를 뒤덮듯 튀어나온 다른 바윗부리에 해동목이 군생하고 있다.

물론 봉려궁의 샘은 해동천 하나가 아니다. 샘이 얼마나 있는지 세어본 괴짜는 없지만, 이름이 필요할 정도로 있는 것은 분명하다.

봉산에는 계절이 없다. 꽃은 일 년 내내 피고 진다. 지금도 해동목에서 떨어진 작고 하얀 꽃이 샘물 위에 거품처럼 떠 있다. 물에 해동화 향기가 배어 해동천 물을 계속 길어 올린 들통에서도 어느덧 향기가 날 정도였다.

해동화 향기가 나는 물은 봉려궁 안에 있는 대진묘大眞廟에서 봉산의 수호신인 왕부인의 목상을 깨끗이 닦는 데 쓰인다.

꽃을 피해 물을 긷고 대진묘로 향하려고 걸음을 내디딘 요카를 데이에이가 웃으며 불러 세웠다.

"어디로 가니."

"네? 부인의……."

데이에이는 소리 높여 웃었다.

"사당은 그쪽에 없어. 아직 길을 외우지 못했니?"

요카는 세 방향으로 갈린 좁은 길을 번갈아 보며 얼굴을 살짝 붉혔다.

"……그런 것 같네요."

봉산은 기암과 무수히 나뉜 샛길로 미로 같은 구조를 하고 있었다.

바른 길을 아는 사람은 봉려궁에 사는 자뿐이다. 여기에 사는 여선만이 무수하게 나뉘는 길 중에서 바른 길을 골라 빨래하기 좋은 시내로, 미역을 감기 좋은 못으로, 물 긷기 좋은 샘으로 갈 수 있었다. 아니면 작지만 양지바른 들판으로, 꽃밭으로, 채소밭으로. 또는 띄엄띄엄 있는 작은 궁에 이를 수가 있었다. 단, 요카처럼 봉산에 온 지 얼마 되지 않은 여선이라면 이야기가 다르다.

"어째서 이리 번거롭게……."

요카의 한숨 섞인 혼잣말에 데이에이가 웃었다.

"봉산공을 지키기 위해서인걸. 불편해도 좀 참아."

미로는 침입자를 대비한 방비다.

기암 위로는 사람이나 말이 도저히 다닐 수 없다. 요수妖獸라면 그것도 가능하겠지만, 봉려궁에는 몇몇 예외를 제외하고 요수의 출입은 금지되어 있다. 그리고 기암 사이를 누비는 사잇길은 좁다. 봉려궁을 찾은 자는 기마를 버리고 반드시 걸어 들어와야만 한다.

한 걸음 안으로 들어서면 대단한 미로가 펼쳐진다.

높은 기암은 시야를 가로막는다. 습기를 머금어 축축한 이끼로 뒤덮인 기암 사이의 좁은 길은 깔려 있는 포석 덕에 길 사정은 낫지만 이어져 있는 무수한 샛길과 굴로 인해 눈 깜짝할 사이에 방향을 잃을 것이 뻔했다.

봉려궁의 지리를 숙지하는 사람만이 길을 잃지 않고 이 세상에 단 하나밖에 없는 나무가 있는 고지대에 이를 수가 있다.

"아아, 역시 그렇군요."

미로 안쪽에 숨겨진 사신목捨身木, 사신목에는 기린麒麟이 열린다.

이 세상에서는 인간도 짐승도 그 밖의 것들도 모조리 하얀 나무에 열리지만, 기린이 열리는 나무는 봉산에 있는 사신목이 유일했다.

봉산은 기린이 태어나는 성지이다. 봉려궁은 기린을 위해 존재하고 그곳에 사는 여선 또한 기린을 위해 존재한다. 기린은 봉산의 주인이다. 따라서 봉산공이라 부른다.

데이에이는 고개를 끄덕였다.

"기린의 시중에 따르는 책임은 무거워. 하지만 이렇게 행복한 일도 없지. 태과泰果가 부화하면 너도 시중들어야 해. 마음을 단단히 먹어야 한다."

데이에이의 말에 요카는 눈동자를 반짝였다.

"제가 모셔도 되나요? 정말요?"

솔직히 요카는 조금 불만이었다.

봉산 여선의 임무는 기린의 시중을 드는 것. 그 외의 일은 잡일에 지나지 않는다. 지금 봉산에는 어린 기린이 있지만, 요카는 새내기라 기린을 모시는 일이 허락되지 않았다.

데이에이가 웃는다.

"먼저 길을 외워야지."

"예."

요카는 고개를 크게 끄덕였다.

사신목에는 얼마 전에 대국戴國의 기린 열매가 열렸다. 태과라 불리는 과실이었다.

요카는 아직 작은 과실을 떠올렸다.

태과가 익어 기린이 부화하기까지 열 달. 막 태어난 기린은 얼마나 사랑스러울까. 작은 기린을 바로 옆에서 섬기며 시중을 드는 것은 상상만으로도 이루 말할 수 없이 즐거운 일이었다.

어딘가에서 또 양귀비 꽃잎이 날아와서 샘물 위에 하늘하늘

떨어졌다.

003

"양귀비꽃이냐."

느닷없이 들린 목소리에 데이에이는 꽃잎을 건져 올리던 손을 멈추었다. 등뒤를 돌아보자 해동천 가까운 곳, 해동궁이라 불리는 건물에서 한 여성이 나오는 참이었다.

요카는 여자를 보고 고개를 갸웃했다. 처음 보는 얼굴이었기 때문이다. 나이는 모르겠다. 젊은 듯도 하고 이미 중년을 넘은 듯도 하다. 입은 옷이나 몸에 찬 장신구도 여선의 것과 격이 다르다. 신분이 높은 여자라는 예상은 가지만.

"현군."

데이에이가 허둥지둥 그 자리에 평복하자 요카도 흠칫 놀라 그에 따랐다.

나타난 사람은 봉려궁에 사는 여선의 우두머리, 천선옥녀天仙玉女 벽하현군碧霞玄君 교쿠요玉葉였다.

"양귀비원의 꽃이 바람에 실려왔겠지요."

데이에이가 말하자 교쿠요는 수려한 얼굴을 기암 틈새의 하늘로 향했다.

"이상한 바람이 부는구나."

"예."

교쿠요는 아름다운 눈썹을 찡그리며 잠시 하늘을 올려다보다가 이내 시선을 내려 요카를 보았다.

"요카라 하였는가. 봉산에는 이제 익숙해졌느냐."

현군이 말을 걸자 요카는 어쩔 줄 몰라 했다.

아직 하계에 있을 적 교쿠요는 전설 속에만 사는 존재라고 생각했다. 그만큼 거리가 있는 여신이다. 말 그대로 구름 위의 사람을 만나 말까지 섞게 되니 당황하지 않을 수 없었다.

"예……. 예."

"아직 길을 헤매는 듯합니다만."

데이에이의 웃음기 섞인 말에 요카는 얼굴이 새빨개졌다.

교쿠요는 듣기 좋은 목소리로 크게 웃었다.

"그것은 새로 온 이의 숙명이지. 그리 말하는 데이에이도 옛날에는 실컷 헤매지 않았느냐. 곧 익숙해지겠지."

요카가 흘끔 쳐다보자 데이에이는 구김살 없이 웃었다.

"그랬죠. 저보다 훨씬 빨리 배우는 것 같습니다. 고생을 마다않고 열심히 책무를 다하고 있지요."

교쿠요가 미소 지었다.

"참으로 대견하구나."

요카는 얼굴을 더욱 붉혔다.

"다, 당치도 않습니다. 아직도 꾸중만 듣는걸요."

"익숙해질 때까지는 꾸중을 듣는 것 또한 임무 중 하나. 주눅 들지 마라."

"예."

고개를 깊이 숙여 이마를 땅에 붙인 요카를 보고 교쿠요는 미소 지었다. 그러고는 마찬가지로 미소 지으며 젊은 여선을 보는 데이에이에게 시선을 돌렸다.

"그런데 대국의 여괴가 부화했다고?"

"그러합니다."

교쿠요는 평소 봉려궁에 없다. 어디에선가 홀쩍 나타난다. 평소에는 어디에 있고 어디에서 어떻게 나타나는지 데이에이는 알지 못했다. 신묘하다는 생각에 호기심이 들었지만 일개 여선이 캐물어도 될 일이 아니었다.

"이름은?"

"산시라고 합니다."

"산시는 어디에 있느냐?"

"사신목 아래에서 한시도 떨어지려 하지 않습니다."

데이에이가 말하자 교쿠요는 도톰한 붉은 입술로 웃었다.

"한결같은 일이다만, 여괴란 정이 깊은 생물이로구나."

데이에이 또한 미소 지으며 고개를 끄덕였다.

기린에게는 부모가 없다. 부모의 역할을 대신하는 존재가 사신목 뿌리에 열리는 여괴다. 기린의 열매가 가지에 달리면 하룻밤 만에 부화해 기린이 부화할 때까지 열 달 동안 가지 아래에서 익어가는 과실을 지켜본다.

"하여, 어느 쪽이라더냐?"

여괴만이 앞으로 태어날 기린의 성별을 알고 있다.

"다이키라고 합니다."

"그래."

수컷은 기麒, 암컷은 린麟. 국씨 뒤에 붙어 호가 되는 것이 예로부터 내려온 법칙이다. 현재 사신목에 열려 있는 난과卵果는 대국의 기, 국씨는 '태泰', 따라서 '다이키泰麒'라 부른다.

교쿠요는 고개를 끄덕이고 사신목에 이르는 길로 걸음을 내디뎠다. 데이에이와 요카가 그 모습을 지켜보며 깊이 고개를 숙일 때였다.

느닷없이 대기가 흔들렸다.

좁은 길에 돌풍이 소용돌이칠 기세로 불었다.

소리를 지를 새도 없이 데이에이는 그 자리에 쓰러졌다. 마찬가지로 넘어진 요카가 비명을 질렀다.

땅이 크게 울렸다. 땅울림은 기암에 부딪혀 메아리치고 미궁이 불길한 포효를 질렀다.

"무슨……."

당황한 요카가 말했지만 데이에이는 대답할 수 없었다.

평범한 태풍이나 지진 같지는 않았다. 그저 그뿐이라면 반드시 팔괘에 예언이 있었을 것이다. 무엇보다 단순한 천재지변이라면 천신과 여신의 힘으로 몇 겹이나 수호되고 있는 이 봉산에서 일어날 리가 없다.

"현군, 궁 안으로."

우선 높은 분의 안전을 도모해야만 한다. 데이에이가 돌바닥에 손톱을 세우며 간신히 고개를 들자 교쿠요는 하늘을 우러러본 채 우두커니 서 있었다.

어느새 하늘은 새빨갰다. 옅은 붉은 비단을 몇 겹이나 늘어뜨린 것처럼 극광이 흔들리며 하늘을 뒤덮는다.

"식蝕이……!"

교쿠요는 웅웅 울리는 대지는 개의치 않고 하늘에서 춤추는 극광을 응시했다.

이 돌풍에 서 있을 수 있다니 역시 여신이다. 하지만 데이에이는 그에 감탄할 여유가 없었다.

"식……."

뒤틀려 몸부림치듯 대기가 떨렸다. 그때마다 머리 위에서 극광이 불온하게 꿈틀거렸다.

극광 틈새에 옅게, 신기루처럼 어떤 그림자가 보였다.

바다 저편에 가늘게 펼쳐진 대지의 환영이다.

"안 돼……."

이 세상의 일부가 아닌 대지가 다가온다.

가녀리고 가련한 해동화 꽃잎이 돌풍에 떨어져 돌멩이처럼 데이에이를 때렸다.

"아아…… 태과가 있건만……!"

004

하얀 가지 아래에 엎드린 채, 몸을 간지럽히는 축축한 이끼를 느끼며 산시는 가지에 열린 과실을 넋을 놓고 바라보았다.

다이키가 든 열매는 열 달이면 익는다.

열 달 뒤에는 태과에서 산시의 주인인 기린이 부화하는 것이다. 익은 열매를 따는 순간을 생각하면 산시의 몸은 눈물과 같은 온도를 띤 물질로 가득 차올랐다.

기쁘고, 자랑스럽고, 터질 듯한 마음으로 윤기가 흐르는 금빛 열매를 올려다보았을 때, 느닷없이 그것이 덮쳤다.

처음에는 무슨 일이 일어났는지 알지 못했다.

대기가 비틀린다. 소용돌이치며 부서진다. 하늘에 막을 친 것처럼 극광이 일렁거렸다. 몸이 떨리는 공포를 견디며 간신히 '식'이라는 말을 머릿속에서 찾아냈다.

돌풍이 벌떡 일어난 산시의 다리를 건다. 바람에 절대로 흔들릴 리 없는 하얀 가지가 소리 내며 떨린다.

산시는 비명을 지르며 가지에 매달렸다. 가지를 붙잡고 바람에 맞서 몸을 일으키자, 돌풍에 날린 가지에 머리카락이 휘감겨 뽑혀 나갔다. 그런 아픔에 정신을 팔 여유는 없다. 열매를 지켜야만 한다. 절박한 마음으로 올려다본 시선 끝에서 대기가 비틀렸다.

"……다이키!"

바람이 몰아쳐 몸을 때렸다. 비틀리고 뒤틀린 대기가 더욱 일그러지고, 일그러짐이 가지를 삼키는 것이 보였다.

"안 돼……!"

금빛 작은 열매가 뒤틀림 속으로 삼켜져 들어간다. 열 달 뒤, 산시가 제 손으로 딸 때까지 절대로 가지에서 떨어질 리 없는 열매가 비틀려 떨어지는 모습이 보였다.

"누가 좀!"

가지에 긁혀 피범벅이 된 팔이 열매를 쫓는다. 손가락과 금빛 열매 사이는 절망적일 정도로 멀었다.

"누가 멈춰줘—!"

산시의 외침은 전심전력을 다해 뻗은 손가락 끝에서 단절되었다.

금빛 열매는 일그러짐 속으로 빨려들어가며 자취를 감추었다.

다이키라는 말을 제외하고 산시가 이 세상에 태어나 처음으로 터뜨린 목소리는 비명이었다. 더없이 덧없는 외침이었다.

식은 시작되었을 때와 마찬가지로 갑작스럽게 끝이 났다.

산시는 멍하니 하얀 가지를 올려다보았다.

그곳에는 더이상 금빛이 보이지 않는다. 하나뿐이던 열매는 사라지고 없었다.

"산시……!"

사방에서 목소리가 울리며 달려오는 많은 여선이 보인다.

맨 먼저 산시 곁에 이른 사람은 교쿠요였다.

"아아…… 산시……."

산시는 교쿠요가 내민 기품 있는 손에 매달렸다.

처음에는 이름. 이어서 비명과 부르짖음. 그다음에 산시의 목에서 나온 것은 통곡이었다.

"이게 무슨 일이냐."

교쿠요는 막 부화한 여괴를 끌어안았다. 무참히 뽑힌 머리카락을 쓸어내리고 상처투성이가 된 몸을 쓰다듬었다.

"하필이면 기린이 열렸을 때에……."

품속의 여괴는 절규했다. 열 달 대부분을 나무 아래에서 지낼 정도로 여괴가 기린에게 기울이는 마음은 깊다. 그런 기린을 눈앞에서 잃은 아픔은 교쿠요조차 이루 헤아릴 수 없었다.

"괜찮다."

교쿠요는 여괴의 등을 두드렸다.

"울지 마라, 산시. ……반드시 다이키를 찾아내자꾸나."

그리고 자신에게 이르듯 중얼거렸다.

"되도록 빨리 그대의 손에 다이키를 돌려주도록 할 것이니."

"현군……."

교쿠요는 자신을 부르는 데이에이를 보며 고개를 끄덕였다.

"열두 나라에 주작을 날려 식의 방향을 급히 조사하여라."

"알겠습니다."

"달이 모습을 보이기 전까지 해야 한다. 여선을 모아 문을 열 준비를 하라."

"네. 바로 하겠나이다."

여선이 사방으로 흩어졌다. 교쿠요는 허망하게 시선을 들었다.

몇 번을 살펴보아도 하얀 가지에서 금빛 과실은 찾을 수 없었다.

식은 황해 서쪽에서 일어나 동쪽으로 빠져나갔다는 사실이 판명되었다.

신비한 힘으로 지켜지는 오산, 수호가 더욱 엄중한 봉려궁의 꽃은 한 송이도 남김없이 졌다. 식이 통과한 나라에서 막대한 피해 상황이 보고되었지만 봉산의 여선은 동요하지 않았다. 그녀들에게 중요한 것은 기린뿐이다.

문제는 식의 일그러짐에 삼켜진 과실이 어디로 가버렸는가 하는 점이었다.

식은 이 세상과 이 세상이 아닌 세계를 잇는다. 이 세상 밖에는 봉래蓬萊라는 곳과 곤륜崑崙이라는 곳이 있다. 봉래는 그 세계의 끝에, 곤륜은 그 세계 뒤편에 위치한다고 전해진다.

진위가 어떻든 그곳은 인간이 갈 수도, 들여다볼 수도 없는 미지의 땅이다. 식과 달의 신비한 힘을 통해야만 열리는 오강吳剛의 문만이 두 세계를 이을 수 있다.

세상은 허해虛海라 불리는 바다로 둘러싸여 있다. 동쪽으로 빠져나간 식이라면 태과는 허해를 건너 세상의 끝 봉래로 흘러들었으리라.

인간은 건너지 못하는 세계지만, 여선은 평범한 인간이 아니다. 교쿠요의 지시 아래 많은 여선이 허해에 열린 문을 넘어 태과를 찾으러 갔지만 태과의 행방은 알 수 없었다.

기린을 잃어버리고 말았다.

그날부터 오래도록 봉산 동쪽과 황해 동쪽에서는 이곳저곳을 헤매는 산시의 모습이 목격되었다.

2장

001

요카는 조팝나무 굴의 출구 앞에서 산시를 만났다.

굴을 빠져나가자마자 보이는 작고 둥근 광장은 부드러운 연둣빛 풀로 뒤덮여 있었다. 주위의 기암 비탈에 조팝나무가 매달리듯 자라고 있었다. 마침 동굴 위에 난 한 그루는 둥그런 출구에 하얀 꽃가지를 발처럼 드리웠다.

꽃으로 이루어진 발을 살며시 헤쳤을 때 비탈을 내려오는 산시를 발견했다.

요카는 해동천의 물이 든 들통을 발치에 내려놓았다.

여괴는 사람이나 말은 지날 수 없는 기암 위도 가볍게 달린다. 산시가 비탈 위에서 내려오는 모습은 놀랄 일이 아니었으나 산시를 보는 것이 매우 오랜만이라 그것까지 신기할 정도였다.

"산시, 어서 와."

여괴는 미로를 넘어 동쪽을 떠돌아다녔다. 한번 나가면 길게는 한 달이나 돌아오지 않기 일쑤였다.

어떤 목적으로 길을 떠나는지는 봉려궁 여선이면 다들 안다. 진이 다 빠지도록 헤매고 나면 여괴는 지칠 대로 지친 얼굴로 돌아온다.

"마침 잘됐어. 물을 길어 온 참인데 거기에 앉아봐."

요카의 말에 산시는 얌전히 표범 다리를 굽히고 조팝나무 아래에 새하얀 몸을 쉬었다.

"이번에는 길었네. 황해 끝까지 갔었니?"

할 수 있다면 황해를 둘러싼 금강산마저 넘어 더욱 동쪽으로 가고 싶지만, 어떤 생물도 자신의 의지만으로 금강산을 넘을 수는 없다. 어떠한 구조인지 모르지만 그렇게 정해져 있었다.

"자, 마셔."

들통을 입가에 대주자 산시는 얌전히 가장자리에 입을 댔다.

한차례 마시고는 고개를 들기에 요카는 들통을 내려놓고 소매에서 꺼낸 천을 물에 적셨다. 살짝 짜서 다리에 댔다. 천을 잡은 손에까지 다리의 뜨끈뜨끈한 열이 느껴졌다.

"아유, 이렇게 붓다니."

천으로 발끝을 감싸주자 산시는 눈을 감았다. 산시가 목을 조팝나무 수풀에 살짝 기대자 그 무게로 꽃이 눈처럼 떨어졌다.

여기에 있던 조팝나무는 예전에 뽑힌 적이 있다. 단 한 그루도 남지 않았었다.

벌써 십 년도 더 된 이야기다.

"기분 좋아? 너무 멀리는 가지 말렴."

산시는 대답하지 않았지만 늘 그런 반응이라 요카도 마음쓰지 않았다.

큰 식이 있었다. 아무리 크다 한들 오산은 지형이 바뀌는 일이 없지만, 오산 바깥은 지세가 바뀌었다. 그리고 하얀 나무의 과실이 떨어져 나갔다.

비명을 지르며 통곡하던 산시는 그 뒤로 입을 닫아버렸다.

요카는 산시의 네 다리를 열심히 닦아 식혀주었다.

"아직 아프지? 강에 가서 식히고 오렴."

그렇게 말하고 미지근해진 물을 그 자리에 쏟아버리자 산시는 말없이 일어나 걸어갔다.

산시가 타박타박 걸어간 사잇길 방향에 강은 없다. 산시는 하얀 나무 밑동으로 돌아가는 것이다. 요카는 그 사실을 알아챘지만 굳이 불러 세우지 않았다.

요카는 산시의 마음을 이해했다.

예전에 기린의 나무에 달린 작은 열매가 부화하면 요카도 시중을 들라는 분부를 받았기 때문이다.

하계의 인간은 좀처럼 기린을 만날 기회가 없다. 승선한 요카가 봉산에 불려 올라와 처음으로 책임지고 맡는 대상이자 난생 처음 가까이에서 보는 기린이 될 예정이었다.

열매가 떠내려간 후 기린을 위해 준비된 요카의 양손은 갈 길을 잃었다. 양육할 대상을 잃은 산시의 젖이—사람 형태를 한 상체의 가슴은 소녀처럼 살짝 볼록할 뿐이다. 젖가슴은 표범 모습을 한 뒷다리 쪽에 있었다—몸살을 앓듯 요카 안에도 갈 곳을 잃고 부어오른 듯 욱신거리는 것만 남았다.

열매가 떠내려간 지 십 년. 어느 여선도 다이키는 이제 돌아오지 않으리라고 말한다. 조만간 사신목에 새로운 태과가 열릴 것이며, 그것은 잃어버린 기린이 다른 세계에서 죽었음을 뜻하노라고, 그렇게 말했다.

그래도 완전히 놓을 수 없었다. 산시가 지금도 동쪽을 헤매듯이 요카 역시 다이키를 모실 준비를 손에서 놓지 못했다. 무사를 기원하고, 자잘한 용품을 갖추고, 조금이나마 도움이 되기를 바라며 기린에 대해 공부했다. 그러지 않고는 배길 수 없었으니 산시의 심정이 가슴 저릴 정도로 이해가 갔다. 여선과 깊이 관계하지 않으려 하는 산시 또한 요카한테만은 정을 붙였다.

다리를 끌며 사라지는 하얀 등을 지켜보며 요카는 들통을 들어올렸다.

물을 다시 길으려고 발길을 돌렸을 때였다. 조팝나무 발을 들추고 굴에서 여선 한 사람이 얼굴을 내밀었다.

"이쪽으로 산시가 오지 않았니."

요카는 방금 전 산시가 향한 사잇길을 쳐다보았다. 이미 산시의 모습은 보이지 않는다.

"나무 쪽으로 갔는데."

"서둘러 쫓아가주지 않겠어?"

"나는 물을……."

"현군께서 부르셔."

요카는 눈을 부릅떴다.

"아무래도 태과의 행방을 알아낸 것 같아."

002

산시를 쫓아갔던 요카는 교쿠요가 기다리는 백귀궁白龜宮을 향해 서둘러 발걸음을 옮겼다.

봉려궁의 건물은 전부 정자 아니면 암자 같은 모양새다. 바람이라면 바위가 막아준다. 언제나 날씨가 좋은 산이라 더위나 추위와는 인연이 없다. 비와 이슬을 피할 수 있으면 충분하다.

요카는 사잇길을 달려 하얀 돌계단을 다섯 단 올라가 마찬가지로 하얀 돌이 깔린 궁 바닥에 발을 디뎠다. 마침 데이에이도 궁으로 달려온 참이었다.

"산시를 데려왔습니다."

요카는 넓은 팔각형 바닥 위에 평복했다. 의자에 앉아 등뒤 난간에 기댄 교쿠요는 고개를 끄덕였다.

요카 옆에서 데이에이 또한 고개를 끄덕였다. 정중하게 인사를 올리고 고개를 든다.

"황공하오나 태과를 발견하셨다고요."

"안국雁國의 기린이 찾아주었다."

"정말로 다이키를 찾은 것입니까."

기적에 가까운 일이었다. 봉산의 모든 여선들이 포기한 일이었다. 봉산의 역사 속에서 십 년이 지나 돌아온 기린은 전례가 없다. 과거에 봉래로 흘러간 기린이 있기는 하나 아무리 길어도 오 년 안에는 발견된다. 십 년이라는 세월은 데이에이가 놀라기에 충분할 정도로 예상을 뛰어넘은 시간이다.

교쿠요는 온화하게 미소 지었다.

"아마도. ……저쪽으로 건너가 태과胎果가 되면 모습이 바뀌지만, 기린에게는 기린의 기척이 보인다고 하지. 그래서 모든 나라의 기린들에게 기회가 되면 허해를 건너가 다이키를 찾도록 부탁해두었는데, 오늘 드디어 기별이 있었어."

식으로 흘러간 과실은 이국에서 여자의 뱃속에 자리잡는다. 이를 태과라 했다.

"연延 태보台輔에게서 말입니까."

교쿠요는 수정을 깎아 만든 부채로 입가를 가리며 웃었다.

"종종 허해를 건너시는 모양이라 발견한다면 연 태보겠거니 하였는데 역시 그렇게 되었구나."

기린이 자주 먼길을 나서는 것은 칭찬할 일이 아니지만 앞으로는 크게 나무랄 수도 없으리라.

"봉래에서 기린을 찾았다고 하네. 현재 거처가 분명치 않은 기린은 다이키뿐이니 틀림이 없겠지."

"……예."

정말로 기린이 돌아오는 것이다.

"그럼 어서 여선을 모아……."

데이에이의 말을 교쿠요가 제지했다.

"됐네."

"하지만……."

교쿠요는 고개를 젓고 데이에이와 요카의 등뒤에 우두커니 서 있는 산시 쪽으로 몸을 돌렸다. 부채를 탁자 위에 두고 양손을 쭉 뻗었다.

"……산시. 이리 오렴."

산시는 느릿느릿 교쿠요 곁으로 걸어갔다.

"반드시 찾아내겠다 한 말은 거짓이 아니었지?"

교쿠요는 산시의 손을 잡았다.

"다소 늦기야 했다만, 용서해다오."

그렇게 말하고 산시의 손을 두드렸다.

"사신목 밑동에 문이 있어. 가서 이번에야말로 네 손으로 따 오렴."

산시의 동그란 눈에 금세 눈물이 글썽거렸지만 그녀는 울지 않았다. 대신 그 자리에서 몸을 돌리더니 그대로 달려갔다.

교쿠요는 질주하는 하얀 여괴를 실눈을 지으며 지켜보았다. 백귀궁을 뛰쳐나가 굽고 좁은 길로 사라지는 모습을 보고 나서 데이에이를 쳐다보며 활짝 웃는다.

"드디어 봉산에 축제의 계절이 왔구나."

산시는 달렸다. 태어난 이래 쭉 둥지 삼았던 나무 밑동에 도착하니 굵은 나무줄기 옆에 서 있는 젊은 여자가 제 발치를 가리키고 있었다. 하얀 빛이 둥글게 비치는 곳이 있다.

이미 여선들이 모여 있다. 산시는 지켜보는 여선들에게는 눈길도 주지 않고 곧장 여자 곁으로 달려갔다.

사신목은 절벽 위, 거대한 바위 위에 서 있다. 빼곡하게 이끼가 낀 바위, 정확히 나무 밑동에서 한 걸음 떨어진 곳에 금발의 여자가 서 있었다.

발아래에는 은빛 고리가 떨어져 있다. 다가가 보니 단순한 고리가 아니라 한 마리 뱀이었다. 은백색 비늘에 꼬리가 둘인 뱀이 몸을 둥글게 말고 한쪽 꼬리를 물어 원을 이루고 있었다.

뱀이 만든 원 안은 희미하게 빛났다. 둥근 빛이 쏟아지는 것 같기도 하고 이끼 아래에서 빛이 나는 것 같기도 했다.

산시가 걸음을 멈추자 그녀는 미소 지으며 우아한 오른손을 내밀었다. 그녀의 왼손 손가락에는 뱀의 다른 한쪽 꼬리가 감겨 있다.

"산시로군요."

산시는 그녀를 보았다가 뱀이 만든 빛의 고리를 들여다보았다. 양팔을 벌린 너비만 한 고리 너머는 하얀 어둠이었다. 옅은 빛의 굴이 보이고 그 바닥에 둥그런 구멍이 빼끔히 뚫려 있었다. 구멍 너머로는 낯선 양식의 건물과 마당임 직한 공간과 금빛 둥그런 빛만 있는 풍경만 보였지만, 산시에게는 그것으로 충분했다.

—다이키.

어떤 실수가 있더라도 그 빛이 다이키인지 아닌지 착각할 일은 없다.

"들어가요. 단, 제 손을 절대로 놓지 마세요."

그렇게 말하는 여자는 산시가 아는 얼굴이 아니었지만 지금은 아무래도 상관없었다.

산시는 그녀의 손을 잡고 빛 속으로 발을 내디뎠다. 쌀쌀한 공기가 치불었다. 출구처럼 보이는 구멍으로부터 조팝나무 꽃잎이 하늘하늘 떨어지듯 하얗고 차가운 꽃이 들이쳤다.

빛 속에 마지막 다리까지 들여놓자 두둥실 떠오르는 느낌과 함께 천지의 감각이 사라졌다. 허공을 떠돌듯 출구를 향해 한 걸음 내디딘 산시 뒤로 여자가 따라서 내려온다.

"어서, 나아갈 수 있는 곳까지 나아가세요."

그 말에 산시는 걷기 시작했다. 출구를 향해 자신이 나아갈 수 있는 한계까지 걸어가 팔을 뻗었다.

이제 시야 가득 펼쳐진 풍경은 하얗고 차가운 꽃이 떨어지는 먹빛 공기 속에 둥그런 금색 빛이 떠 있는, 그저 그뿐인 광경이었다.

빛은 잘 보면 어린아이 모습을 한 것 같기도 했지만 산시의 눈에는 과실로 보였다. 십 년도 더 전에 산시가 하얀 가지에서 따야 했던 열매. 품에 안을 정도의 크기에 윤기가 흐르는 금빛이다.

하지만 산시가 손가락을 있는 대로 뻗어도 금빛 열매에 닿지 않았다. 여자의 손을 꽉 쥐며 상체를 뻗고, 손으로 차가운 공기를 헤치고 부르듯 손짓하자 과실이 산시의 손이 닿는 부근으로 흘러왔다.

이 순간을 얼마나 꿈꾸었을까.

산시는 손가락에 닿은 과실을 단단히 붙잡았다.

가까이 끌어당기자 열매는 쉽사리 산시의 품속으로 떨어졌다.

003

바로 옆으로 다가가자 하얀 손은 망설임 없이 그의 손목을 잡았다.

차가운 피부에 닿은 손은 정말 따뜻했다.

창고와 토담 사이의 좁은 틈에 어떻게 사람이 숨어 있는지 확인하고 싶었지만 가까이 다가간 순간 주변 풍경이 흐려졌다. 마치 물로 된 막이 눈동자를 덮기라도 한 것처럼 풍경이 부옇게 번지며 사물의 윤곽이 사라졌다.

더듬거리듯 뻗은 팔에 손목이 붙잡힌 순간 갑자기 몸이 떠오르는 느낌이 나면서 어딘가로 스르륵 빨려들어갔다.

빨려들어간 곳은 하얀 공간이었다. 빛깔 없는 안개 같은 것이 짙게 깔려 있는 탓에 어떤 곳인지 분명치 않았지만 그에게는 어쩐지 그곳이 둥실거리는 둥그런 장소 같았다.

그곳은 한층 따뜻했고 어디에선가 더욱 따뜻한 바람이 불어왔다.

발치에는 단단한 바닥 감촉이 나지 않았다. 그렇다고 물컹한 것을 밟아 발이 빠지는 느낌도 아니다. 구름 위에 서면 이런 기분일까, 그는 생각했다.

바로 옆에서 인기척이 났고 누군가 손을 꼭 잡고 있었지만 모습은 보이지 않았다. 안개 속에서 이따금 유백색 그림자가 움직이는 것 같기도 한데 기분 탓인지도 모른다.

잠시 멍하니 있는데 손목을 쥔 누군가가 소년을 잡아끌었다. 신기하게도 무섭지는 않아서 얌전히 손을 끄는 대로 따라갔다.

아주 짧은 복도를 걷는 정도의 시간, 두둥실 이끌려 마침내 수면에 얼굴을 내밀듯 안개 바깥으로 쑥 나갔다.

느닷없이 햇살에 노출된 그는 한동안 어리둥절해 있었다.

눈앞에는 본 적이 없는 나무의 새하얀 줄기가 있었다. 나무는 새하얀 금속으로 만들어진 것처럼 보였다. 나무줄기는 굵지만 그리 높이 뻗어 있지 않았고, 역시 크게 옆으로 뻗은 하얀 가지는 끝 부분이 늘어지듯 휘어 있었다.

가지 너머로는 기묘한 풍경이 보였다. 초록빛을 띤 특이한 형태의 바위가 줄지은 모습. 낯선 차림의 여자들이 소년을 멀찍이 둘러싸고 있다.

그리고 그중에서도 가장 기묘한 존재는 그의 손을 잡은 여자였다.

여자는 절반이 인간이고 절반은 호랑이나 표범처럼 보였다. 묘하게 평평한 얼굴에, 표현할 길 없는 색을 띤 눈을 똥그랗게 뜨고 있다. 겁이 날 법도 한데 이상하게 무섭지 않았다. 오히려 상냥한 눈이라고 생각했다.

"……다이키."

반인반수의 여자가 그렇게 말했지만 그는 그 말이 무엇을 의미하는지 잘 몰랐고, 하물며 그녀가 십 년 만에 한 말이라는 사실은 더더욱 알 턱이 없었다.

"다이키."

그녀는 부드러운 손으로 머리를 쓰다듬으며 둥그런 눈에서 맑은 눈물을 흘렸다.

그는 엄마에게 항상 하듯이 손을 잡고 얼굴을 들여다보았다.

"슬픈 일이 있어?"

그가 묻자 그녀는 고개를 가로저었다. 아니라고 부정하기보다

는 신경쓰지 말라고 말하는 듯한 동작이 엄마와 무척 닮았다.

"……다이키? 그 아이가?"

목소리가 들려서 그는 그제야 나무 주위에 이는 기묘한 술렁임을 알아챘다. 왜들 그럴까 의아해하는데 한 여자가 다가왔다.

"……신기한지고."

"누구세요?"

여자는 그의 앞에 무릎을 꿇었다.

"나는 교쿠요라 하네. ……이런 머리카락을 보기는 몇백 년 만일는지."

여자는 그의 머리카락을 쓸었다.

"흑기黑麒로구나. 참으로 신기한지고."

"뭐가 이상한가요?"

그는 눈앞의 여자가 아니라 옆에서 자신의 손을 잡고 서 있는 반인반수 여자를 올려다보았다. 이유는 없지만, 이미 그는 마음속으로 자신이 의지할 존재는 이 여자라고 받아들이고 있었다.

그녀는 다시 한번 말없이 고개를 가로저었다.

"물론 이상하지 않지. 경사스러운 일일세."

눈앞의 여자가 말한다.

"저쪽에서 태어났으니 이름이 있겠지만 여기서는 다이키라 부르겠네."

"다이키? 왜죠?"

"그것이 규칙이기 때문이라 해야 하나."

"여기는 어디예요? 저는 마당에 있었는데요."

그는 이상한 일이 일어났다는 사실을 이해하지 못할 정도로 어리지는 않았지만, 그것 때문에 크게 동요할 정도로 크지도 않았다.

"예는 봉산이오. 다이키가 있어야 할 장소지."

"잘…… 모르겠어요."

"언젠가 아시겠지. 이자는 산시, 하쿠 산시라 하네. 공을 돌볼 것이네."

그는 옆에 있는 여자를 올려다보았다.

"산시……."

교쿠요는 시선을 더 옆으로 돌렸다.

"이 사람은 염廉 태보."

하얀 나무줄기 옆에 금발 여자가 서 있었다. 그가 교쿠요의 시선을 좇아 그녀를 보았을 때는 마침 하얀 뱀이 스르륵 팔에 감겨 은빛 팔찌로 바뀐 참이었다. 뱀에 달린 두 번째 꼬리가 팔찌에 은빛 사슬로 연결된 반지가 된 것처럼 보이기도 했지만, 놀란 상태라 확신할 수는 없다.

"감사 인사를 드리시게. 다이키를 맞으러 산시를 보내기 위해

귀중한 보옥을 빌려주셨으니."

그는 온화하게 미소 짓는 여자를 올려다보고 나서 다시 산시를 보았다. 산시가 고개를 끄덕여서 시키는 대로 고개를 숙였다.

"고맙습니다."

그녀는 미소를 지었다. 그 모습을 만족스럽게 지켜보던 교쿠요가 갑자기 일어났다. 발길을 돌리고 자리에서 물러나려 한다.

"저기, 교쿠요…… 씨."

"다이키, 님이에요."

그는 산시를 올려다보았다.

"……님이라고 불러야 합니다."

그는 고개를 끄덕였다. 신기하게 산시가 하는 말에는 의문이 생기지 않았다. 다이키. 귀에 익지 않은 이름으로 불려도 산시의 입에서 나오면 자신을 부르는 소리라고 선뜻 받아들일 수 있었다.

"교쿠요 님. ……이상한 점이 무척 많은데요."

그는 자신의 당혹스러움을 제대로 표현할 수 없었다.

교쿠요는 그저 웃기만 했다.

"곧 익숙해질 터이니 산시에게 찬찬히 들으시게."

그는 산시를 올려다보았다. 산시는 미소 지었다. 표정이 드러나지 않는 얼굴이라 알 수 없지만 분명히 미소 지었다고 느꼈다.

"네."

그가 산시의 손을 꼭 쥐자 산시는 더 힘있게 맞잡았다.

004

"산시, 산시. 그 아이를 제대로 보여주렴."

"다이키, 이쪽으로 오셔요. 옷을 드리지요."

"옷보다 물을. 그보다 복숭아가 좋을까."

"자두든 배든."

교쿠요가 팔찌를 찬 여자를 데리고 자리를 뜨자마자 여선들에 둘러싸인 다이키는 당황해 어찌할 바를 몰랐다.

여자들의 웃는 얼굴을 보면 환영받고 있다는 것은 알 수 있지만 아무래도 평범한 상황이 아니었다. 산시의 손을 꼭 쥐고 팔에 매달리자 여선들이 요란하게 떠들어댔다.

"어쩜, 그처럼 산시한테만 매달려 있지 않으셔도 되는데."

"산시도 혼자 독차지하지 마."

"다이키, 이쪽으로 오시어요."

보다 못한 데이에이가 여선들에게 말했다.

"그리 소란을 떨어서야 다이키도 곤란하시겠지. 한동안 얌전히 산시에게 맡겨두어라."

데이에이는 옆에 선 요카를 돌아보았다.

"궁으로 뫼시어라. 노천궁露茜宮이 좋겠다."

데이에이는 이 젊은 여선이 노천궁에서 줄곧 다이키를 맞을 준비를 하고 있었던 사실을 알고 있었다. 요카는 감격에 겨워 데이에이를 바라보면서 세차게 고개를 끄덕였다.

요카는 천천히 아이 앞으로 나아갔다. 무릎을 꿇고 눈높이를 맞춘다. 다이키의 얼굴을 들여다보았다.

"……잘 돌아오셨습니다. 진심으로 경하드리옵니다."

산시가 다이키를 지키듯 그의 어깨에 둘렀던 팔을 내리는 것이 느껴졌다. 다이키는 살짝 떠밀려 무릎 꿇은 여자를 마주했다.

"누구세요?"

"요카라 하옵니다."

"요카 님은……."

말을 꺼내자마자 주위 여자들이 까르르 웃었다. 요카도 미소를 지었다.

"그냥 요카라고 부르셔요. 다이키가 님이라 부르실 분은 현군만으로 충분합니다."

"현군?"

"교쿠요 님 말입니다."

다이키가 산시를 올려다보자 산시는 고개를 끄덕였다. 그래서 다이키도 납득했다.

"그럼, 요카. 요카는 어떤 사람이에요? 어째서 내가 돌아왔다고 하나요?"

"저는 이 봉산에 사는 여선입니다. 그리고 다이키는 봉산의 주인. 다이키는 예서 태어나셨습니다."

다이키는 눈을 동그랗게 떴다. 한참 동안 요카를 바라본다.

"……여기서 태어났다고요……?"

"예."

요카가 고개를 끄덕였다.

"말하자면 여기가 다이키의 고향집이지요."

"하지만……."

다이키의 말을 요카는 고개를 저어 막았다.

"다이키의 행방을 줄곧 알 수 없었어요. 천재지변에 휘말려 다른 땅으로 흘러가버리셨지요. 간절하게…… 찾고 있었습니다."

요카는 기쁘고도 애절한 표정을 지었다.

"어디서 어쩌고 계실까 오랫동안 걱정했어요. 돌아오신 것처럼 기쁜 일은 또 없습니다. 정말로 잘 돌아오셨어요."

다이키는 요카의 얼굴을 바라만 보았다.

그렇다면 자신은 우리집 아이가 아니었던 것이다.

생각한 순간 그 사실이 순순히 가슴속에 녹아들었다.

할머니가 자신을 싫어한 까닭도, 자신이 좀 이상한 탓에 주위와 툭하면 삐걱댔던 까닭도 이 한마디로 전부 설명이 된 기분이었다.

그는 가족과 잘 지내지 못하는 아이였다. 잘 지내기를 바랐고, 그렇게 되도록 행동했다고 믿었지만 그와 가족 사이에는 아무리 해도 메울 수 없는 골이 존재했다.

또래 아이들이 흔히 생각하듯이 그 또한 자신이 주워 온 아이일지도 모른다고 곧잘 생각하고는 했다. 그것은 역시 진실이었다.

"……혹시 산시가 우리 친엄마야?"

산시와 요카를 번갈아 보았지만 두 사람 모두 고개를 가로저었다.

"산시는 다이키의 종복이에요. 다이키를 보살펴드리기 위한 존재이지요. 저는 한낱 여선, 다이키가 쾌적하게 지내실 수 있도록 시중을 드는 것이 소임입니다."

"그러면 우리 엄마는 어디에 계세요……?"

요카는 머리 위 가지를 올려다보았다.

"다이키는 이 나무에 열린 열매에서 태어나셨습니다. 천제께서 내려주셨지요."

다이키는 하얀 나무를 올려다보았다. 은백색 가지에는 열매는 커녕 꽃도 잎도 보이지 않는다. 그는 아직 생명의 탄생에 대해 잘 모른다. 그래서 요카의 말에 이렇다 할 저항감을 느끼지 않았다.

다이키는 이렇게 생각했다. 열매가 익는 계절에 이 가지에 붉은 열매가 주렁주렁 열렸으리라. 커다란 열매를 탁 쪼개자 안에 자신이 들어 있었던 것이다.

왠지 기묘한 탄생처럼 여겨지기도 했지만 그는 자신이 이질적인 존재임을 자연스레 감지하고 있었으므로, 그 연유가 탄생에 있었노라고 이해했다.

'그래서 그랬구나.'

자신은 주워 온 아이라 할머니에게 미움받고 어머니에게 폐를 끼친 것이다.

나무 열매에서 태어났으니 아무리 애써도 할머니나 부모님이 기뻐할 만한 행동을 할 수 없었던 것이다.

진짜 부모는 없다. 어떤 사정이 있는지는 모르겠지만 자신에게는 처음부터 부모가 없었다.

그런 생각이 마음으로 스르르 들어와 원래 존재하던 확신처럼 깃들었다. 거짓말이라고 생각할 수 없었다. 어떤 착오라고 생각할 수도 없었다. 다만, 절절히 안타까웠다.

"……왜 그러셔요?"

요카의 물음에 입술을 꾹 다물고 고개를 가로저었다. 산시가 위로하듯 팔을 두르고, 있는 힘껏 다이키의 몸에 달라붙었다.

깨닫고 말았다.

'나는 우리집 아이가 아니었구나.'

많은 기억의 단편이 머릿속을 스쳐갔다.

늘 화만 내던 할머니. 아빠의 꾸지람. 그는 아무리 애써도 두 사람의 기대에 부응할 수가 없었다. 엄마는 자신 때문에 할머니나 아빠와 말다툼이 끊이지 않았고, 결국에는 항상 남몰래 눈물지었다. 혼나기는 동생도 마찬가지였지만 동생은 자신이 그의 탓으로 혼나는 것이라면서 화를 내곤 했다.

난처합니다, 하고 젊은 선생이 말했다.

'반 아이들과 전혀 어울리지 않으니 큰일이에요.'

교사는 어쩔 줄 모르겠다는 듯한 눈으로 그를 보았다.

'이 또래에 친구가 한 사람도 없는 건 문제가 있습니다.'

할머니는 주름이 깊게 진 입가를 일그러뜨렸다.

'친구를 만다고 안 만드노?'

'어머니, 아니에요. 이 아이는 따돌림을 당한 거예요.'

'그거는 지가 성격이 별나가 그런 거 아이가. 와 친구랑 잘 몬 지내노.'

'형은 겁쟁이라서 그룹에 끼지 못하는 거야.'

'마 치아라. 닌 니대로 딴 아아들 갈군다 아이가. 애미가 밤피 맨키로 하니까 아가 둘 다 이라제. 잘몬 키았다.'

'어머니, 하지만…….'

할머니의 질책은 늘 엄마를 나무라고 끝이 난다. 그리고 엄마는 홀로 운다.

'너는 대체 왜 이러니.'

아빠의 한숨에 뭐라고 대답하면 좋았을까.

'할머니한테 혼나지 않도록 좀더 똑바로 못 하겠어?'

잘못했어요, 그렇게 비는 것 말고는 대꾸할 말이 없었다.

'형 때문에 또 나까지 혼났잖아. 형이 할머니를 화나게 하니까 늘 나까지 피해를 봐.'

미안, 하고 사과만 했다.

나름대로 애써보아도 결과는 달라지지 않았다.

어째서 가족과 잘 지내지 못하는지 그는 알지 못했다. 자신의 존재가 가족 모두에게 불쾌감을 준다는 생각을 떨칠 수 없었다. 자신만 없다면 가족은 원만하게 지낼 수 있지 않을까, 그런 마음을 늘 간직하고 있었다.

'정말로 그랬던 거야.'

자신이라는 이질적인 존재가 있었던 탓이다.

'나는 우리집에 있어서는 안 되는 아이였어.'

돌이켜보면 그곳은 포근하기만 한 곳이었던 것 같다. 엄마, 아빠가 보고 싶었다. 할머니가, 동생이 그리웠다.

그가 조금만 더 애쓰면 전부 잘 해결되어 아무도 화내거나 울지 않아도 될 것만 같은데.

'이제 두 번 다시 우리집으로 돌아갈 수 없어.'

눈물이 넘쳐흐른다.

그것은 그리움이 아니라 안타까움이었다.

그는 이미 이별을 받아들이고 있었다.

3
장

001

"기침하셨습니까……?"

산시의 목소리가 들려 다이키는 눈을 비볐다. 멍하니 눈만 뜨고 한동안 천장을 바라보았다.

하얀 돌로 된 천장이다. 유백색 돌에는 빼곡하게 어떤 도안이 새겨져 있다. 네 귀퉁이에는 새가 조각되어 있고, 풀과 꽃이 복잡하게 뒤얽히며 천장 가운데에 있는 둥그런 도안을 둘러싸고 있다. 색은 칠하지 않았지만 대신 갖가지 색을 띤 돌을 끼워 넣었다.

"저건 무슨 새야?"

손가락을 뻗어 사방에 조각된 새 가운데 한 마리를 가리켰다.

"글쎄요……."

난처해하는 목소리에 흐응, 하고 중얼거렸다. 사실 새 이름이 알고 싶은 것은 아니었다. 이제 어린애도 아닌데 어제 엉엉 울어버린 것이 떠올라 부끄러웠을 뿐이다.

"지금 몇 시야?"

일어나기로 마음먹고 산시의 목소리가 난 쪽을 보았다. 작은 방, 그래도 그의 공부방보다 조금밖에 작지 않은 방바닥에 빈틈없이 얇고 예쁜 무늬의 요가 깔려 있고, 삼면의 벽에 쿠션인지 베개인지 모를 것들이 늘어놓여 있다. 하얀 돌로 된 벽 윗부분에는 작은 돌들을 박아 수목을 표현하고 있었다.

한 면만 벽이 아니다. 거기에는 천이 몇 겹 드리워져 있다. 지금은 천을 걷어올린 뒤라 그곳으로 산시의 모습이 보였다.

산시는 난처한 듯 고개를 갸웃했다.

"나는 이제 어떻게 하면 돼? 학교에 가지 않아도 돼?"

다이키는 자신의 생활이 크게 바뀌어버렸음을 이해하고 있었다. 알람시계로 눈을 뜨고 옷을 갈아입고 세수를 하고 아침을 먹고 학교에 가는 생활이 아닌 것만은 확실하다고 직감했다.

"뭘 하면 돼?"

"아무것도 하지 않으셔도 되어요."

산시는 그렇게 말하며 고개를 저었다.

"일어나시겠습니까?"

그렇게 묻는 것을 보면 이대로 자든 일어나든 아무래도 상관없는 듯하다. 그것이 당분간만 허락된 특별한 상태인지, 아니면 이 상태가 죽 계속되는지 분명치 않아도 말이다.

"일어날래."

다이키는 작은 방 안쪽에서 몸을 일으켰다.

일어난 산시를 보고 이 작은 방이 바닥보다 한 단 높다는 사실을 깨달았다. 커튼 너머에는 투각으로 문양을 새긴 좁은 문 여러 개가 늘어서 있다. 열려 있는 문 사이로 너머에 있는 다른 방이 보였다.

다이키는 자신이 있는 작은 방과 너머로 보이는 방을 흥미롭게 살폈다. 어제는 나무 아래에서 부끄러울 정도로 울다 그대로 잠들어버렸다. 그래서 자신이 옮겨진 방이 어떤 방인지 전혀 알지 못한다.

이 작은 방은 무척 안락하다. 문 너머 방도 쾌적해 보인다. 그 방에는 벽이 없는 대신에 하얀 돌난간이 있고 난간 밖으로 손을 뻗으면 닿을 만한 거리에 이끼로 뒤덮인 바위가 벽처럼 가까이 있었다. 암벽과 건물 틈으로 들어온 빛이 표면의 이끼를 반드르르 비췄다. 암벽에 달라붙듯 자란 풀과 작은 나무가 방안까지 들어와 있는 것이 재미있다.

산시가 물병과 들통을 들고 작은 방으로 돌아왔다. 한 단 낮아지는 부근의 탁자에 통을 두고 다이키를 부른다. 이불 위를 데굴데굴 굴러서 산시 곁으로 다가갔다.

"안녕."

그렇게 인사하자 산시는 그저 미소만 띤 채 다이키에게 끝에 앉으라고 손짓했다. 다이키는 얌전히 앉았다.

자신이 알몸인 것을 알아챘지만 특별히 신경쓰지 않았다. 산시도 요카도 다른 여자들도 다이키가 아는 어떤 옷과도 다른 복장이었으니 여기서는 예전 같은 차림은 하지 못하리라고 생각했다.

알몸이라도 춥지 않다. 그렇다고 덥지도 않다. 이곳은 마침 쾌적한 계절인 모양이다.

산시가 조금 특이한 방법으로 세수를 시켜주었다. 아주 어린 꼬마가 된 것 같아 부끄러웠지만 시키는 대로 했다. 들통을 들고 나간 산시는 옷을 들고 돌아왔다. 할머니가 입는 기모노와 비슷한 옷이었다.

옷을 입혀주는 동안에도 산시는 줄곧 말이 없었다. 말수가 적은가 보다 생각했지만 특별히 어색한 느낌은 들지 않았다. 옷을 입고 산시 손에 이끌려 옆방으로 가자 방 가운데에 아침 식사가 차려진 탁자가 있고 요카가 옆에 서 있었다.

"요카, 안녕하세요."

인사하자 요카가 기쁘게 웃었다.

"안녕히 주무셨어요. 푹 쉬셨어요?"

"네. 요카가 아침밥을 지었나요?"

"아니요. 식사를 준비하는 사람은 따로 있습니다."

다이키는 어리둥절해했다.

"혹시 청소를 맡은 사람도 따로 있나요?"

"그렇지요. 식기 전에 어서 드셔요."

마치 부잣집 아이가 된 것 같았다. 실제로 그런 아이를 알지는 못하지만 말이다.

요카가 하얗고 긴 젓가락을 건네주어 손에 들었다.

낯선 요리를 둘러보고 나서 요카와 산시를 차례로 보았다.

"요카랑 산시는 안 먹어요?"

"산시는 식사를 하지 않습니다. 저는 먼저 마쳤습니다."

"하지만 나 혼자서는 이렇게 많이 먹지 못하는데요."

탁자 위에는 크고 작은 접시가 여러 개 놓여 있다.

"남기셔도 괜찮아요."

"내가 늦잠을 자서 다들 밥을 먹은 건가요?"

요카가 웃었다.

"산시는 식사를 하지 않습니다. 그런 생물이에요. 설령 밥을 먹더라도 다이키와 겸상할 신분이 아닙니다."

다이키는 고개를 갸우뚱했다. 신분이라는 말은 알지만, 의미가 와 닿지 않았던 탓이다.

"밥을 같이 못 먹나요? 늦잠 자지 않아도?"

"그렇습니다."

다이키는 어쩔 줄 몰라 하며 탁자를 응시했다.

"……왜 그러셔요?"

"여기서는 그게 당연하다고 하면 어쩔 수 없지만……."

"네?"

다이키는 옆에 서 있는 요카를 올려다보았다.

"나한테는 조금 이상해요. 그러니까……."

고개를 비틀며 적절한 말을 찾았다.

"늦잠 잔 벌로 혼자 밥을 먹어야 한다면 참을 수 있지만 혼자가 아닌데도 혼자서 밥을 먹어야 하다니 이상해요. 다 같이 먹는 편이 틀림없이 맛있을 거예요."

"어머나."

요카가 소리 내서 웃었다. 알았다는 듯이 고개를 끄덕이고 방 한쪽에 있는 가리개 너머로 말했다. 그 너머에도 방이 있는 듯하다.

"하던 일 쉬고 이쪽으로 와봐요. 다이키가 아침 식사에 초대하신답니다."

002

아침 식사를 마치고 요카가 바깥을 안내해주었다.

산시의 손을 잡고 건물 바깥으로 나간다. 다이키는 그곳에서 눈을 휘둥그레 뜨고 잠시 서 있었다.

건물에는 외벽이 하나도 없다. 출입구에도 가리개가 있을 뿐이지 여닫이문도 미닫이문도 없었다. 세 단짜리 돌계단이 좁은 길을 향해 아래쪽으로 나 있을 뿐 마당도 없거니와 대문도 없다. 그나마 돌계단 앞이 널찍하지만 출입구 바로 앞부터 벌써 기암괴석으로 이루어진 벽면이 나왔다.

기암은 높아서 고개를 쳐들지 않으면 하늘이 보이지 않는다. 세 방향으로 뻗은 사잇길은 암벽 사이로 뚫려 있어 길이 아니라 골목으로 보였다. 빌딩 틈바구니의 좁은 골목에 서면 이런 기분이 들지도 모르겠다. 뒤돌아보면 조금 전에 나온 건물만 홀로 나직해서 정말로 빌딩 틈에 조용히 숨어 있는 집처럼 보였다.

"……신기한 곳이네요."

다이키가 진지하게 중얼거리자 요카가 웃는다.

"그러한가요?"

"아주 이상한 질문이지만, 여기는 어디인가요?"

요카는 고개를 갸웃했다.

"여기는 봉산입니다."

"으음, 그게 아니라……."

다이키는 어떻게든 자신의 당혹스러움을 전하려고 말을 골랐다.

"우리집 근처는 아니겠죠. 우리집에서 얼마나 떨어진 곳일까요. 여기는 일본의 어딘가인가요? 아니면 외국인가요?"

언어는 같지만 모든 것이 달라서 일본 같지는 않다.

"아니면 전혀 다른 세상으로 와버린 걸까요?"

옷장을 통해 들어간 세계처럼.

요카는 난처해하며 고개를 갸웃거렸다.

"……그렇다고 알고 있습니다."

"그렇구나……."

기분이 정말 이상했다. 눈앞에 있는 모든 것이 현실로만 보이는데 지금까지 알고 있던 현실과는 다른 것이라니.

곰곰이 생각하자 '현실'이란 무엇인지, 애초에 무엇이 '현실'인지마저 통 알 수 없게 될 것 같아서 다이키는 숨을 한번 내쉬고서 생각하는 것을 그만두기로 했다.

"여기에는 넓고 평평한 곳은 없나요?"

"있지요. 안내해드릴게요."

요카는 그렇게 말하고는 걸음을 떼면서 뒤쪽 건물로 시선을 돌렸다.

"이곳은 노천궁이라 합니다. 다이키의 침전으로 마련하였습니다."

"여기가 제 집이군요."

"예. 조금 더 이곳에 익숙해지신 다음에, 달리 마음에 드는 궁이 있으면 말씀해주시어요."

"이사해도 상관없어요?"

요카는 경쾌한 목소리로 웃었다.

"상관없고말고요. 다이키는 봉려궁의 주인이시니 어디든 마음껏 쓰셔도 됩니다."

다이키는 고개를 갸웃했다. 좁은 사잇길을 따라 완만한 오르막길과 굴이 엇갈리는 분기점까지 왔다.

"그걸…… 잘 모르겠는데요."

"예?"

"봉려궁은 여기를 말하지요?"

"그렇습니다."

"어째서 제가 주인이 되죠?"

다이키는 진심으로 당혹스러웠다. 요카든 산시든 다른 여선이든 모두 다이키보다 훨씬 나이가 많고, 그중에서도 교쿠요에게는 위엄마저 느껴진다. 그녀들을 제쳐두고 자신이 주인이라고 하는 영문을 모르겠고, 아무리 생각해도 걸맞지 않은 일로만 보였다.

요카는 난처한 듯이 미소 지었다.

"다이키가 기린이시기 때문입니다."

"기린이 뭔가요?"

"어제 본 나무에서 태어나시는 분이 기린입니다."

가슴속에 밝은 빛이 들었다.

"그러면 나 말고도 똑같이 태어난 아이가 있겠네요."

"예. 지금은 다이키 말고 열한 분."

"나를 포함해서 열두 사람?"

"그렇지요. 어제 뵌 염 태보도 기린이세요."

"팔찌 찬 사람?"

"그렇습니다."

"그 사람을 또 만날 수 있을까요?"

요카는 고개를 가로저었다.

"염 태보는 벌써 돌아가셨습니다."

무척 아쉬운 일이었다. 어제 그렇게 울다 지쳐 잠들지 않았다면 여러 이야기를 나눌 수 있었을 텐데.

"다른 사람들은 어디에 있어요? 만날 수 있을까요?"

요카가 웃었다.

"다들 나라로 내려가셨지만, 다이키도 내려가시면 당연히 만날 수 있지요."

"내려가요?"

"왕을 선택하고 봉산에서 하산하시면요."

"왕……. 임금님이 계세요?"

"예. 다이키의 주인이 왕이십니다."

"주인?"

"기린은 왕을 선택하고 왕을 섬기는 존재. 그때까지 다이키를 맡는 것이 봉산의 소임입니다."

아마도. 다이키는 생각했다.

아마도 자신은 임금님 곁에서 일하게 되리라. 어느 왕 밑에서 일할지 결정할 때까지 여기에 있으면서 수행 같은 것을 하는지도 모른다.

앞날이 보이자 어제부터 줄곧 갈팡질팡하던 기분이 조금 가벼워졌다.

"제가 그런 엄청난 일을 할 수 있을까요."

요카는 "어머나" 하고 내뱉고서 소리 높여 웃었다.

"하실 수 있죠. 다이키는 기린이시잖아요."

"기린은 임금님 곁에서 일하는 존재예요?"

"그렇지요."

"그럼 다른 기린도?"

요카는 고개를 끄덕이며 손가락을 꼽았다.

"여기에는 열두 나라가 있어요. 나라마다 왕이 한 분씩 열두 분. 기린도 열둘. 한 왕에 기린 하나. 그렇게 정해져 있지요."

"흐음……."

"다만 지금은 왕이 열한 분밖에 계시지 않아요. 북동쪽 나라, 대국의 임금님은 십 년도 전에 돌아가시고 다음 왕이 정해지지 않았답니다."

"대국의 기린은?"

요카는 웃으며 다이키의 얼굴을 들여다보았다.

"여기에 계시잖아요."

"나?"

"그렇습니다. 다이키는 대국의 기린. 그래서 다이키라 부르는 거예요. 왕은 앞으로 다이키가 선택하실 겁니다. 누구를 왕으로 삼을지 결정하기 위해 기린이 존재하니까요."

다이키가 눈을 깜빡였다.

"그렇게 중요한 일을 제가 결정해도 돼요?"

요카는 고개를 깊이 끄덕였다.

"다이키밖에 결정할 수 없는 일이에요. 보세요, 여기가 뽕나무원桑園이랍니다."

003

다이키가 봉산 생활에 익숙해지는 데는 오랜 시간이 걸리지 않았다.

기묘한 차림, 기묘한 생활 습관, 채소밖에 나오지 않는 식사.

신기한 일이 잔뜩 있지만, 그런 데 구애될 정도로 어른은 아니었다. 불쾌한 일이라면 모를까 특별히 그렇게 느낄 까닭이 없는 일들이라 다이키는 봉산 생활을 쉽사리 받아들였다.

딱 하나 좀처럼 익숙해지지 않는 일이 있다면, 자신의 모습이 바뀐 것 같다는 사실이었다. 여기에 있는 거울은 집에 있던 거울만큼 또렷하게 모습이 비치지 않지만 선명치 않은 점을 고려해도 다른 사람 같기만 했다.

애초에 자신의 얼굴을 빤히 바라보는 습관이 없었으니 어디가 어떻게 달라졌는지 설명할 수는 없지만 거울에 비친 자신은 다른 사람 같았다.

어떤 장치인지는 몰라도 하얀 안개가 가득한 길을 지날 때 무슨 변화가 일어난 듯했다.

다이키는 자신이 처한 상황은 금세 받아들였다.

여선들이 모여들어 보살펴주고, 적당한 시간에 일어나 적당한 시간에 자면서 특별히 하는 일 없이 봉산을 돌아다니며 지내고,

산시와 여선에게 이런저런 질문을 하여 여기서 사는 데 필요한 지식을 쌓아간다. 지금 다이키가 해야 할 일은 그게 전부였다.

다정하게, 하지만 내심 조마조마해하며 다이키를 지켜보는 여선들도 이내 긴장감을 풀었다.

"처음에는 어떻게 될지 걱정했는데."

말리화 위에 펼쳐 말린 천을 털면서 한 여선이 말했다. 천을 펄럭이자 말리화 향이 짙어졌다.

"어쨌거나 십 년이나 봉산을 떠나 있었던 기린은 전례가 없으니까."

요카는 천을 털면서 그녀를 흘끔 쏘아보았다.

"몇 년을 떠나 있건 기린은 기린이죠. 특이할 것 없어요."

"그야 그렇지만."

턴 천을 개던 다른 여선이 크게 웃었다. 말리화 향이 밴 천에서 좋은 냄새가 났다.

"아무래도 봉래에서 자라 기묘한 면이 있지만. 아무렴 어때, 좋지 않은 방향으로 기묘한 것도 아니니까 상관없어."

요카는 천을 개어 쌓아 올리던 손을 허리에 댔다.

"기묘하다는 소리는 그냥 넘길 수 없네요. 그야 봉산에서 자란 기린보다 우리에게 거리낌이 없는 건 사실이지만 기묘하기는커녕 황공한 일이잖아요."

의복을 둘러싼 주위 여러 여선이 와하고 웃었다.

"요카는 정말로 다이키밖에 모른다니까."

"다이키밖에 모르는 데 문제 있나요?"

정색하는 요카 주위를 여선이 둘러싼다. 춤추듯 다가와 요카의 발아래에 천을 쌓고는 놀리며 멀어진다.

그 모습을 지켜보던 데이에이까지 웃는다.

"요카를 그리 괴롭히지 말게."

본디 봉산의 여선은 쾌활하다. 하지만 기린을 보살피기 위한 존재이기 때문에 기린이 없으면 의기소침해지기 마련이다. 하물며 얼마 전까지처럼 기린의 행방을 알 수 없다면 제아무리 여선이라도 풀이 죽는 법이다.

기린은 봉산에 항상 있는 존재가 아니다. 오히려 기린이 없는 시간이 더 길다.

기린이 없으면 물 긷기도 빨래도 길쌈도 모조리 자신들을 위한 일이 될 뿐이니 보람 없기 그지없다. 하지만 지금은 다르다. 기린이 있다.

그래서 어느 여선이고 온통 들떠 있었다. 여선에게 기린은 사랑스러운 존재다. 어느 기린이건 사랑스럽기야 마찬가지지만, 아무래도 현재 봉산에 있는 기린이 가장 사랑스럽다.

사실 어느 여선이고 요카를 놀릴 자격이 없다. 쉰 명 가까운 여선들 모두 다이키가 못 견디게 어여쁘고 귀여웠다.

모두가 요카를 다이키밖에 모른다고 놀리는 것은 다른 여선보다 다이키와 친하게 어울리는 그녀를 살짝 시기하는 행동일 뿐이었다.

"요카!"

어린아이 특유의 또랑또랑한 목소리가 들렸다.

여선들이 모두 손을 멈추고 목소리가 난 방향을 보았다. 좁은 사잇길을 빠져나와 다이키가 광장으로 달려오고 있었다.

"숨겨줘, 숨겨줘."

다이키가 숨을 헐떡이며 말했다. 요카에게 뛰어들더니 등뒤로 숨었다.

"다이키도 요카밖에 모르네."

"그러네."

여선들은 웃으며 말하고는 들고 있던 천을 쌓는 대신에 다이키에게 덮어씌웠다. 말리화 덤불과 요카 사이에 숨은 작은 몸은 순식간에 천 더미에 묻혔다.

여선들이 키득거리며 웃고 있는데 저무는 햇살에 슥 하고 그림자가 졌다. 기암 위에 하얀 모습이 보이더니 여괴가 광장으로 내려온다. 여괴를 보며 다들 동쪽 샛길을 가리켰다.

"저쪽이야, 산시."

"다이키라면 저쪽으로 가셨어."

"나를 쓰러뜨릴 기세로 말이지."

여선들이 입을 모아 말했지만 산시는 결코 다이키를 놓치지 않았다. 곧장 요카에게 다가가 등뒤 천 더미를 들춘다. 목을 움츠리며 숨어 있던 다이키가 고개를 들고 크게 한숨을 쉬었다.

"……역시 들켰네."

다이키는 산시의 앞다리를 끌어안으며 털썩 주저앉았다. 아직 숨이 가쁘다.

산시는 다이키의 머리를 쓰다듬고 품에 든 의복을 여선에게 건넸다. 여선들이 웃는다.

"산시의 눈을 속이기는 무리인가 봐요."

"그런가 봐."

웃으면서 말하는 볼이 발그레하다. 산시의 앞다리에 몸을 기대고 옷깃을 팔락거리는 어린아이를 다들 미소 지으며 지켜보았다. 겉모습만으로도 다이키가 지금까지 봉산에 있던 어느 기린보다 귀엽게 느껴지는 까닭은 다들 다이키밖에 모르는 바보이기 때문인지도 모른다.

요카도 웃으며 다이키의 머리카락을 쓰다듬었다. 막 돌아왔을 때보다 길어진 머리카락이 땀에 젖어 이마에 달라붙었다. 볼에 살포시 붙은 머리카락을 쓸어 올려주었다.

기린의 머리카락은 대개 금빛이다. 정확하게는 머리카락이 아니라 갈기지만. 다이키의 갈기는 강철 빛깔을 띠었다. 평범한 기린이 아닌 증거이므로 더욱 존귀하게 여겨졌다.

“미역감고 오세요. 곧 저녁 드실 시간이랍니다.”

기린은 여선보다 훨씬 높은 지위의 생물이다. 그래도 보살피다 보면 자식 같은 느낌이 들어서 자연스레 말투가 허물없어지고 만다. 여선의 우두머리인 벽하현군마저 그러하니 그녀들을 나무랄 사람이 있을 리가 만무했다.

“다행히 갈아입을 옷은 여기에 얼마든지 있네요. 여기 일이 끝나면 뫼시러 가지요.”

“응.”

다이키는 고개를 끄덕이고 일어났다.

“산시, 가자.”

여선들은 흐뭇하게 웃으며 다이키의 손을 잡고 걸어가는 산시를 지켜보았다.

“다이키밖에 모르는 사람 중에 으뜸은 산시였네.”

“정말이네.”

모두들 인정했지만 분하지는 않았다. 여선과는 달리 산시는 다이키만의 존재다. 그 사실을 차치하더라도 화가 나지는 않았다. 그녀들은 운이 좋았기 때문이었다. 마침 저녁 식사 시간 전에 다이키를 만났으니 말이다.

밥때가 다 되어 다이키와 만난 사람은 식사를 함께한다. 그것이 최근 봉산에 생긴 불문율이었다.

004

요카는 마른 옷을 개어놓은 후, 아직 햇볕 냄새와 말리화 향이 나는 다이키 옷 한 벌을 따로 챙겨 냇가로 향했다.

노천궁과 가까운 못으로 가는 사잇길을 돌자마자 맑은 웃음소리가 들렸다.

못에서는 다이키가 산시의 꼬리를 쫓아 물속에 들어갔다 나오기를 반복하고 있었다. 높이 쳐든 꼬리를 잡는 데 실패해 물속에 빠진 다이키는 물 밖으로 얼굴을 내밀자마자 요카를 발견하고 손을 흔들었다.

"모시러 왔어요."

"고마워."

여선 중 한 사람이 물가에 천을 펼쳤다. 물에서 올라온 다이키가 그 위에 올라서자 다른 여선이 손에 든 천으로 작은 몸을 감쌌다.

"내가 할게."

"다이키는 젖은 등을 그냥 두니까 안 돼요."

그녀는 단호하게 말하며 하얀 몸에 묻은 물기를 닦는다. 다이키는 제 일인데 남에게 시키는 것 같아 미안해하지만 사실 다들 다이키를 만지고 싶어서 안달이었다.

또 다른 여선이 옷을 입히고 요카가 머리를 닦아주었다.

"이제 됐어."

"아직 머리카락에서 물이 떨어져요."

다이키는 천 사이로 흘러내린 머리카락을 잡았다. 머리카락은 검은색도 은색도 아닌 기묘한 빛깔로 바뀌어버렸다.

"머리카락이 너무 길지 않아?"

"아직 짧은데요."

다이키는 어리둥절한 표정으로 요카를 올려다보았다.

"길러야만 하는 거야? 여자애처럼?"

"보통 더이상 자라지 않을 때까지 기른다고 해요. 다듬기는 하지만요."

"자르면 안 돼?"

"전변轉變했을 때 볼품없는 모습이 되고 싶으시면 마음대로 하세요."

"……전변?"

요카는 대강 물기를 훔친 머리카락을 빗질해주었다.

"다이키는 기린이신걸요. 기린 모습이 될 수 있지요."

"기린 모습? 동물 기린 말이야?"

"맞아요."

다이키는 고민에 빠지고 말았다.

자신이 기린이라는 이야기는 전에 들었지만 '기린'이란 단순히 나무 열매에서 태어난 인간을 가리키는 말이라고 생각했다. 요카가 지금 한 말로 보면 아무래도 그것만이 아닌 듯하다.

"내가 동물이었던 거야?"

당황스러운 사태였다. 인간도 동물이지만 의미가 조금 다르다.

"그럼요."

"저번에 만난 염 태보도?"

"당연하지요."

다이키는 더욱 난감해졌다.

늑대 인간처럼 기린으로 변신하는 걸까. 늑대가 되는 것은 그리 이상하지 않지만 기린으로 변해서 목이 그렇게 늘어난다면 이상할 게 분명하다.

다이키는 아직 기린이라는 생물을 착각하고 있었다.

미소 지으며 다이키와 여선들을 지켜보던 데이에이는 다이키가 정말로 어쩔 줄 몰라 하는 얼굴인 것을 알아채고 "아아" 하고 중얼거렸다.

"다이키는 전변한 적이 없어서 잘 모르시는군요. 다이키의 머리카락은 우리 머리카락과 다릅니다. 그것은 갈기예요."

다이키는 고개를 끄덕였다. 분명히 기린에게는 갈기가 있다.

데이에이는 다이키를 손짓으로 불러 이마 가운데, 머리카락이 난 언저리를 살짝 만져주었다. 괜스레 몹시 끔찍하고 불안한 마음이 들었다.

"여기에 작게 부푼 곳이 있어요."

다이키는 그곳을 손가락으로 더듬어보았다. 만지면 알 수 있을 정도로 살짝 볼록한 곳이 확실히 있었다.

"여기가 뿔. 뿔은 기린에게 특별히 중요한 곳이기 때문에 소중히 해야 합니다. 지금 싫으셨죠? 만지니까 꺼림칙한 느낌이었지요."

"……조금."

"억지로 견디실 필요 없습니다. 기린은 뿔을 만지면 싫어하는 생물입니다. 크면 더 싫어지실 거예요. 다른 이들이 절대로 건드리지 못하게 하지요. 설령 산시라도요."

다이키는 생각했다. 그러고 보니 자신은 원래 이마를 쓰다듬는 것을 좋아하지 않았다. 엄마가 쓰다듬는데도 도망치고 싶어지고는 했다.

"역시 나는 기린이구나."

"당연하지요."

답답했는지 요카가 이야기에 끼어들었다.

"아마 전변하면 확실히 아실 거예요."

"전변은 어떻게 하는 거야?"

다이키의 물음에 요카는 고개를 갸웃했다.

"글쎄요. 태어날 때부터 줄곧 봉산에서 자랐다면 자연히 아셨을 텐데. 태어나서 어느 정도 클 때까지 기린은 기린 모습을 하고 있으니까요. 봉래에서는 기린도 태어날 때부터 사람 모습을 하고 있다면서요?"

요카는 봉래의 사정을 잘 알지 못하지만, 과거에 봉래에서 돌아온 기린의 전례가 있어서 떠도는 이야기나마 들은 적이 있었다.

"기린이 되면…… 기분 나쁘지 않을까."

"전변을 꺼리는 기린은 없으니 딱히 싫지 않을 겁니다."

"이상하지 않을까."

"조금도 이상하지 않아요."

요카는 그렇게 말하고 다이키의 머리카락을 손가락으로 쓸어내렸다.

"다이키는 말이죠, 평범한 기린과 조금 달라요. 보통 기린은 염 태보처럼 금색 갈기를 하고 있거든요. 다이키는 흑기린이래요. 흑기린은 무척 드물대요. ……빨리 제게 보여주셔요. 갈기 빛깔이 이리도 고우니 분명히 아름다운 모습이겠지요."

"하지만 어떻게 해야 할지 상상도 안 가는걸."

"그러시겠죠……."

요카는 한숨을 쉬었다.

"저도 상상이 가지 않아요. 저는 기린이 아니라서 전변한 적이 없으니까요. 혹시 기회가 있으면 현군께 여쭈어보죠."

"응……."

어딘지 석연치 않은 낌새로 고개를 끄덕이는 다이키를 바라보며 데이에이는 걱정스러운 마음이 들었다.

십 년이라는 긴 세월을 인간으로 살아온 다이키가 과연 전변할 수 있을까. 전변하지 못하는 기린은 없지만, 만약 다이키가 첫 번째 예가 된다면 상당히 가여운 이야기다.

교쿠요에게 물으면 알 테지만 만나고 싶다고 만날 수 있는 존재가 아니다. 게다가 다이키에게는 이제 시간이 별로 없다.

데이에이는 무슨 말인가 나누며 서로 마주보며 웃는 다이키와 요카에게서 시선을 떼고 불안한 마음으로 저무는 하늘을 올려다보았다.

다행히 춘분은 지났지만, 하지에는 틀림없이 승산昇山하는 사람이 있을 것이다.

전변하지 못하는 불완전한 기린이 왕을 고를 수 있을까.

4장

001

다이키는 터벅터벅 사잇길을 걸어갔다. 목적이 있어 걷는 것이 아니라서 어떤 길을 지나고 있는지 파악하지는 않았지만, 산시가 있으면 길을 잃을 걱정은 없다. 애초에 자신이 사는 노천궁 주변 말고는 아는 길이 없었다.

정처 없이 걷다 보니 느닷없이 앞을 가로막는 문이 나왔다. 꼭 닫혀 있는 문이 길을 완벽하게 막고 서 있다.

봉려궁의 끝이었다. 노천궁에서 여기까지는 곧장 와도 상당한 시간이 걸릴 터인데, 자신은 놀라울 만큼 오랫동안 생각에 잠겨 있었던 모양이다.

"……."

다이키는 한숨을 쉬었다. 빗장 하나 질렀을 뿐이니 마음만 먹으면 손쉽게 열 수 있겠지만 여선들이 문 바깥으로는 절대로 나가면 안 된다고 일러두었다.

그대로 되돌아가고 싶지 않아 뒤돌아보았다. 말없이 뒤쫓아오던 산시에게 손을 뻗었다.

"산시, 위로 데려가줘."

산시는 고개를 끄덕이고 다이키를 안아 올렸다. 다이키는 평범한 여자라면 안아 올리기 곤란할 정도로 컸지만 봉산에 돌아오고부터는 보기보다 무겁지 않아졌다. 선골仙骨 때문에 다이키는 아주 가벼웠다. 덕분에 산시는 어려움 없이 다이키를 안은 채로 가볍게 암벽을 차며 발 디딜 곳을 찾아내 기암 위로 올라갔다.

바위 위에서 둘러본 봉려궁은 미로 그 자체였다. 얼핏 보면 그저 기암이 줄지어 있는 장소로만 보인다. 기암 사이를 누비는 사잇길은 바위와 바위 틈의 균열 밑바닥에 감추어져 있다.

그래도 찬찬히 살펴보면 바위 틈새로 널찍한 곳이 군데군데 있는 것을 알 수 있다. 틈새로 띄엄띄엄 푸르게 빛나는 궁의 지붕이 보였다. 수목이 울창하게 우거진 곳도 있다. 기암 바닥을 누비는 사잇길은 그런 장소를 거치면서 수없이 갈라지고 또 갈라져 때로는 빙빙 돌며 그물코처럼 미궁을 뒤덮고 있었다. 그러다 마침내 하나의 길로 모인다. 작은 문으로 길이 끊기는 지점이 미궁의 끝이었다.

이 광대한 미로 안쪽에는 하얗고 커다란 나무 한 그루가 덩그러니 서 있다. 은백색 가지가 햇살을 받아 반짝인다.

다이키는 산시에게 안긴 채 한동안 그 방향을 바라보았다.

위에서 본 봉려궁은 부채꼴이었다. 가장 깊숙한 동쪽 고지대에 사신목이 있고, 그 뒤는 아무것도 없다. 사신목 너머는 땅을 잘라낸 것 같은 낭떠러지고, 고지대는 허공에 뻗은 곶처럼 보이기도 했다. 눈이 아득해질 만한 높이의 절벽 아래는 사람이 걷기 곤란할 만큼 복잡하고, 산시조차 디딜 곳을 찾기 어려울 만큼 험한 기암 지대가 끝없이 이어진다.

하얀 나무가 우뚝 솟아 있는 고지대를 꼭짓점으로 하여 미궁은 부채꼴로 펼쳐지면서 아주 완만하게 내려간다. 북쪽으로는 험준한 봉우리가 접해 있다. 미궁 북쪽을 가로막고 선 거대한 벽처럼 봉우리가 치솟아 있다. 절벽을 이루고 첨탑을 이루며 아득한 높이로 치솟은 산은 산시라 해도 오르기 어려웠다. 미궁 남쪽에는 동쪽으로 펼쳐지는 기암 지대가 이어진다.

요컨대 미궁은 하늘로 이어지는 거대한 봉우리 중턱을 부채꼴로 깎아낸 곳에 존재했다. 한쪽은 하늘로 이어지는 절벽, 다른 한쪽은 예리한 기암이 운집한 비탈로 떨어지는 낭떠러지. 두 절벽의 어마어마한 높낮이 차에 낀 광대한 바위 턱이 봉려궁의 기반이었다. 곶처럼 뻗은 고지대에 서 있는 사신목을 찾아가려면 문을 지나 복잡하기 그지없는 미로의 출구를 찾아 빠져나가는 수밖에 없게 되어 있다.

그리고.

다이키는 산시의 품에서 내려와 기암 정상에 서서 뒤돌아보았다.

문 바깥에는 더 광대한 미로가 이어졌다. 미궁이 있는 부채꼴 바위 턱의 면적이 넓어지며 하늘로 이어지는 봉우리를 따라 돌아가면서 기암에 덮인 채 기슭으로 이어졌다.

바깥 미로와 안쪽 미로는 복잡하게 뒤섞여 이렇게 위에서 내려다보고 있어도 어디까지가 안이고 어디부터가 바깥인지 분별할 수가 없었다.

단, 바깥쪽 미로는 안쪽 미로보다 훨씬 파악하기 쉽다. 길 폭도 넓고 군데군데 있는 광장도 훨씬 널찍하다. 어림짐작으로 걸어도 태양의 위치만 파악하면 여기까지 오기는 그리 어렵지 않으리라.

그렇게 생각하며 둘러보던 다이키는 상당히 떨어진 곳에 있는 기암 기슭에서 초록빛이 반짝이는 것을 발견했다.

"산시, 저건 뭐야?"

손가락으로 가리키자 산시 역시 똥그란 눈을 그쪽으로 돌렸다.

"보도궁甫渡宮입니다."

"문 바깥에도 궁이 있어?"

산시가 고개를 끄덕였다.

"별궁이에요."

"……흐응."

다이키는 기암 위에 앉았다.

한동안 초록빛 미궁을 가만히 응시했다. 기암 위에는 질풍이 불었다. 내다보이는 곳에 바다는 없는데 바다 내음이 났다.

"……어찌 그러십니까?"

한동안 바람을 맞고 있자 산시가 슬쩍 물었다. 이렇게 말을 거는 법이 좀처럼 없는지라 묻기까지 한참 고심했을 것이다.

다이키는 바깥쪽 미로를 더듬던 시선을 획 들어 산시를 보았다.

"산시는 전변해서 그런 모습이야? 아니면 처음부터 그런 모습이었어?"

산시는 다이키의 머리를 부드럽게 쓰다듬었다.

"여괴는 전변하지 않습니다. 전변은 예사롭게 할 수 있는 일이 아닙니다."

"……그래?"

"모습을 바꾸기는 어려운 일입니다. 요마 중에도 모습을 바꾸는 것이 있지만, 그러한 요마는 왕도 버거워할 정도로 마력이 엄청난 존재입니다."

"요마?"

"요족의 재주를 지니고 하늘의 질서에 따르지 않는 존재를 요마라 부릅니다."

"여괴도 요마야?"

산시는 고개를 저었다.

"여괴는 여괴입니다. 요마 중에도 얼핏 사람처럼 보이는 인요人妖나 요인妖人이라 부르는 것들이 있습니다만 여괴와는 별개의 생물입니다."

"그럼…… 기린은 요수?"

산시는 다이키만 알 수 있는 표정으로 웃었다.

"요족의 재주를 지닌 짐승임은 분명합니다만 기린은 요수라 부르지는 않습니다. 기린은 신수神獸라 합니다."

"어째서?"

"이 세상에 기린보다 존귀한 분은 신과 왕뿐. ……더 정확히 아뢰면 이 세상에 다이키보다 신분이 높은 분은 태왕과 서왕모님, 천제뿐입니다."

"……잘 모르겠어."

산시는 몇 번이고 다이키의 머리카락을 쓸었다.

"그러면 이리 기억해두시어요. 서왕모도 천제도 인간들과는 어울리지 않는 분. 뵐 수는 없지요. ……그러하니 다이키보다 존귀한 분은 태왕뿐이라고요."

"다른 사람은? 교쿠요 님은 나보다 훨씬 높은 사람 아니야?"

"교쿠요라 존함을 부르는 까닭은 신분이 동등하기 때문입니다. 님이라 높여 부르는 까닭은 그러는 편이 예의에 맞기 때문입니다."

"어렵구나."

"어렵습니까?"

"응."

다이키는 발아래 풍경을 내려다보았다. 한동안 숨을 들이쉬고 나서 산시에게 물었다.

"어떻게 하면…… 전변할 수 있을까."

산시는 다이키의 우울해 보이는 옆얼굴을 다시 들여다보았다.

"전변은 다이키가 타고난 힘. ……필요해지면 반드시 떠올릴 겁니다."

"그런가……."

다이키는 눈을 내리깔았다.

근자에 들어 여선들이 흑기린을 보여달라고 야단이다. 다이키도 여선들이 자신에게 애정을 잔뜩 쏟고 있는 것을 아는 까닭에 할 수만 있다면 전변해서 그녀들을 기쁘게 해주고 싶었다. 그러나 어떻게 해야 할지 도무지 방책이 보이지 않았다.

"초조해하지 마세요. ……다이키는 그저 느긋하게 지내시면 됩니다."

"……응……."

산시의 팔에 고개를 기댔을 때였다.

보도궁 쪽 미궁에 두 사람이 보였다.

"……산시, 사람이 있어."

산시도 그쪽을 보고 고개를 끄덕였다.

"진향進香을 하는 여선이겠지요. 보도궁 제단에 꽃과 향을 들고 간 거예요."

"여선과 함께 돌아갈까, 산시."

기암 위에서 아래 사잇길까지 다이키 혼자 내려갈 수 없다. 다이키가 산시의 품에 안기려던 찰나에 산시가 고개를 홱 들었다.

"……왜 그래?"

다이키가 물은 순간이었다. 산시의 모습이 좁은 균열 속으로 빨려들어가듯 사라졌다.

"산시?"

"거기서 꼼짝하지 마세요."

몹시 긴장한 목소리만이 가까운 곳에서 들려왔다.

다이키는 바위 위에서 긴장한 채 굳었다. 이런 일은 처음이었다. 산시가 험악한 얼굴을 하는 것도, 저런 목소리를 낸 것도, 신비한 힘을 드러낸 것도 모두 처음이다. 봉산에 와서 처음으로 무슨 일이 일어날 것 같은 예감이 들었다.

주위를 둘러보며 저도 모르게 숨을 죽였다. 가늘고 뾰족한 바위에 매달려, 사라진 산시를 어딘가에서 찾을 수 있지 않을까 하고 목을 뻗어보았다. 목에 무언가 스쳤다.

"……어."

얼굴 옆을 스치며 날아오는 묵직한 물건이 보였다.

이어서 바위에 매달린 양손을 휘감는 차가운 물체도 느껴졌다. 느닷없이 거센 힘이 양손을 잡아당기는 바람에 다이키는 기암 꼭대기에서 바깥쪽으로 몸이 기울었다.

다이키의 눈에 들어왔다. 자신의 양손에 감긴 가는 사슬과 그 끝에 달린 투박한 추.

몸이 허공에 내던져진다.

누가 다이키를 바위에서 끌어내렸다.

002

"잡았다!"

굵은 목소리가 크게 울려서 다이키는 눈을 휘둥그레 떴다.

바위 위에서 떨어진 탓에 나가서는 안 된다던 바깥으로 나오게 된 것은 바로 알 수 있었다. 어째서 굴러떨어졌는지 다시 한번 되새기려 했을 때, 굵직하지만 억누른 외침이 들렸다.

쓰러진 채 시선을 돌리자 옅은 빛깔의 하늘에 점점이 흩어지는 붉은 물방울이 보였다.

'……피 같아.'

생각한 순간 체온이 쭉 내려갔다. 순식간에 몸이 얼어붙었다.

다이키는 봉산에 오고부터는 생각할 기회가 없었던 자신의 본성이 떠올랐다.

도저히 견딜 수가 없다.

자신이 다칠 때는 별다른 느낌이 없지만 타인이 다쳐서 피를 흘리는 모습을 보면 무서워서 숨이 멎을 것 같다.

눈을 감고 싶지만 눈꺼풀마저 얼어붙어서 감을 수가 없었다. 숨쉬는 것조차 잊어버린 듯한 몸속에서 심장만이 한계까지 날뛰었다. 초점을 잃은 눈에 붉은 물방울이 흩뿌려지는 순간이 반복해서 재생되었다.

바위 위에 서 있었다.

뭔가 손에 감기더니 자신을 끌어내렸다.

그 감촉이 지금도 양손에 느껴진다. 철사처럼 가는 사슬이다.

바위에서 떨어진 사실은 알고 있다.

떨어진 자신은 울퉁불퉁한 바위에 몹시 부자연스러운 모습으로 벌렁 누운 채로 쓰러져 있었다.

여기저기 큼직하거나 좁은 바윗부리가 튀어나온 바위에서 굴러떨어진데다 심지어 저 높이에서 추락했으니 다치지 않고 끝났을 리 없다.

그러나 다쳤는지, 아니면 기적적으로 가벼운 부상으로 그쳤는지, 다이키 자신도 알 수 없었다.

그저 빠른 고동과 손발 끝이 곱아들 정도로 차가운 감촉만이 느껴진다. 머리는 열이 오른 것처럼 멍한데다 선명한 핏빛이 머릿속에 얼룩져서 사라지지 않았다. 그 색이 너무나 또렷해서, 분명히 눈앞에서 무슨 일이 일어나고 있는데 지금 자신이 보는 것이 무엇인지 이해할 수 없었다.

고개를 한번 저으면 나아질까. 그러나 눈조차 깜빡일 수 없었다. 옴짝달싹할 수 없는 것은 부상 탓일까. 아까 본 핏빛 탓일까. 대체 무슨 일이 일어난 것일까.

"이런 요물이!"

들려오는 굵직한 호통에 다이키는 눈에 보이는 것이 무엇인지 간신히 이해했다.

남자다.

커다란 남자가 한 손에 폭이 넓은 검을 들고 있다.

검 앞에 산시가 있었다.

"내가 인요 따위에 당할 것 같으냐! 얼른 황해로 돌아가!"

쳐든 검을 무시무시한 기세로 내려친다.

'산시!'

다이키는 순간적으로 비명을 질렀지만 소리가 나오지 않았다.

호를 그린 칼날이 산시를 스치며 떨어진다. 산시가 손을 뻗어 남자의 목을 쥐어뜯었다. 새하얀 손가락이 붉은 액체로 젖는다. 한 박자 늦게 스친 산시의 팔에서 붉은 액체가 뿜어져 나왔다.

'그만둬!'

반사적으로 눈꺼풀이 내려갔다. 그대로 두 번 다시 열리지 않도록 다이키는 눈을 꼭 감았다. 이제 자신이 숨을 쉬는지, 심장이 뛰는지조차 모르겠다.

그대로 눈을 감은 채 있고 싶은데 누군가 갑작스레 양팔을 거세게 잡아끄는 바람에 놀라서 눈이 떠졌다. 무슨 일이 일어났는지 파악하기 전에 간신히 누워 있던 바위에서 굴러떨어졌다.

등을 세게 부딪혔다. 신음할 새도 없이 팔을 잡혀 억지로 일으켜졌다. 다시 눈을 뜨자 허공에 걸린 자신의 팔이 보였다. 몸을 휘감은 가는 사슬은 남자의 검을 들지 않은 손으로 이어졌다. 남자가 움직일 때마다 어깨와 팔꿈치가 빠질 듯이 아팠고, 질질 끌리는 다리가 바위 표면에 부딪히고 긁혔다.

"뭐야, 너."

남자는 한 손으로 산시를 겨누면서 다이키를 보았다. 표정에 불만이 드러났다.

"머리카락 색이 왜 이래."

나무라듯 그렇게 물어도 대답할 재간이 없었다.

남자는 달려든 산시에게 아무렇게나 검을 휘두르고 발길질했다. 산시의 하얀 몸에서 붉은 액체가 흘러나왔다.

남자는 다시 다이키를 흘끔 보았다. 우락부락한 얼굴을 찡그리며 호통쳤다.

"꼬맹이, 너 기린이 아닌 게냐!"

—기린? 당연히 기린이다. 다들 그렇게 말한다.

—그렇게 대답해도 되는 것인가.

—그보다도 산시가…….

—그보다도.

'아아…… 피가 저렇게나…….'

남자가 움직일 때마다 상체와 팔이 함께 끌려간다. 끔찍한 기분이었다. 당장에라도 몸속에서부터 부서져버릴 것만 같다.

"에잇, 철석같이 기린인 줄 알았건만! 평범한 꼬마라니 열받는군. 게다가 어디 인요까지 어슬렁거려!"

남자는 산시의 팔에 번뜩이는 검을 내리친다. 다시 붉은 물방울이 튀었다. 산시가 물러섰다. 남자에게 질질 끌려가던 다이키는 바위 모서리에 가슴을 찔렸다.

"인요 주제에 어떻게 봉산에 들어왔지? 당장 저세상으로 보내주마!"

내려친 검은 산시를 스쳐 바위에 박혔다.

'……산시.'

하얀 몸은 이미 붉게 얼룩졌다.

'산시, 도망쳐……!'

하다못해 그렇게 외칠 수 있다면.

003

"멈추시오!"

느닷없이 들리는 날카로운 목소리에 다이키는 눈을 부릅떴다.

"이게 무슨 짓이오!"

"다이키!"

달려오는 발소리가 들렸다. 시야에 하얗게 질린 여선의 얼굴이 들어왔다.

"이런 끔찍한! 다이키!"

여선이 달려와 양손을 뻗는다. 눈물이 흘러나왔다. 자신을 일으키는 따뜻한 손에 이끌려 향긋한 품에 안겨서 이대로 죽어도 좋을 듯한 심정이었다.

"어찌 이런 난폭한 짓을 하시오! 산시, 그만둬!"

"너희가 기르는 개냐! 얼른 물러나라고 해!"

"물러날 사람은 그쪽이오, 이 무례한 놈 같으니!"

일갈하는 목소리에 다이키가 고개를 들었다.

데이에이의 목소리로 들렸는데, 그렇게 격렬한 데이에이의 목소리는 처음 들었다. 남자도 어리둥절해서 데이에이를 바라보았다. 산시는 서늘한 얼굴로 남자를 노려보았다.

"산시, 그만두어라. 피로 더럽혀지면 다이키의 곁에 들일 수 없어. 그것이 싫다면 진정해."

데이에이는 산시에게 말하고 위엄 있게 고개를 들어 남자를 응시했다.

"무엄하게도 어찌하여 이 봉산에서 다이키께 무도한 짓을 하는가."

"다이키?"

남자가 또 다른 여선에 매달려 있는 아이를 보았다.

"그렇다면 역시 그 꼬맹이, 아니, 그 아이가 다이키인가."

"그렇소. 옛날부터 봉산에 어린 사람은 봉산공뿐이네. 봉산공께 이처럼 무례하고 잔인한 짓을 한 이유를 듣도록 하지."

남자는 얼굴 한가득 웃음을 지었다.

"다이키! 역시 그랬어! 내가 잡았다!"

데이에이는 걸음을 내디딘 남자를 경계하듯 손을 들었다.

"대답은? 가까이 다가오는 것은 허락하지 않겠소. 먼저 이유를 대시오."

"내가 붙잡았어, 이 몸이!"

"대답하시오. 아니면 봉산의 여선이 신선인 증거를 그 눈으로 확인하고 싶으신가."

남자는 붙임성 있게 웃어 보였다.

"나는 대국 마후馬候 밑에서 사구대부司寇大夫를 맡고 있는 고손䎙孫이라 하오. 봉산에 다이키가 돌아왔다는 소문을 듣고 왔소."

"보도궁에서는 고손이라는 인물의 승산을 허락하지 않았네."

"오오……. 그거 미안하게 되었군. 마음이 급해 봉려궁을 보려고 실례를 무릅쓴 것은 사과하지. 하지만 내가 잡았다."

"잡았다는 말은 무슨 뜻인가."

남자의 눈이 동그래졌다.

"내가 다이키를 잡았다. 예의를 차리지 않고 봉산에 계신 분들을 무시한 실수는 사과하겠지만, 어쨌든 나한테 다이키를 내주기 바라오."

남자는 그렇게 말하고 활짝 웃었다.

"내가 태왕이다."

다이키는 자신을 안은 여선이 떠는 것을 느꼈다. 떨림이 전염된 것처럼 가로막고 선 데이에이도 어깨를 떨었다.

"이런 모자란 자를 보았나!"

너무나 격렬한 일갈에 남자가 반걸음 물러났다.

"대국 마주馬州는 이리도 어리석은 자에게 사구대부의 자리를 주었는가!"

남자는 다시 반걸음 물러났다.

"다이키를 뭐라 아는 겐가. 황공하게도 봉산공을 황해에서 생포한 요수와 똑같이 생각했는가. 멍청한 소리 지껄이지 말게! 태왕이라고? 가소롭군. 천벌을 받아 벼락을 맞기 전에 썩 물러가라!"

"그러나……."

"그 입 다물라! 더이상 미친 입을 열면 하늘을 대신해서 내가 그쪽을 갈가리 찢어놓겠네. 그래도 괜찮은가!"

남자는 말도 없이 입을 뻐끔거렸다.

다이키를 안은 여선이 일어났다. 팔에 감긴 사슬을 조심스레 풀어준다.

사슬이 얽혀 있던 부근을 쓰다듬고, 볼을 쓰다듬고, 머리카락을 쓸어 올리고, 당장에라도 울 것 같은 얼굴로 다이키의 얼굴을 들여다보았다.

"가엾어라. 많이 무서우셨지요. ……지금 궁으로 모셔다드리겠습니다."

"산시가……."

기운 없이 서 있는 산시를 본 여선은 고개를 가로저었다.

"지금은 아니 됩니다. 산시는 내버려두시어요. ……어서요."

다이키는 사태를 전혀 파악하지 못했지만 적어도 산시가 자신을 지키기 위해 상처투성이가 된 사실은 알고 있었다.

심하게 다치지는 않았는지, 고맙다고 인사하고 상태를 묻고 치료해주고 싶은데 피투성이가 된 모습을 보는 것만으로 누가 심장을 움켜쥔 것만 같다.

산시에게 짙은 피 냄새가 나는 통에 몸이 움츠러들어 곁에 다가갈 수가 없었다.

다이키는 마음에 미련이 남았지만 자신을 품에 안은 여선에게 몸을 내맡겼다. 온몸이 욱신거려서 여선이 한 걸음씩 발을 옮길 때마다 울고 싶었다.

문으로 들어서고 조금 지나 요카를 만났다.

달려온 여선들이 다이키의 모습을 보고 비명을 질렀다. 다이키를 안은 여선에게 사정을 듣고 절반 정도가 문 바깥으로 달려 나갔다.

"이런…… 천한 것이……!"

요카는 내뱉듯이 말하며 문 쪽을 쏘아보고는 이내 근심 가득한 표정으로 다이키에게 손을 뻗었다.

"가엾어라. 무서우셨지요. 큰 탈 없으세요?"

"산시가……."

요카가 알았다는 듯이 고개를 끄덕였다.

"산시의 상처는 대단치 않습니다. 여괴의 상처는 깊어 보여도 금세 나아요. 그보다 다이키야말로 어떠셔요."

"모르겠어."

"아무튼 궁으로 돌아가요. ……산시는 부정을 씻은 다음에 궁으로 돌아올 겁니다. 걱정하지 않으셔도 됩니다."

그제야 다이키가 고개를 끄덕였다.

"그런 얼굴 하지 마시어요. 하는 수 없습니다. 기린은 피를 싫어하는 생물이니까요. 피 냄새만 맡아도 병에 걸리는 기린도 있는걸요."

"그런…… 거야? 다른 기린도 이래?"

"예. 그러니, 다이키가 그리 마음 아파하실 필요 없습니다. 산시가 돌아오면 상처를 보듬어주셔요."

"……응."

다이키가 손을 뻗자 요카가 안아 올려주었다.

그곳에서 노천궁까지 여선들이 번갈아가며 다이키를 안고 돌아갔다.

004

노천궁 안쪽 침실에서 요카는 큰 대야에 만든 약탕에 작은 기린을 담갔다.

몸 구석구석을 살피듯 꼼꼼하게 씻어주면서 다이키에게 사정을 물었다. 이야기를 들으면서 마음속으로 몇 번이고 천치 같은 놈이라고 욕지거리를 했다.

"……무슨 일이 벌어진 거야?"

솔직히 다이키는 제대로 이해할 수 없었다.

고개를 갸웃하며 불안한 듯 올려다보는 다이키를 향해 요카는 미소를 지었다.

"제가 부주의했어요. 춘분이 지났다고 마음을 놓고 있었어요. ……용서해주세요."

"요카 탓이 아니야."

"아니요. 이건 제대로 이야기하지 않은 제 실수입니다. 정말로 큰 상처가 없어서 다행이에요. 아마도 산시가 바위에서 떨어진 다이키를 잘 지켰겠지요. 돌아오면 칭찬해주세요."

"……응."

"그리고 약속해주세요. 저희가 없을 때에는 산시가 있더라도 두 번 다시 혼자서 바깥으로 나가서는 안 됩니다. 부디 바깥으로 나가는 문 근처로도 가지 않겠다고 약속해주세요."

"문 쪽으로 가지 않을게."

다이키가 대답하자 요카는 고개를 끄덕였다. 요카가 양손으로 천을 펼쳐서 목욕물에서 나온 다이키를 감쌌다. 다이키는 요카에게 몸을 맡겼다.

요카는 다이키를 그대로 안아 올려 방 안쪽 침소로 데려갔다. 이불 위에 내려놓고 작은 몸을 살며시 닦아주었다.

"……다이키는 왕을 고릅니다."

"어떻게? 왕은 왕의 아이가 되는 거 아니야?"

"아니요. 왕은 기린에게 선택되어야 비로소 왕이 될 수 있습니다. 왕은 그런 존재입니다."

"……잘 모르겠어."

"저도 잘 모릅니다. 기린이 아니니까요. 이런 식으로 생각하세요. 먼저 천제께서 왕을 고릅니다. 하늘의 가장 높은 분이 여러 사람의 인품을 비교해 가장 왕에 어울리는 사람을 정하는 거지요."

"……흐응."

"천제는 그 뜻을 기린에게 전합니다. ……따로 천제가 귀띔해 주시는 것은 아니에요. 하지만 기린은 왕이 되어야 할 사람을 만나면 알 수 있습니다. 천계가 내리니까요."

"천계는 어떤 거야?"

"천계는 기린이 아니면 모릅니다. 기린이라면 반드시 압니다. 아주 어린 기린도 틀림없이 왕을 선택하니까요."

"……응."

"앞으로 봉산에는 자신이야말로 왕에 어울린다고 생각하는 사람들이 올라올 거예요. 다이키를 알현하고 기린에게 선택받기 위해서요."

"오늘…… 그 사람처럼?"

요카는 고개를 끄덕였다. 다이키의 머리카락을 닦은 천을 내려놓고 속옷을 입힌다.

"예. 많은 사람이 오지요. 앞으로…… 하지가 지나면요."

"왜 하지야?"

"봉산은 황해 중앙에 있어요. 평소에 사람은 황해를 드나들 수 없습니다. 단, 문이 네 개 있는데 그 사대문 중 하나를 지나면 황해로 들어갈 수가 있지요. 사대문은 춘분과 추분, 하지와 동짓날 하루씩밖에 열리지 않아요."

사대문이 열리는 날을 안합일安闔日이라고 한다. 다른 날에는 각각의 문을 삼엄하게 지키고 있다.

"하루만?"

"딱 하루예요. 정오부터 다음날 정오까지. 다이키가 돌아오시고 얼마 되지 않아 춘분이었으니 승산하려는 사람이 있어도 제때 도착하지 못했으리라 생각했습니다. 그래서 방심하고 있던 저희가 어리석었어요. 부디 용서해주시어요."

"……으음."

"그 남자는 아슬아슬하게 제때 도착했겠지요. 본격적으로 사람들이 오르는 것은 하지를 지나고 나서가 될 겁니다."

"……흐음."

"사대문에서 여기까지는 보통 아무리 빨라도 보름은 걸리니까 한번 들어오면 다음 문이 열리는 날까지는 나갈 수 없어요. 그래서 봉산을 향해 모인 사람들은 보도궁 주변에 천막을 치고 돌아갈 때까지 시간을 보냅니다. 황해에는 요마나 요수가 있지만 봉산에는 들어올 수 없으니 안전하지요. 사람이 어마어마하게 모여들어 작은 마을이 생길 정도예요."

"그렇게 많이? 내가 정말로 왕이 될 사람을 알 수 있을까."

"걱정하실 것이 없습니다. 천계가 내리니 알 수 있어요. 천계가 없다면 아무리 훌륭한 자라도 왕이 될 재목이 아닌 겁니다."

"……응."

"다만 그중에는 오늘 그 남자처럼 착각하는 얼간이도 있습니다. 기린을 붙잡은 사람이 왕이라든가, 어떻게든 기린에게 무릎을 꿇게 하면 된다든가, 잘못된 것을 믿는 막된 인간이 말이죠."

"그래서 봉려궁은 미로 안쪽에 있는 거야?"

"그렇겠지요. 기린이 태어났다는 이야기를 듣고는 기린을 납치하러 숨어들려는 얼간이까지 있을 지경이니까요."

"……흐응."

"때가 되면 틀림없이 바깥으로 모시겠습니다. 그러니 그때까지는 혼자 바깥으로 나가지 말아주셔요. 안에 있더라도 조심하셔야만 합니다."

"……알겠어."

요카는 웃으며 다이키의 머리카락을 쓰다듬었다.

"천계가 내리면 기린은 왕 앞에 평복합니다. 왕이 아닌 사람에게는 절대로 평복하지 않는 생물이지만요. 천제나 서왕모의 사당에서도 기린만은 평복하지 않아도 된다고 정해져 있을 정도니까요."

"그래……."

"그리고 결코 곁을 떠나지 않고, 절대로 명령에는 거스르지 않는다는 서약을 합니다. 어전에서 떠나지 않고, 왕명을 거스르지 않으며, 충성을 맹세할 것을 서약한다고요."

"응."

"왕이 허락한다고 말씀하시면 왕의 발에 이마를 댑니다. 뿔을 대는 거지요. 그러면 그 사람은 왕이 됩니다. 다이키가 선택한 분이라면 태왕이라 부릅니다. 대국의 왕을 그리 부르지요. 다이키는 그때부터 태泰 태보라 불립니다."

"복잡하네."

불안해하는 다이키를 보고 요카가 미소 지었다.

"그런가요? 왕을 고르면 봉산보다 훨씬 위쪽으로 오릅니다. 위에 서왕모의 사당이 있어요. 다이키는 그곳으로 왕을 모시고 갑니다."

"어떻게? 산시도 올라갈 수 없는데."

요카는 또 웃었다.

"그때가 되면 저절로 길이 열립니다. 사당으로 올라가 천칙을 받고 나서 대국으로 내려가시게 되지요. 천칙이 어떤 것인지 묻지 마세요. 무엇인지 아는 분은 기린과 왕뿐이니까요."

"응."

"서운瑞雲이라는 예쁜 구름이 봉산에서 대국까지 드리워져요. 그 구름을 타고 대국으로 가시는 거예요."

"……그래서?"

"그래서?"

요카는 다이키를 보았다. 아이는 불안한 표정을 짓고 있다.

"그러고 나서 어떻게 되는데? 설마 내가 대국에서 사는 거야?"

"당연히 그렇지요."

"그럼 요카를 만날 수 없어?"

다이키는 울 것 같은 표정을 지었다.

"산시랑도? 데이에이나 다른 여선들도?"

"어쩌면요."

요카는 중얼거리고서 이불 위에 앉은 다이키를 끌어안았다.

"그러네요. ……만날 수 없을지도 몰라요. 그래도 말이죠, 산시는 곁을 떠나지 않습니다. 줄곧 다이키와 함께할 거예요."

"왕을 선택하지 않을 수는 없어?"

"왕을 선택하는 것이 기린의 중요한 소임입니다."

아이의 가는 팔이 여선을 끌어안았다. 요카는 아이의 등을 쓰다듬었다.

"훌륭한 기린이 되어 훌륭한 왕을 고르시어요. 저희는 봉산에서 다이키가 어떻게 살아가는지 똑똑히 지켜보고 있을 테니까요."

봉산은 기린을 기르는 장소이니 떠난 기린은 돌아오지 않는 편이 좋다. 여선들의 양손은 언제든 새로이 태어난 기린을 위해서만 존재하기 때문이다. 하지만 지금의 다이키가 그런 사실을 알 필요는 없다.

"다이키가 훌륭하게 소임을 다해주시는 것이 저희 여선의 유일한 바람입니다."

다이키는 고개를 끄덕였다.

끄덕이려는 것처럼 보였다.

005

마침내 달력상으로 여름이 가까워지기 시작했다.

달력상이라고 말하는 까닭은 봉산에는 기후의 변화가 없기 때문이다.

바꿔 말하면 하지가 다가온다. 하지에는 황해의 남서쪽에 있는 영곤문令坤門이 열린다.

"다이키, 머리를 묶어드릴까요."

데이에이가 말했다. 강바닥의 작은 돌멩이를 주우려다 수면으로 머리카락이 흘러내려 몇 번이고 성가셔하며 쓸어 올리는 다이키를 보았기 때문이다.

"응."

다이키는 대답하고 강가의 돌 위에 앉았다. 데이에이는 허리띠에 달린 장식 끈을 풀어 강철빛 머리카락을 묶었다. 가지런히 다듬으며 기른 머리카락은 벌써 등에 닿았다. 그래도 아직 묶으면 짧았다.

"앞머리만이라도 자르면 안 돼?"

"정 그러고 싶으시면 원하는 대로 잘라드리지요. 하지만 후회하셔도 모릅니다."

"이 정도 길이면 충분하지 않을까?"

다이키의 조심스러운 의사 표시에 가볍게 웃었다.

"기린이 되었을 때는 길이가 달라져요. 알맞은 길이로 변하는 모양이에요. 다이키의 머리카락은 아직 자라고 있으니 아마 이 정도로는 짧은 거겠죠."

"한번 기린이 되어보면 분명해질 텐데."

"시험해보지 않아도 저희가 알고 있어요. 다 됐습니다."

첨벙거리며 물속으로 돌아간 기린을 데이에이는 가만히 웃으며 지켜보았다.

"사이린齊麟의 이야기를 아십니까?"

"사이린? 아니."

"옛날 옛적, 아직 재국才國의 국씨를 재齊라 하던 시절, 무척 멋 내기 좋아하는 사이린이 있었지요."

"린이니까 재국의 여자아이겠네."

"그렇습니다. 사이린이 여선의 머리를 부러워해 머리카락을 땋아달라며 고집을 부렸답니다."

"여선처럼 땋은 거야? 비녀도 꽂고?"

데이에이는 바느질을 하면서 고개를 끄덕였다.

"그렇지요. 머릿기름을 바르고 촘촘하게 따서 형형색색의 비녀로 장식한 것까지는 좋았는데 말이죠, 갑자기 소나기가 오는 바람에 남들보다 먼저 궁으로 돌아가려고 전변하고 보니 갈기를 땋은 상태였어요. 고개가 뒤로 젖혀져 똑바로 가누지 못했답니다."

다이키가 경쾌하게 웃음을 터뜨렸다.

"……아팠겠다."

"그랬겠죠. 다이키도 조심하세요. 묶은 채 기린이 되어서 쓰라린 경험을 하지 않도록 말이지요."

"네에."

키득대며 웃는 다이키를 보고 웃으며 데이에이는 손으로 시선을 돌렸다.

마주의 고손이라는 남자가 나타나고부터 다이키 주위에는 반드시 여선 두세 명이 따라다니게 되었다. 여괴는 다이키를 지키는 것밖에 생각하지 못하는 생물이라 때로는 쓸데없이 피를 흘려 도리어 다이키에게 해를 입힌다.

사실 그날도 산시는 자신과 고손이 흘린 피의 부정으로 물들어 있었다. 한 번 목욕한 정도로는 피 냄새가 지워지지 않는데, 다이키가 여선에게는 말하지 않고 평소처럼 산시를 곁에서 자도록 허락해버리는 바람에 결국 이튿날 열이 오르는 소동이 벌어지고 말았다.

'……사령이 있으면 좋으련만.'

데이에이는 마음속으로 중얼거렸다.

산시 혼자서는 다이키를 지키기가 버겁다.

십 년의 세월이 원망스러울 때가 이런 경우다.

오산을 둘러싼 황해는 요마 소굴이다. 본디 기린은 조금씩 황해 가장자리를 산책하면서 요마를 길들여 사령으로 삼는다. 먼저 오산 기슭에서 작은 요마를 놀이 삼아 절복折伏하면서 쓸모없는 요마를 모으는 것부터 시작한다.

'다이키에게는 그럴 시간이 없어…….'

게다가 요마를 절복하는 방법도 알지 못하리라. 데이에이도 가르쳐줄 길이 없다. 그것은 기린이 날 때부터 아는 것이다.

—잃어버린 세월이 지금의 절반만 되었더라도.

기린은 짐승 모습으로 태어난다. 태어나서 오 년 동안은 짐승 모습이며 아직 뿔은 없다. 말도 하지 못하고 여선의 의도도 제대로 이해하지 못한다. 어린 새 같은 존재다.

어린 새는 나는 법을 모르지만 기린은 나면서부터 하늘을 달리는 방법을 알고 있다. 새끼 기린은 여괴만을 데리고 오산을 누비며 요마를 모아서 논다. 여괴의 젖만으로 자라고, 상처와 피의 부정에도 강하다.

개인 차이는 있지만, 오 년쯤 지나면 이따금 사람 모습이 되고 사람 말을 떠들게 된다. 사람 모습과 짐승 모습을 오가다가 어느 날 이마에 뿔이 나타난다. 그와 동시에 젖을 떼고 완벽한 사람의 모습을 드러낸다.

그러니까 기린은 일반적으로 젖을 뗐을 즈음에는 전변하고 절복하는 방법을 알고 있다. 누구에게 가르침받을 필요도 없다. 뿔이 완전히 자랄 때까지는 성수라고 부를 수 없지만 기린의 능력은 모두 갖추고 있다. 그때에 깃발을 올리는 것이다.

기린이 젖을 떼면, 실제로 태어난 곳은 아니지만 모국이라 부르는 나라에 소식이 전해져 사당마다 기린기가 걸린다. 봉산에 기린이 있으니 이제 왕을 선정하겠다는 뜻이다. 기린기를 보고 자신이야말로 왕의 재목이라 생각하는 사람은 봉산에 오른다.

데이에이는 한숨을 내쉬었다.

다이키는 어린 짐승이 아니다. 돌아온 날에 모국인 대국에 기린기가 걸렸다.

이제 와 기린의 일을 할 수 없다는 변명은 어떤 이유로도 통하지 않는다. 왕을 선택해야만 한다. 전변을 할 수 있어야 당연하고, 자신의 몸을 지킬 정도의 사령을 거느리고 있어야 마땅하다.

"……어찌할꼬."

데이에이가 중얼거린 목소리가 귀에 들어왔는지 다이키가 고개를 들었다.

묻는 듯한 다이키의 표정에 데이에이는 고개를 가로저었다.

말하지 않는 것이 낫다. 전변처럼 괜히 다이키를 괴롭힐 따름이다. 어차피 여선 중 누구도 가르쳐줄 수 없다.

겨우 전처럼 활기를 되찾은 다이키를 다시 침울하게 만들고 싶지 않다.

왕을 고르면 봉산에 돌아올 수 없다는 이야기를 요카에게 들은 다이키는 몹시 풀이 죽고 말았다. 하지가 오는 것을 울적해하는 것 같아 지켜보는 여선들이 더 허둥거려야 했다.

하지에 승산한 자 중에 왕이 있다고 단정지을 수는 없다. 계절마다 올라오는 자들 사이에서 왕을 찾으며 몇 년을 보내는 기린도 있고, 도무지 나타나지 않는 왕 때문에 애를 태우다 스스로 봉산을 뛰쳐나가 왕을 찾으러 가는 기린도 있다는 이야기를 듣고서야 다이키는 진정이 되었다.

"무슨 수를 쓰려거든 지금 해야 할 터인데……."

다행히 지금은 보도궁 주위에 사람이 없다. 춘분 안합일에 늦지 않은 사람은 고손인가 하는 남자뿐이었던 듯했다.

고손은 여선들의 맹비난과 물도 식량도 주지 않는 냉담하기 그지없는 처우에 질려 봉산을 내려가버렸다. 나라로 돌아가기 위해 영곤문 주변에서 안합일을 기다리고 있겠지만 요마나 요수에게 몸을 지키면서 하는 야영은 예삿일이 아니다. 간신히 살아남더라도 안합일에 들어온 사람들의 웃음거리가 될 것이다. 데이에이는 동정할 마음이 들지 않았다.

하지만 그것도 하지까지. 하지가 지나면 보도궁 주변에는 늘 사람이 있을 것이다.

지금 황해로 데려가 요마와 대치시키면 절복하는 법을 떠올릴지도 모르지만 다른 어린 기린에 비해 다이키는 야생의 강인함이 턱없이 부족했다. 만에 하나의 사태를 생각하면 그렇게 하기 어려웠다.

"데이에이, 고민 있어?"

말소리가 들려 고개를 들자 다이키가 걱정스러운 표정으로 데이에이의 얼굴을 올려다보았다.

"……아니요."

"내가 무슨 걱정을 끼쳤어?"

데이에이는 미소 지었다. 여선이 걱정하는 존재는 기린뿐임을 다이키는 파악하고 있다. 그런 총명함이 기특하고, 여선의 우울함을 신경써주는 상냥함이 사랑스럽게 느껴졌다.

"당치도 않습니다."

"하지만……."

"바느질이 지겨워졌을 뿐이에요. 자랑은 아니지만 저는 이런 일에 재주가 없거든요."

"내가 도와줄까?"

"어머나, 황공하옵니다. 다이키가 저보다 잘 꿰매시면 저는 얼굴을 숨기고 자취를 감춰야 해요. 신경쓰지 마시고 놀고 계세요."

데이에이는 웃으며 머리를 쓰다듬으면서 생각했다.

하다못해 다른 기린과 만나게 해주고 싶은데.

기린이라면 분명히 여선이나 산시가 가르쳐주지 못하는 것을 알려주련만.

5
장

001

"교쿠요 님!"

다이키가 목소리를 높인 것은 노천궁에서 점심 식사를 마쳤을 때였다.

궁의 다섯 개 방 중 가운뎃방으로 들어온 교쿠요는 뒤로 금발의 청년을 거느리고 있었다. 그를 보고 데이에이는 평복하면서 마음속으로 더욱 깊이 고개를 숙였다.

교쿠요는 빈틈없이 마음을 써주고 있었다.

"잠시 만나지 못한 새에 훌륭해지셨소."

교쿠요는 웃으며 다이키의 머리카락을 쓸었다.

"갈기도 제법 자라셨구려. ……별 탈 없이 지내시는가?"

"네."

다이키는 대답하고 교쿠요 뒤에 있는 젊은 남자를 보았다. 봉산에서 남자를 보기는 일전의 고손 이후로 처음이라 참으로 신기했다.

"이분은 경景 태보. ……게이키景麒라 하오."

다이키는 눈을 동그랗게 떴다.

"기린인가요?"

교쿠요는 고개를 끄덕였다.

다이키는 무표정하게 인사하는 게이키를 한참 올려다보았다.

왠지 차가워 보이지만 다이키는 기린을 만났다는 사실이 기뻤다.

다이키는 자신이 기린임을 알면서도 기린이 어떤 존재인지 여전히 이해하지 못한 상태였기 때문이다.

교쿠요는 여선들을 둘러보았다.

"노천궁은 떠들썩하구나."

요카가 허둥지둥 고개를 숙였다.

"죄송합니다. 다이키가 혼자 식사하기 싫어하셔서……."

교쿠요는 웃었다.

"됐네. 지금 봉산의 주인은 다이키. 다이키가 좋을 대로 하게나."

"예."

"경 태보께서 한동안 머무르실 것이니 궁을 준비하여라."

"분부 받잡겠습니다."

고개를 숙이는 여선들을 둘러보고 교쿠요는 다이키의 손을 잡았다.

"몰지각한 자가 행패를 부렸다고? 생각지도 못한 재난이었을 텐데, 다친 데는 없으시오?"

"없습니다."

"다행이오."

미소 지으며 교쿠요는 다이키를 앉혔다. 게이키에게도 눈짓으로 앉으라고 재촉했다.

"경 태보는 다이키 바로 전에 봉산에 계셨던 분."

"정말요?"

다이키가 게이키를 쳐다보았지만 무표정한 눈인사만 돌아왔다.

"두 사람은 똑같이 봉산에서 태어났으니 형제와도 같소. 경 태보는 한동안 봉산에 계실 터이니 다이키도 경 태보를 형님이라고 생각하고 두루두루 배우시게."

"네."

다이키는 웃으며 게이키를 똑바로 바라보았다.

"경 태보는 점심은 드셨습니까?"

"……예."

"차는 어떠세요."

"괜찮습니다."

다이키는 고개를 갸웃했다.

"경 태보는 어느 궁에서 지내실 건가요?"

"이전에 여기 있을 때에는 자련궁紫蓮宮에 있었습니다."

"그럼 자련궁으로 가시나요? 함께 가도 될까요?"

"그러시죠."

일어선 게이키를 따라 다이키도 일어났다. 게이키를 뒤쫓아 걸으려다 교쿠요를 돌아본다.

"교쿠요 님은 천천히 있다 가시나요? 아니면 볼일이 있으신가요?"

교쿠요가 웃었다.

"특별히 일은 없으니 다이키만 좋다면 저녁에 초대해주시오."

"네!"

활짝 웃고는 서둘러 게이키를 쫓아가는 다이키를 교쿠요도 여선들도 흐뭇하게 지켜보았다. 두 사람의 모습이 사라지고 나서 데이에이는 조심스레 교쿠요에게 말을 걸었다.

"무례인 줄 압니다만……."

"말해라."

"외람되오나, 경 태보는 마음 편한 상대라 하기는 어려운 분. 그래서…… 다이키와는……."

교쿠요는 끝까지 듣지 않고 소리 높여 웃었다.

"확실히 경 태보는 딱딱한 분이지."

데이에이는 입을 다물었다.

게이키는 봉산에서 태어나 얼마 전까지 봉산에서 살았으니 성격이라면 잘 알고 있다. 부정하는 것이 예의겠으나 아쉽게도 데이에이에게는 부정할 근거가 없었다.

"일전의 인연도 있으니 염 태보에게 부탁할까도 싶었다네. 하나, 연극국漣極國은 지금 한창 시끄러운데 그리 쉽게 태보를 빌릴 수는 없지. 지난번에도 어려운 걸음을 하신 것이네."

렌린廉麟의 모국, 연에 난이 있다는 소문은 데이에이도 들었으므로 고개만 끄덕이고 말았다.

"그것을 생각하면 나이로는 경 태보가 가장 가깝지. 나라가 힘든 것이야 경 태보도 마찬가지지만, 태보는 다이키와 어울리면서 붙임성을 좀 배우는 것이 좋을 게야."

데이에이는 조심스레 쓴웃음을 지었다.

"……예."

교쿠요는 가볍게 웃고 나서 갑자기 미소를 거두었다.

"……경 여왕은 다소 외곬으로만 생각하는 분이네. 경 태보가 저래서는 오히려 경 여왕을 궁지에 몰아넣고 말겠지. 다이키의 온화한 기질을 조금이라도 본받는다면 좋을 터인데……."

데이에이는 묵묵히 고개를 숙였다.

봉산 바깥에서도 고민은 끊이지 않는 듯하다.

002

다이키는 수행하는 여선과 함께 게이키를 따라 걸었다.

어른인 게이키를 쫓는 것은 다이키에게 쉬운 일이 아니었다. 게이키가 조금도 걷는 속도를 늦추어주지 않으니, 자련궁에 도착했을 때 다이키는 숨이 차오를 대로 차올라 있었다.

자련궁의 구조도 노천궁과 큰 차이가 없다. 게이키는 궁에 들어가 무슨 생각을 하는지 방마다 걸으며 실내를 둘러보았다. 그리운 것이리라 판단하고 다이키는 말없이 기다렸다.

한차례 궁 안을 걷고 나서 게이키는 가운뎃방 의자에 앉았다. 다이키는 역시 말없이 옆에 서 있었다.

가구는 있지만 덮개며 장식품은 치웠다. 그런 것을 들고 우왕좌왕하는 여선을 거들떠도 보지 않고 게이키는 가만히 사색에 잠긴 모습이었다.

자신의 존재가 까맣게 잊힌 것 같아 다이키는 점점 불안해졌다. 게이키의 표정을 보면 말을 걸기도 꺼려지지만 그렇다고 이대로 곁에 있기도 방해하는 것같이 느껴졌다.

그야말로 이러지도 저러지도 못하고 있던 터라 여선이 탁자 위에 다기를 가지런히 내려놓았을 때에는 정말로 한숨 놓았다.

"시끄럽게 해서 죄송합니다. 차라도 드셔요."

여선은 그렇게 말하고 게이키에게 찻잔을 내밀었다.

"이처럼 가만히 계시면 다이키가 곤란해하십니다."

"아아……."

그제야 존재를 떠올린 것처럼 게이키는 다이키를 보았다.

"이거 실례를."

표정 없는 얼굴로 고개를 까딱 숙인다.

"저기…… 제가 방해되나요. 그러면 물러갈게요."

머뭇머뭇 물은 다이키에게 대답한 사람은 게이키가 아니라 여선이었다.

"그러지 않으셔도 되어요. 다이키도 어서 차를 드세요."

의자를 권해주어서 머뭇거리며 앉았지만 이보다 더 불편할 수 없었다.

"저기…… 경 태보는 어디에 사세요?"

"경에 삽니다."

"경국慶國은 어떤 곳인가요?"

게이키는 내키지 않는 목소리로 대답했다.

"동쪽 나라입니다."

그 말만 하고는 입을 다물어버려서 다이키는 경국이 어떤 나라인지 전혀 알 수 없었다.

"경 태보도 봉산에 계셨지요?"

"그렇습니다."

"태어났을 때부터 쭉요? 저는 얼마 전에 이리로 왔어요."

"태어났을 때부터 있었습니다."

"언제까지 계셨나요?"

"이 년 전까지 있었습니다."

"그러면 이 년 전에 임금님을 선택하셨겠네요."

"왕을 만난 것은 작년입니다."

아아, 하고 다이키는 중얼거렸다.

"이 년 전에 임금님을 찾아서 봉산을 내려가신 거군요."

"그렇습니다."

"저어……."

다이키는 꽃향내가 나는 차를 들여다보았다.

"임금님을 고르는 건 어떤 느낌인가요. 요카는 천계가 내린다고 하던데, 저는 잘 몰라서…….”

게이키의 대답은 더할 나위 없이 쌀쌀맞았다.

“그때가 되면 압니다.”

“저도 왕을 고를 수 있을까요?”

“고를 수 있습니다. 기린은 그런 생물입니다.”

“천계가 어떤 것인지 몰라도 괜찮을까요.”

“천계를 말로 표현하기는 어렵습니다. 왕을 뵈면 어떤 것인지 알 수 있습니다.”

“틀린 사람을 선택해버리거나 임금님을 보고도 모르지는 않을까요.”

“있을 수 없습니다. 왕에게는 왕기가 있으니.”

“왕기?”

게이키는 표정 없이 고개를 끄덕였다.

“왕의 기척입니다. 풍격이라고 해도 됩니다만. 다른 자와는 다르므로 알 수 있습니다.”

“저는 다른 기린들과는 다른 것 같은데, 그래도 알 수 있을까요? 보통 기린과 선택하는 법이 다르지는 않을까요?”

“저는 흑기린을 알지 못하므로 모릅니다.”

“……네에…….”

다이키는 아주 난처해졌다. 이마에 땀이 살짝 맺혔다.

그렇게나 기린을 만나보고 싶었건만, 기린이 눈앞에 있는데도 조금도 앞으로 나아가지 못하는 기분이 드는 까닭은 어째서일까.

"경 태보는 봉산을 내려가 어떻게 임금님을 찾으셨어요?"

눈앞에 있는 인간 중에서 한 명을 선택한다면 모를까, 어디에 있는지 모를 상대를 찾으려면 큰일이 아니었을까.

"왕기를 길잡이로 삼았지요."

"여러 사람을 만나 왕기가 있는지 없는지 시험해본 건가요?"

"왕기는 본인이 눈앞에 없더라도 막연하나마 느낄 수 있습니다. 그래서 왕기가 있는 방향으로 향했을 따름입니다."

"……그런가요……."

이것 또한 다이키는 이해할 수 없었다.

"경 태보는 전변할 수 있지요?"

"전변하지 못하는 기린은 없습니다."

"저는 못 해요. ……하는 법을 몰라서……."

게이키가 다이키를 보았다. 게이키의 눈은 선명한 보랏빛이었다.

"손을 드는데 어떻게 하는지 묻습니까? 걷는 방법을 배웁니까?"

"아니요."

"마찬가지입니다. 전변하는 방법을 물어도 대답할 수 없고, 대답한다고 알 수 있을 것 같지 않군요."

"네……."

다이키는 고개를 떨어뜨렸다. 그렇다면 이대로 평생 전변하지 못할지도 모른다.

침묵이 흘렀다. 게이키가 먼저 말을 걸 마음이 없음을 감지한 다이키는 일어났다. 산시가 무척 보고 싶었다.

"……방해해서 죄송합니다."

고개를 숙이자 말없이 고개를 끄덕였다.

"저녁 식사 때 뵐 수 있을까요."

"교쿠요 님께서 그럴 생각이시라면요."

"네. ……번거롭게 해드려 정말로 죄송합니다. 이만 가볼게요."

"예."

인사하고 발길을 돌렸다. 잰걸음으로 궁을 나왔지만 바깥으로 나올 때까지 버티지 못했다. 바깥으로 나가는 돌계단에 이르기 전에 눈물이 떨어졌다. 안타깝고 한심해서 발이 멈추었다. 좇아온 여선이 부르는 소리가 들렸다.

"……다이키."

어깨에 얹은 손의 온도와 무게가 더욱 애달프게 느껴졌다.

"나는 기린이 아닐지도 몰라."

"그렇지 않아요."

부드러운 손이 끌어안는다.

"기린이라면 반편이 기린이야."

"그렇지 않아요, 다이키."

"분명히 그런 거야."

다이키는 여선에게 매달렸다.

"미안……."

반편이라서.

애정을 받기만 해서.

무엇 하나 기대에 부응하지 못해서.

003

—우짜다 야아 같은 아가 나왔노?

할머니는 늘 그렇게 말씀하셨다.

—괜찮아.

그렇게 말하며 쓰다듬어주던 엄마의 손은 여선의 손과 똑같이 따뜻했다.

'할머니 말씀은 신경쓰지 않아도 돼. 지금 이대로 착한 아이로 있어주면 그걸로 괜찮으니까. 엄마는 그걸로 감사해.'

그런데 엄마는 어째서 몇 번이고 몇 번이고 울어야 했을까.

죄송하다고 말하면 사과할 필요 없다고 한다. 눈물이 맺힌 눈으로 미소 지으며 가만히 쓰다듬어주었다.

"신경쓰지 않아도 돼요."

여선 역시 똑같이 말하며 다이키의 등을 쓸었다. 따뜻한 손으로 다이키의 손을 잡고 노천궁으로 바래다주었다. 요카와 데이에이도 마찬가지로 위로해주었다.

"초조해하지 마세요."

"그럼요. 전변할 수 있든 없든 다이키가 기린임은 분명합니다. 조금도 신경쓰실 필요 없어요."

'신경쓰지 않아도 돼.'

"정말이지 경 태보도 어른스럽지 못해서."

'할머니는 원래 화를 잘 내는 사람이야.'

"그렇게 울지 마셔요. 전변하지 못하더라도 전혀 상관없어요."

'사과하지 않아도 돼.'

"그럼요. 다이키가 그렇게 마음 쓰실 만한 일이 아니에요."

산시도 위로하듯 쓰다듬어주었다. 쓰다듬던 손으로 안아 올려

다이키의 얼굴을 들여다보았다.

"……잠시 바깥에 나갔다 올까요? 상쾌한 저녁 바람이 불고 있어요."

다들 상냥해서 더욱 괴로웠다. 따뜻한 손과 부드러운 목소리 때문에 도리어 애달프다.

"다녀오세요, 다이키."

요카가 웃옷 한 장을 걸쳐주었다.

"저녁 식사 때에는 돌아오셔야 해요. 오늘은 현군도 함께하신다니까 틀림없이 떠들썩할 거예요."

요카에게 배웅받고 산시에게 안겨 궁을 나와서도 여전히 눈물이 멈추지 않았다.

"경 태보도 딱하시오."

자련궁을 찾은 교쿠요는 한숨을 쉬었다. 게이키는 옆에서 부루퉁해 있다.

"……아직 어린 다이키를 울리시다니."

"괴롭힌 것처럼 말씀하시면 억울합니다."

"아닌 줄 알지, 알고말고. ……그래도 조금 다르게 말할 수도 있지 않은가."

"사실을 말했을 따름입니다. 전변하는 방법 같은 건 물어도 대답할 수 없습니다."

교쿠요는 또 한숨을 쉬었다.

"그 말투가 박정하다는 것이오. 다이키는 불행하게도 오랫동안 봉래에서 지냈네. 경 태보 같지는 않지. 조금 더……."

"그렇다면 같은 봉래 태생인 연 태보한테 부탁하면 되었을 것을. 저에게는 맞지 않습니다."

"게이키."

교쿠요가 나무란다.

"나는 게이키에게 부탁했네. 게이키한테도 다이키한테도 좋다고 생각해서 한 일일세."

"저는……."

"이 몸이 게이키의 고민을 모른다 생각하셨는가."

단호한 말에 게이키도 깊은 한숨을 내쉬었다. 모국에 남겨두고 온 왕을 생각했다.

게이키의 주인은 지극히 평범하게 자란 장삿집 딸. 좋게 말하면 섬세한 여성이지만 나쁘게 말하면 너무 소심하다. 옥좌를 넘보지를 못한다. 날마다 움츠러들어 있더니 정무도 내팽개치고 왕궁 안쪽에 숨어 나오려고 하지 않는다. 나무라거나 달래도 조금도 나아지지 않는 것은 물론이고 게이키를 유달리 멀리하며 만나기 꺼리는 모습마저 보이고 있다.

“경 태보가 틀린 말을 입에 올리지는 않았겠지. 하나, 올바른 방법이 반드시 최선의 방법은 아님을 배울 필요가 있네.”

게이키는 당황했다. 이치에 맞는 말인데 어째서 안 된다는 것인가.

“일단은 기분을 헤아려드리는 것부터 시작하지. 다이키는 타고나기를 솔직한 분. 그런 분을 겁먹게 해서야 경왕景王도 안심시켜드릴 수는 없을 것이오.”

게이키는 다시 한숨을 지었다.

“다이키는 어디 계시지?”

사잇길을 걸으면서 만난 여선에게 물으니 여선은 뒤쪽 봉려궁 끝을 가리켰다.

“애기원추리원䕬香萱園에 계세요. 다이키를 너무 괴롭히지 마세요.”

길을 물을 때마다 같은 잔소리를 듣는 통에 게이키는 언짢은 표정을 지을 수밖에 없었다.

“그럴 마음은 없어.”

“그럴 마음이 없더라도 경 태보의 말투는 차가우세요.”

“주의하지.”

그 말밖에 할 수 있는 대답이 없다.

울적한 마음으로 사잇길을 걷는 동안 여선을 만날 때마다 잔소리와 야유를 들으면서 애기원추리가 핀 광장으로 나왔다.

게이키는 잠시 멈추어 섰다. 노란 꽃이 점점이 핀 가운데 하얀 여괴가 네 다리를 꿇고 앉아 있었다. 표범의 몸에 매달리듯 웅크리고 앉은 다이키를 발견했다.

특이한 기린이다.

기린임은 틀림없지만 갈기 색이 달라 위화감을 씻을 수 없었다.

위화감의 근거는 또 있다. 게이키는 어린아이에게 익숙하지 않다. 작은 몸과 가는 팔다리가 다른 생물 같아서 익숙해지지 않는다. 특히 지금처럼 풀이 죽어 웅크리고 있으면 괜히 마음이 들썽거려서 안절부절못했다.

말을 걸까 말까 고민하는데 여괴가 시선을 돌렸다. 그것을 깨달았는지 다이키도 돌아본다. 어리둥절한 표정으로 짙은 색 눈을 동그랗게 뜨고 나서 허둥지둥 소매로 얼굴을 닦았다. 일어나서 고개를 푹 숙인다.

"……아까는 죄송해요."

"아니."

말하고 나서 허둥지둥 덧붙였다.

"저야말로 미안합니다. 내 말투가 차가운 모양이라……."

"아니에요."

다이키는 고개를 가로저었다. 어떻게 저리 가는 목으로 머리를 받칠 수 있을까. 게이키는 그것이 신기했다.

"제가 한심한 거예요. 정말로 죄송했습니다."

"아니……. 옆에 앉아도 되겠습니까."

"앉으세요."

게이키가 옆에 앉자 다이키도 그 자리에 앉았다. 게이키는 기다리듯 몇 발자국 물러나 예를 갖춘 여괴를 쳐다보았다.

"다이키의 여괴입니까?"

"네. 산시라고 해요."

"훌륭한 여괴로군요."

그렇게 말하자 다이키는 눈을 깜빡였다.

"여괴에 훌륭하고 아니고가 있나요?"

"없지는 않지요. 산시처럼 많은 짐승이 섞일수록 좋은 여괴라고들 합니다. 산시, 물러가도 된다. 내가 다이키 곁에 있을 터이니."

게이키가 말하자 산시는 고개를 깊이 숙이고 사잇길로 향했다.

사라지지 않고 걸어서 물러가는 모습을 보고 게이키는 눈썹을 살짝 찡그렸다.

"훌륭한 여괴지만 아직 힘이 해방되지 않았군."

게이키의 혼잣말에 다이키가 고개를 갸웃했다. 갈기에 닿은 애기원추리가 한들거렸다.

"다이키의 힘이 해방되지 않았기 때문이겠지요. 여괴는 주인과 인연이 깊습니다. 기린이 병들면 병드는 존재예요."

"저는…… 병에 걸린 건가요."

"비유일 뿐입니다. 하지만 병이라는 표현이 가까울지도 모르겠군요."

"그런가요……."

고개를 떨구는 아이를 보고 게이키는 한숨을 쉬었다. 아무래도 어찌해야 좋을지를 모르겠다.

004

한동안 게이키는 이야기를 어떻게 시작할지 고민했다. 아이는 입을 꾹 다물고 고개를 숙이고 있다.

"조금 전에 어째서 우셨는지 물어도 됩니까."

무례한 질문일지도 모르지만, 교쿠요는 다이키의 심정을 헤아리라고 했다.

"……죄송합니다."

작은 기린은 몸을 움츠렸다.

"사과받고 싶은 것이 아닙니다. 이유를 듣고 싶습니다."

다이키가 고개를 떨구었다.

"……제가 한심했기 때문이에요."

"어째서?"

"이대로 계속 전변하지 못하는 것은 아닐까 싶어서요. 여선들 모두 제가 전변하기를 기다리는데."

"여선이 신경쓰입니까?"

그렇게 묻자 불안해 보이는 얼굴을 든다.

"네. 다들 저렇게 잘해주는데. 저는 기린이라서 봉산에 사는 것을 허락받았고, 그래서 여선들 모두 무척 친절하게 대해주는데 기린다운 일은 아무것도 하지 못해요. 하다못해 답례로라도 기쁘게 해주고 싶은데, 그런 날이 오지 않을지도 모른다고 생각하면 한심해서……."

말하는 도중에 속눈썹에 다시 눈물이 맺혔다.

"울지 마십시오. 내가 또 여선들에게 혼납니다."

다이키는 눈을 깜빡였다.

"경 태보도 여선에게 혼나세요?"

"혼나지요. 여선은 기린을 대하는 데 거리낌이 없어요."

그 대답에 다이키가 살짝 웃었다.

“여선을 신경쓰지 마십시오. 그들은 다이키를 보살피기 위해 있는 존재. 다이키가 여선의 주인이기 때문입니다.”

“하지만…….”

다이키는 중얼거리고서 다시 고개를 떨어뜨렸다.

“저는 여선이 없으면 아무것도 하지 못해요. 하나부터 열까지 보살펴주는 사람을 그렇게 생각할 수 없어요.”

“다이키는 별나시군요.”

“그런가요…….”

역시나 풀 죽은 목소리여서 게이키는 허둥댔다.

정말이지 교쿠요는 무슨 생각인 건지. 이러니 자신에게는 맞지 않는다고 했건만.

“나무라는 것이 아닙니다.”

“네…….”

다이키는 고개를 끄덕이고는 툭 내뱉었다.

“저는 집에서도 그랬어요.”

“집?”

“네. 봉래의 집에서도. ……할머니도 엄마도 기쁘게 해드리지 못했어요. 늘 잘못해서 할머니를 화나게 하거나 엄마나 아빠를 한숨짓게만 했어요.”

다이키는 봉래로 흘러갔다. 식이 어떠했는지 게이키도 기억한다. 그때 게이키는 봉산에 있었다.

"산시가 데리러 와주었어요. 봉산에 와서 제 진짜 집이 봉려궁이라는 소리를 듣고는 그래서 그랬구나 했어요. 제가 진짜 우리 집 아이가 아니라서 아무리 애써도 소용없었던 거예요. ……하지만 봉려궁에서도 똑같아요. 아무도 저를 혼내거나 제 탓이라며 울거나 하지는 않지만 여기서도 변함없이 저는 아무도 기쁘게 해줄 수 없어요. 이따금씩은 제가 기린이 아닌 것 아닐까 싶어요. 기린이 아니라면 저는 봉려궁에 있으면 안 되죠. 우리집에 있어서는 안 되었던 거랑 마찬가지로."

게이키는 그제야 다이키가 십 년 동안 살았던 곳을 떠나왔다는 사실에 생각이 미쳤다. 자신조차 봉산을 떠날 때는 괜스레 서운했었다. 자신보다 작고 이렇게 쉽게 울거나 낙담하는 생물이라면 훨씬 더 가슴이 미어지지 않았을까.

"다이키는 기린이 틀림없습니다."

"그럴까요?"

"기린은 기린이 알 수 있습니다. 다이키는 틀림없이 기린의 기척을 지니셨습니다."

다이키가 게이키를 올려다보았다.

"금빛 같은 것이 똑똑히 보이므로 알 수 있습니다."

다이키는 먼저 자신의 주위를 둘러보고 이어 게이키의 주위를 보았다.

“제게는…… 보이지 않는데요.”

“다이키의 힘이 아직 해방되지 않았기 때문이겠지요. 다이키는 틀림없이 기린입니다.”

“그럼 제가 봉산에 있어도 괜찮은 걸까요. 기린다운 모습을 전혀 보이지 않더라도?”

“괜찮습니다.”

다행이다, 하고 중얼거리고 다이키는 다시 눈을 깜빡였다.

“……혹시 다이키는 봉래의 집이 그리우신 겁니까?”

“……네. 가끔요. 여선들에게는 미안하지만.”

“저는 모친이 없어서 모르나…… 어머님이 보고 싶으십니까?”

경왕은 돌아가신 모친을 무척이나 그리워했다. 집을 그리워했고, 때로는 평범한 인간으로 돌려놓으라며 게이키에게 화를 냈다.

“경 태보도 어머님이 안 계시나요?”

“보통 기린에게는 없습니다.”

“그럼 저는 축복받은 거네요.”

“대신에 여괴와 여선이 있으니까요. ……다이키에게는 어머님이 계셨죠. 역시 그리운 존재입니까?”

다이키는 대답하지 않았다. 고개만 깊이 떨어뜨렸다.

"여선의 눈치를 보실 필요 없습니다."

게이키가 말하자 고개를 살짝 끄덕인다.

"제가 엄마 아빠의 아이가 아니었으니까 그립다고 해봤자 어쩔 수 없어요……."

"그렇습니까……."

"여선들이 저렇게 잘해주는데 외롭다고 하면 벌받을 거예요."

"그렇지 않습니다."

"그럴까요?"

"물론이지요."

다이키는 나지막이 울음을 터뜨렸다. 무릎을 끌어안고 얼굴을 묻는다. 게이키는 당황해서 허둥거렸다. 이번에도 자신이 울린 것일까.

"저…… 다이키."

"……죄송합니다."

그러면서 작은 몸을 한층 더 작게 움츠리니 곤란했다. 강철빛 머리카락이 흘러내리며 드러난 가는 목이 쓸쓸해 보인다. 무릎을 꼭 끌어안은 어깨도 어쩐지 처량해 보여서, 게이키는 갈팡질팡한 끝에 손을 얹어보았다.

"죄송합니다……."

계속 사과하니 어찌할 바를 모르겠다.

"사과하실 필요는 없습니다."

대꾸하자 다이키가 소리 내서 울기 시작했다. 여선이 하듯이 끌어안자 게이키에게 매달린다. 슬퍼하고 있으니 가엾게 여겨야 마땅하거늘 포근한 존재가 사랑스러웠다. 쓰다듬어주자 다이키는 더 거세게 매달렸다. 오열 사이로 목소리가 들렸다.

"……집으로…… 돌아가고 싶어……."

"그러시겠지요."

"엄마…… 보고 싶어."

게이키는 이 말을 듣고 이 작은 기린은 정말로 외롭구나, 그리 생각했다.

005

하늘이 자줏빛으로 물들었다. 석양이 운해에 반사되어 복잡한 광채를 이룬다.

짙은 그림자와 강렬한 석양이 뒤섞인 미로를 게이키의 손에 이끌려 빠져나가며 다이키는 고향을 생각한다.

미로에서 노는 것이 즐겁다. 학교에 가지 않아도 되는 생활에도 금세 익숙해졌다. 원래 친구와 잘 어울리지 못했기 때문에 또래 아이가 없는 쓸쓸함에도 빨리 길들었다.

산시와 여선도 친절하다. 여기서는 잔뜩 화가 난 할머니에게 혼이 날 일도, 할머니와 엄마가 다투는 모습을 볼 일도 없다. 다툼 후에 엄마가 우는 모습도, 밤에 엄마와 아빠가 싸우는 광경도 볼 일이 없었다. 부부싸움이 끝나고 아빠에게 불려가 한숨 섞인 꾸지람을 들을 일도 없다.

여선은 자신이 돌아왔다고 했다. 본디 있어야 할 곳으로 돌아왔음을 의심한 적은 없다. 여선은 다정하다. 듬뿍 환영해줬고 계속 친절하게 대해준다. 다이키가 돌아와서 진심으로 기뻐하는 것을 알 수 있다.

그래서 있어야 할 곳이 아닌 장소를 그리워하는 것은 여선들에게 미안했다.

그래도 문득문득 떠올리고 만다.

떠올려보면 낡은 집 복도는 미로보다도 즐거운 놀이터였던 것 같다. 마당은 미궁에 있는 어느 광장보다 멋진 장소였던 것 같다. 여선에게 둘러싸여 있을 때보다 학교 교정에서 아이들 틈에 끼지 못한 채 우두커니 친구들 노는 모습을 보고 있던 때가 훨씬 즐거웠던 것 같다. 어느 여선이나 산시보다 가족이 상냥했던 것만 같다.

지금쯤 저녁을 먹고 있을까. 엄마와 할머니와 남동생이 식탁을 둘러싸고 있을까. 아빠는 몇 시에 돌아올까. 일찍 돌아와서 커다란 등을 밀어달라고 할까.

모든 것이 애달프고 그리웠다.

마당의 수국은 피었을까. 할머니는 양산을 꺼냈을까. 다툰 뒤에 엄마는 홀로 욕실에 갔을까. 동생은 한밤중에 혼자 화장실에 갈 수 있을까.

조금이나마 자신을 생각해줄까.

잊혔다고 생각하면 슬프다. 잊지 않았지만 사라져서 홀가분해한다고 해도 슬프다. 사라진 것을 슬퍼하고 있다면 더욱 슬펐다.

"……다이키."

자신이 울먹이고 있었다는 사실을 깨닫고 다이키는 허둥지둥 눈을 깜빡거렸다.

"네."

"자련궁에 잠시 들르지 않겠습니까."

다이키는 게이키의 얼굴을 올려다보았다. 게이키의 표정에는 여전히 변화가 없었지만 다이키의 손을 쥔 커다란 손은 따뜻했다.

"하지만 교쿠요 님이……."

"잠깐만요."

"……네."

게이키는 곧장 자련궁으로 향하더니 마중나온 여선에게 물러가라고 명령하고 안쪽 침실로 다이키를 데리고 갔다. 동쪽 작은 정원을 가로막은 안벽에 저녁 햇살이 닿아 이끼가 다채로운 빛깔로 반짝였다. 반사된 빛 때문에 방안의 모든 것이 석양빛으로 물들었다.

게이키는 다이키의 손을 가볍게 도닥인 뒤 잡은 손을 놓더니 방 가운데에서 고개를 살짝 들고 눈을 감았다. 무슨 일이 일어나는지 궁금해할 새도 없이 그것이 시작되었다.

신비한 영상을 보는 것 같다. 게이키의 모습이 흔들리며 녹아내렸다. 예전 어딘가에서 본 유리나 금속이 녹는 광경과 비슷했다. 녹은 덩어리가 선명한 금빛을 드러내며 여기저기서 잡아당긴 것처럼 늘어난다. 늘어난 그것이 마치 옷이라도 뒤집은 것처럼 안쪽으로 반전했고, 소리를 지를 새도 없이 한 마리 짐승이 모습을 드러냈다.

"……아."

순식간이었다. 짐승의 몸에 걸쳐 있던 옷이 스르륵 바닥으로 떨어진다. 짐승은 살짝 쳐들었던 목을 내리고 다이키를 보았다.

보라색 눈동자는 변함없다. 금색의 갈기 빛깔도 변하지 않았다. 목은 결코 길지 않다. 말보다는 늘씬한 인상으로 사슴을 닮았다. 따스한 느낌을 주는 노란색 몸에 무늬는 등에만 있고, 그것도 무늬가 아니라 각도에 따라 색이 달라지는 털이 복잡하게 뒤얽혀 있는 것처럼 보였다.

"……기린."

동물원의 '기린'과 조금도 닮은 구석이 없다. 다른 생물이었다. 얼굴은 말처럼 길지 않고 사슴과 비슷하다. 이마에 여러 갈래로 갈라진 뿔이 있어서 한층 그렇게 보였다. 다만 뿔은 사슴보다 짧고 하나밖에 없다. 흰색이 아니라 금빛을 띤 진주색으로, 지는 햇살을 받아 담홍빛으로 빛났다.

유연하게 휘어진 목에 걸쳐 있는 금빛 갈기는 게이키의 머리카락이 무릎 뒤에 닿을 정도로 길었던 것을 생각하면 훨씬 짧아졌다. 그만큼 가늘어지기도 했는지, 부는지 마는지 모를 옅은 바람에 휘날리는 모습은 금빛 불길이 타오르는 것 같았다.

말 같은 발굽을 가졌고 사슴과 달리 꼬리가 길다. 뿌리 쪽이 가늘어 말꼬리와는 다르지만, 쇠꼬리보다는 긴 털이 풍성하여 딱 말과 소의 중간으로 보였다.

"……게이키. 이게…… 기린인가요."

"그렇습니다."

기대하지 않았지만 분명한 게이키의 목소리로 대답이 돌아왔다.

"다른 생물인 줄 알았어요."

"그렇습니까?"

곁에 다가가 보니 커다란 짐승이었다. 늘씬하지만 말보다 조금 작은 정도일까. 반들반들한 털을 만져보고 싶은데 게이키라고 생각하면 주저되었다.

"……이런 예쁜 생물일 줄은 몰랐어요."

넋이 나가 서 있으려니 게이키 쪽에서 고개를 숙여 코끝을 다이키에게 갖다 댔다.

"마음에 드십니까?"

"네."

볼이 붉어진 게 느껴진다.

"저도 이렇게 될까요?"

"흑기린이니 색은 다르겠지요."

"그렇……군요."

이런 짐승이 되는 기분은 어떨까.

"앞다리는 팔 같은 느낌이 나나요?"

"아뇨. 앞다리는 앞다리입니다. 전변하면 완전히 뒤바뀌어버리는 모양입니다."

"뿔이랑 꼬리도요?"

"꼬리는 그다지 의식하지 않습니다만. 뿔은 뿌리 쪽에 불이 붙은 것 같은 느낌이 납니다. 그만큼 기운이 집중되어 있는 것이겠죠. 맞아요, 전변할 때에는 이마에 기를 집중하는 것 같은 느낌이 납니다."

잠시 게이키의 흉내를 내, 눈을 감고 이마에 의식을 집중해보았다. 아쉽게도 아무 일도 일어나지 않았다. 다이키는 한숨을 쉬었다.

"……갑자기 되지는 않네요."

"서두르지 않아도 됩니다."

"네. 이 모습이면 분명히 걸음도 빠르겠지요?"

"예. 기린은 하늘을 날 수 있습니다. 바람을 타면 어떤 새보다도 빠릅니다. 마음만 먹으면 세상을 한 바퀴 돌 수도 있습니다."

"……봉래도 갈 수 있을까요? 먼 동쪽 끝에 있다고 들었는데요."

"갈 수 있습니다. 가기를 소원하신다면."

다이키는 눈을 슴벅였다.

이렇게 예쁜 짐승이 되어 온 세상 하늘을 달리는 기분은 얼마나 상쾌할까. 게다가 전변하는 법을 배우면 그리움을 참을 수 없을 때 슬쩍 집을 들여다볼 수도 있다.

"다이키만 싫지 않다면 내일은 등에 태워드리죠."

"정말요?"

"예. 그럼 먼저 궁으로 돌아가십시오. 교쿠요 님께서 기다리십니다. 저도 곧 갈 터이니."

"예."

다이키가 고개를 깊이 숙였다.

"경 태보, 감사합니다."

6 장

001

"한때는 어찌되려나 걱정했는데……."

요카는 바늘을 든 손을 쉬었다. 다이키는 봉산에 와서 조금 컸다. 옷을 새로 짓거나 깃과 소매를 내야만 한다.

"그럭저럭 경 태보와 친해진 모양이니 잘되었어."

함께 바늘을 움직이던 여선도 웃는다. 요카 또한 미소로 대답했다.

게이키가 기린 모습을 보여주었다며 궁으로 뛰어 들어왔을 때의 다이키 얼굴이 잊히지 않는다. 내일은 등에 타볼 거라면서 완전히 흥분해 밤늦게까지 잠들지 못하더니, 이튿날 바람에 머리가 흐트러져 돌아온 다음에는 더욱 들떠서 침소에 들어가질 않았다. 큰일이었다.

"현군이 하시는 일은 틀림이 없네요."

여선 한 사람이 말하고 키득거리며 웃는다.

"요새 경 태보가 다이키처럼 마음을 써주세요. 신기하기도 하고, 우습기도 하고."

"맞아. 무뚝뚝한 얼굴은 여전하지만."

게이키는 봉산에 오래 있었다. 그만큼 여선들은 거리낌이 없다.

"그 얼굴은 판에 박혀버렸으니 하는 수 없지."

"맞아, 맞아."

광장에 경쾌한 웃음이 일었다.

그때 사잇길을 따라 경쾌한 발걸음 소리가 들려왔다.

"다녀왔습니다."

"어서 오세요."

길게 자란 머리카락을 엉클어뜨리고서 달려온 다이키의 하얀 얼굴이 반짝였다. 양쪽에 두 마리 요족을 거느리고 있었다. 한쪽은 산시, 다른 쪽은 게이키가 사령으로 부리는 한쿄班渠라는 요마다.

"오늘은 어디까지 가셨어요?"

"화산에 데려가주셨어. 특이한 새가 잔뜩 있었어."

웃는 얼굴을 보고 요카도 미소를 금할 수 없었다. 다이키는 게이키를 아주 따르는 모양이지만, 어느 여선이고 게이키를 따르는 아이가 있을 줄은 상상도 하지 못했다.

"좋으셨겠네요."

"내일은 황해에 데려가주신대. 절복을 보여주신다고 약속했어."

"어머나."

요카가 말을 잇지 못하자 한쿄가 웃었다.

"걱정하실 필요는 없습니다. 저희가 옆에 있습니다."

"아아……. 그렇군요."

게이키의 사령이 옆에 있으니 걱정은 없다. 고개를 끄덕이면서도 요카는 괜히 불안했다. 과거에 황해에서 목숨을 잃은 기린이 분명히 있었다. 요마는 사람이건 기린이건 개의치 않고 공격한다.

"……어서 물을 끼얹고 오세요. 저녁 드셔야죠."

"네에."

다이키는 대답하고서 산시와 한쿄를 돌아보았다.

"가자."

두 마리 요족을 따라 달려가는 다이키를 지켜보고 요카는 바느질거리를 두고 일어났다.

"무슨 일이지."

요카가 자련궁에 가니, 마침 게이키가 자련굴 속 샘에서 나온 참이었다. 이 동굴에서 샘솟은 물이 아래로 내려가 궁 앞에 있는 연못으로 흘러든다.

"다이키를 황해에 데려가신다고 들었습니다."

"그거 말인가."

게이키는 쌀쌀맞게 대꾸하고 물기 있는 머리카락을 쓸어 올렸다.

"큰일은 없겠지. 다이키의 존체는 사령에게 굳게 지키게 할 터이니."

"하오나."

게이키가 쓴웃음을 지었다.

"여선은 다이키에게 무르군."

"다이키는 열 살이지만 기린치고는 어린 나이입니다."

"그런 말을 하고 있을 수도 없지."

게이키는 궁 입구에 기대 연못을 내려다보았다.

"하지까지 이제 보름도 남지 않았어."

요카가 고개를 떨어뜨렸다.

"조금 전에 영곤문을 보고 왔지. 모인 자의 기수가 벌써 쉰 기를 넘더군."

"그렇게나 많이요?"

게이키가 고개를 끄덕였다.

"대와 영곤문은 정반대 방향이니 타고 다닐 수 있는 기수騎獸가 없다면 아직 승산자가 없을지도 모른다고 생각했는데, 아무래도 기린기가 걸리기를 기다리며 사대문을 돌던 자가 상당수 있던 모양이야."

대국에는 다이키가 봉산에 돌아온 그날 바로 기린기가 걸렸다. 실제로 사당에 깃발이 걸리는 데는 다소 시간이 걸렸겠지만, 걸라는 명령은 그날 중에 내려졌다. 그것이 춘분이 되기 한 달 전, 깃발을 보고 나서 황해로 달려와도 일반적으로는 절대로 안합일에 맞출 수 없다. 그다음 안합일이 보름 뒤로 닥친 하지인데, 열리는 문은 황해 남서쪽에 있는 영곤문. 세계의 동북쪽에 위치한 대에서는 황해를 낀 반대편이다. 황해를 돌아서 하지까지 영곤문에 도착하기는 아주 어려운 일이었다. 하지만 세상에는 큰 야심을 품은 자도 있다. 기린기가 걸리자마자 가장 가까운 안합일에 사대문을 넘을 수 있도록 금강산 주위를 도는 사람들이다. 기린은 통상 태어나서 몇 년이 지나면 왕을 고를 수 있게 된다. 그 시기를 고려해 언제 걸릴지 모를 기린기를 기다리며 금강산 주위를 여행하는 것이다.

기린의 성장에는 개인차가 있다. 언제까지 반드시 기린기가 걸린다는 규칙도 없다. 실제로 이번에 기린은 식 때문에 봉래로 흘러가 춘분까지는 봉산에서 만날 수도 없었다. 기린이 없다는 고지는 하지 않는다. 봉려궁에서는 줄곧 다이키를 찾고 있었고, 계속해서 돌아오기를 기다렸다. 기다리는 이상 '있다'고 치는 것이 여선의 사고방식이다. 따라서 봉산에 기린이 있어도 아직 선정을 하지 못하는 상태가 몇 년이나 이어졌지만 사대문을 도는 사람들은 세월에 신경쓰지 않는다. 빨리 승산했다고 왕으로 선정되는 것이 아니라는 사실마저 고려하지 않는다. 기린을 얻고 옥좌에 오를 일념으로 집요하게 여행을 계속한다. 평범한 말을 타고는 안합일마다 사대문에 도착할 수 없다. 그들은 모두 각자의 기수가 있다. 걸으면 한 달 반은 걸리는 여정을 이르면 보름 만에 달린다. 보름 만에 당도하는 사람은 좀처럼 없으나 하지에 문이 열리면 얼마 지나지 않아 보도궁까지 올라오리라.

"어떻게든 하지까지는 사령을 갖게 해드리고 싶어."

자신이야말로 왕의 재목이라 믿으며 사대문을 도는 패들이니 그만큼 거칠다. 그들에게 분별이 있다면 걱정할 필요도 없겠지만 그런 패들은 자칫 도리를 모르고 우쭐하니 걱정이다. 앞서 봉산에서 쫓겨난 고손이라는 남자도 그중 하나이리라. 그래서 여선들이 가장 신경을 곤두세우는 자들이 첫 번째 승산자다.

게이키가 말을 덧붙였다.

"나도 그리 오래 나라를 비울 수 없어. 왕이 등극한 지 얼마 되지 않은 까닭에 경은 안녕과는 거리가 멀지."

"……경 태보는 다이키에게 무척 다정하시네요."

요카가 웃음을 머금고 말하자 게이키는 얼굴을 찡그렸다.

"그러지 않으면 또 괴롭혔다고 나무랄 테니까."

"그랬던가요."

요카는 웃고 나서 인사를 올렸다.

"아무쪼록 잘 부탁드립니다."

"다칠 일은 없을 거야. 여선을 만날 때마다 잔소리를 들어서야 어디 견디겠나."

"그 말씀, 똑똑히 기억하고 있겠습니다."

002

"어떻습니까?"

게이키가 그렇게 물으며 토끼를 닮은 생물을 다이키에게 내밀었다.

황해 끝. 관목만 자라는 황무지는 오산 기슭인지 황해 가장자리인지 분간이 가지 않았다. 게이키가 내민 짐승은 귀가 짧은 토끼 같았다. 아니면 귀가 가늘고 긴 커다란 쥐 같기도 하다.

"잣코? 비서?"

요마는 다이키의 손안에서 얌전히 안겼다. 부드러운 털 아래에 심장 소리가 콩닥콩닥 울렸다.

"잣코."

떠듬거리는 말로 대답한 것은 기린이 아니라 요마였다. 조금 전에 게이키가 사령으로 복종시킨 작은 요마다.

"비서飛鼠는 요마의 종족명. 이 짐승의 이름은 잣코입니다. '雀胡'라고 씁니다."

다이키는 게이키의 말에 고개를 끄덕이고 잣코의 목덜미를 간지럽혔다.

"안녕."

잣코는 대답 대신 찍 하고 울었다.

"아직 제대로 말하지 못하나."

"이렇게 작은 놈은 거의 말하지 않습니다. 더듬더듬 말하는 것이 고작이지요."

다이키가 관목 아래에서 상황을 살피던 잣코를 가리켰다. 도망치려 하는 잣코에게 게이키가 뭐라고 외쳤다. 게이키가 요마와 잠시 마주보고 다시 무슨 말을 한 뒤 이름을 부르자 잣코는 게이키 발치로 다가왔다.

그것이 절복의 전부였다. 조금 더 긴박한 의식을 상상하던 다이키에게는 맥이 빠질 만큼 싱겁게 보였다.

"늘 이렇게 간단한가요?"

다이키가 묻자 게이키는 고개를 저었다.

"비서는 대수롭지 않은 요마라 손쉽게 끝났죠. 강력한 요마라면 이리는 되지 않습니다. 마주본 채 한나절을 보낸 적도 있습니다."

"그렇게나요?"

놀라서 쳐다보는 다이키를 보며 게이키는 고개를 끄덕이고 잣코를 안아 올렸다. 살짝 쓰다듬고 한교 등에 얹는다. 잣코는 한교의 귀에 장난을 쳤다.

"한교입니다. 이 녀석을 잡는 데 애를 먹었죠."

"그렇구나……."

한교는 관심 없는 얼굴로 바위에 누운 채 잣코가 귀에서 장난을 치도록 내버려두었다.

"서로 노려보는 것처럼 보이던데요."

게이키가 쓴웃음을 지었다.

"그냥 노려보는 겁니다. 제가 방심하면 요마는 시선을 돌리고 도망쳐버리죠. 아니면 저를 덮칩니다."

다이키가 얌전히 고개를 끄덕였다.

"먼저 마음이 흐트러지는 쪽이 지는 겁니다. 도망칠 만한 잔챙이라면 별일 없지만 상대가 강력하면 집중력이 풀리는 순간에 목숨이 달아나기 십상이죠. 시선을 맞추는 순간 안 되겠다 싶으면 노려보기 전에 도망치는 편이 좋습니다. 하기야 상대가 강력하다면 전변하지 않는 한 도망치기도 어렵습니다만."

"네……."

고개를 숙인 다이키를 보고 게이키는 허둥지둥 말을 덧붙였다.

"여괴가 시간을 벌어줄 테니 걱정하실 것 없습니다."

"여괴에게 위험은 없을까요?"

게이키가 쓴웃음을 지었다.

"자신에게 버거울 만한 요마가 있으면 만나기 전에 여괴가 가르쳐줍니다. 주의하면 다이키도 알 수 있어요. 원래 짐승은 적의 기척에는 민감한 법."

다이키는 한 방 맞은 것처럼 어쩔 줄 모르는 표정으로 웃었다.

"맞다, 저는 짐승이었지요. ……금세 잊어버려요."

"잊으셔도 상관없을 만한 일입니다."

"네. 잣코라는 이름은 어떻게 붙이신 건가요?"

게이키는 잣코를 보았다. 사령으로 쓸 만한 요마는 아니다. 왕궁 마당에 풀어주는 수밖에 없으리라.

"제가 붙인 이름이 아닙니다. 아마도…… 그것이 저 요마의 이름이겠지요."

다이키는 어리둥절해서 고개를 갸웃거렸다.

"서로 노려보다 상대방이 끈기에 지면 패기가 약해집니다. 그 때 상대방 이름을 읽어냅니다. 잘은 모르지만 아마도 그런 것이겠지요. 불현듯 머릿속에 소리가 떠올라요. 그것을 불러주면 요마는 자진해서 발아래로 옵니다. 나중에 기린이 죽어서 해방될 때까지 두 번 다시 기린을 거스르지 않습니다."

게이키는 그렇게 말하고 나서 살며시 웃었다.

"글자는 취음자입니다."

"무슨 주문 같은 것을 외셨죠?"

"없어도 되지만 있으면 도움이 되지요."

"네에……."

석연치 않아 하는 다이키를 마른 바위 위에 앉혔다. 게이키도 옆에 앉는다.

"요마를 사령으로 굴복시킬 때에는 요마와 계약을 교환합니다. 계약이 아니라 옭아맨다고 하는 편이 더 적절할까요."

"옭아맨다……."

게이키가 고개를 끄덕였다.

"요마는 하늘의 섭리에서 벗어난 존재. 이를 하늘의 섭리에 편입해 두 번 다시 벗어나지 못하도록 옭아맵니다. 그것을 받아들인 요마가 사령이 됩니다."

"……모르겠어요."

게이키는 한숨을 쉬었다.

"죄송합니다……."

사죄하는 목소리에 게이키는 허둥지둥 말을 덧붙였다.

"사과할 필요 없습니다. 다이키가 모르는 것이 당연하니까요."

"네……."

"천제께서 이 세상을 만드셨습니다. 사람들이 잘살 수 있도록 이 세상의 섭리를 정하셨죠. 그렇다면 어째서 사람이 병들고 죽는지. 어찌하여 사람을 덮치는 요마가 있고 재난이 있는지. 하늘에 깊은 뜻이 있어서인지, 아니면 하늘의 뜻마저 뛰어넘은 일인지. 어쨌거나 그것들은 천제께서 '좋다'고 생각하신 일을 방해하는 존재가 틀림없습니다."

다이키는 한참 생각하고 나서 고개를 끄덕였다.

"어차피 하늘이 하시는 일이므로 짐작하기 쉽지 않아요. 다만 생의 반대에 죽음이 있듯이 하늘이 두신 섭리에도 상반되는 경우가 있다는 사실은 상상할 수 있습니다."

"빛과 그림자처럼?"

"대단히 적절한 비유입니다. 민중을 구하기 위해 우리 기린이 있고, 기린을 비롯한 여러 요족이 있습니다. 사람을 해치는 요족

또한 존재합니다."

"그것이 요마군요. 섭리 바깥의 생물인 거네요."

"맞습니다."

게이키는 희미하게 미소 지었다.

"섭리 바깥의 생물을 섭리 안으로 집어넣는 거군요? 절복해서."

"그런 겁니다. 다이키가 든 비유로 말하자면 요마는 그림자에 속한 생물. 이것을 사역하기 위해서는 빛으로 끌어내 그림자로 돌아가지 않도록 묶어두어야 합니다."

"네, 하지만 어떻게요?"

게이키는 또다시 한숨을 쉬었다.

"말로 하기가 어렵습니다. 솔직히 저도 잘 모릅니다만, 기백일 것이라고 생각합니다. 이 요마를 자신의 지배하에 두겠다는 강한 의지력. 하지만 간절히 바라기만 한다고 이루어지는 것은 아닙니다."

게이키가 말하자 다이키는 난감해하는 표정을 지었다.

"이렇게 생각하는 것이 좋겠지요. 기린은 '힘'을 지녔다고 말입니다. 힘의 크기는 기린마다 다릅니다. 그러나 어느 기린이고 그 힘을 확실히 지니고 있는 법입니다."

"그 힘이 기린을 전변하게 하나요?"

"네. 그건 힘이니까 바람과는 관계없습니다. 아무리 굳게 빌어도 지닌 힘이 적으면 대단한 보탬은 되지 않습니다. 그런 겁니다."

"완력 같은 거네요. 발의 빠르기라든지."

"맞아요. 그겁니다."

게이키는 한숨을 휴 하고 쉬었다. 다이키는 고개를 갸웃거렸다.

"요마를 억지로 빛 속에 묶어두려면 힘들지 않나요? 잠시도 한눈을 팔 수 없다든가, 깜빡 실수로 요마를 포박한 힘이 약해지는 일은 없을까요."

게이키는 다시 한번 한숨을 쉬었다.

"……죄송합니다."

"사과하실 필요 없습니다. ……다이키에게는 아직 잔혹한 이야기인지도 모르겠습니다만."

게이키는 거기까지 말하고 목소리를 낮추었다.

"부디 차분하게 들어주십시오. 사령은 기린을 먹습니다."

"……네?"

"정확하게는 송장을 먹습니다. 사령은 기린을 먹고 기린의 힘을 제 것으로 삼습니다."

다이키는 한교를 돌아보았다. 한교는 커다란 머리를 무표정하게 발 사이에 떨어뜨리고 딴 데를 보고 있다. 그 동작에서는 아무 감정도 읽어낼 수 없었다. 게이키가 쓴웃음을 지었다.

"걱정하지 마십시오. 한쿄는 다이키를 덮치지 않습니다. 기린은 빛에 속한 존재. 요마는 그림자에 속한 존재. 기린이 스스로를 내어주지 않으면 기린의 힘을 제 것으로 삼을 수는 없는 법입니다."

"네…… 네."

"기린은 요마를 힘으로 제압합니다. 그림자에서 빛 쪽으로 끌어내지요. 요마에게도 힘이 있으니까 강력한 요마를 끌어내려면 그에 합당한 힘이 필요합니다. 요마는 자신을 끌어내는 힘으로 기린의 힘을 가늠합니다."

"네……."

"그리고 기린이 죽은 뒤에 자신이 얻을 것을 고려합니다. 사역될 가치가 있는지 판단하는 것이지요."

"……그건 알 것 같아요."

"끌어내는 데 성공하면 사역을 거절하는 요마는 없습니다. 그만한 힘을 얻을 수 있다고 약속받기 때문입니다."

"그래서 계약이군요."

"그렇지요. 그림자 쪽 생물을 빛 안에 두는 것이니 그림자로 돌아가지 않도록 묶어놓을 사슬과 수호의 힘이 필요합니다."

"빛 속에서 살아갈 수 있도록?"

"예. 사령을 매어놓고 지키는 사슬이 '이름'입니다. 기린은 기백으로 요마를 끌어내고 상대의 이름을 읽어내, 그 이름을 다시 내려주면서 자신의 종복으로 삼습니다. 요마는 기백으로 기린의 힘을 가늠하고 이름을 받아 장래에 사체를 얻을 권리를 얻습니다. 절복이란 그런 것입니다."

"그리고 기린이 죽은 뒤에 사체를 먹고 새로운 힘을 얻어 야성으로 돌아간다……."

"그 대신 사령으로 섬기는 동안에는 절대로 기린을 거스르지 않습니다. 기린을 지킬 뿐 절대로 상처 입히지 않습니다."

다이키는 한쿄를 빤히 보았다. 곁에 있는 게 자연스러웠던 생물이 도무지 알 수 없는 생물처럼 여겨졌다. 한쿄는 그런 다이키에게 시선을 흘끔 돌리더니 느닷없이 입을 쩍 벌렸다.

"……!"

반사적으로 몸을 뒤로 물린 다이키의 눈앞에서 한쿄는 유유자적 하품을 하고는 킥킥 웃는다.

"한쿄."

게이키는 사령을 나무라고 나서 쓴웃음을 지었다.

"솔직히 말하면 성장한 기린은 교활한 방법을 씁니다. 다이키는 주역周易을 아십니까?"

"점 말인가요?"

"그렇게 표현해도 틀리지 않습니다. ……거물인 요마를 사냥할 때에는 주역이나 둔갑, 풍수의 힘을 빌립니다. 하지만 그러려면 오랜 공부가 필요하지요. 여선에게 물으면 가르쳐주지만 하루나 이틀로 몸에 익는 것이 아닙니다."

"네."

"날을 고르고 지형을 고르고 방향을 고르고 요마를 고릅니다. 사령으로 복종시킬 요마의 힘이 가장 약해지고 자신의 힘이 가장 강해지도록 만반의 준비를 하는 겁니다. 하지만 대비하지 않아도 요마는 잡을 수 있습니다. 주언呪言도 마찬가지. 역이나 둔갑만큼 도움이 되지는 않으니 없어도 됩니다. 있으면 편리하니까 쓰지요. 익숙해지고 나면 쓰지 않으면 괜히 개운치 않은 기분이 들 뿐입니다."

"그럼 따로 외우지 않아도 되나요?"

"알아두시겠습니까? 조금이나마 도움이 될지도 모릅니다."

다이키가 고개를 끄덕여서 게이키는 그의 어깨에 손을 댔다. 자세를 똑바로 고쳐준다.

"먼저 자세를 바로 할 것. 이 점은 늘 마음에 두십시오."

"네."

"기에는 생기生氣와 사기死氣가 있습니다. 오전에는 생기, 오후에는 사기. 요마를 절복하기에는 생기인 오전이 좋습니다. 코로

들이쉬는 것이 생기. 입으로 뱉는 것이 사기. 반드시 호흡은 그처럼 해야 합니다. 반대로 해서는 안 됩니다. 숨을 뱉을 때에는 되도록 조용히 뱉으세요. 이것도 평소에 신경쓰십시오. 그렇지 않으면 몸에 익지 않으니까요."

"코로 들이쉬고 입으로 뱉는군요."

"요마를 피할 때에는 우보禹步."

게이키는 독특한 보법을 보여주었다.

요마를 만나 시선을 맞추지 않으려 할 때에는 고치叩齒. 특히 오른쪽 어금니를 맞물리는 퇴천반槌天盤. 기를 집중할 때에는 앞니를 울리는 명천고鳴天鼓.

다이키는 한숨을 쉬었다.

"제가 제대로 외울 수 있을까요."

"금방 외우실 수 있습니다. 몸에 익히려면 수양이 필요하지만, 부탁하면 여선이 가르쳐줄 겁니다."

"네."

"잣코의 걸음을 멈추게 한 것은 구자九字 주언. 손을 이렇게."

게이키의 말대로 다이키는 손깍지를 끼었다.

"이것이 검인劍印. 허리에 두었다 빼내면서 사종오횡四縱五橫."

다이키의 손을 잡고 움직인다.

"임병투자개진열전행臨兵鬪者皆陳烈前行."

"……정말로 어렵네요."

"조금만 연습하면 익힐 겁니다. 반드시 똑바로 그리세요. 상대방이 패기를 잃으면 주언을 외는데 이때 주역에 대한 지식이 필요합니다. 지금은 이렇게 외워두시죠. 신칙명칙神勅明勅, 천청지청天清地清, 신군청군神君清君, 불오불탁不汚不濁, 귀매항복鬼魅降伏, 음양화합陰陽和合, 급급여율령急急如律令."

다이키는 난처한 표정으로 게이키를 올려다보았다. 게이키가 쓴웃음을 지었다.

"귀매는 항복해야 하고, 음양은 화합해야 하고, 급급여율령."

"으음, ……네."

"그리고 오른손을 머리 위로 올리고 손바닥을 펼쳐 천의를 받고, 왼손으로 발아래를 가리켜 이름을 부릅니다. 소리만 떠오를 때도 있고 글자까지 떠오를 때도 있습니다. 그것은 기린의 본성이 알고 있습니다."

"네."

다이키는 한숨을 내쉬었다. 게이키는 어깨가 처진 작은 기린의 등을 두드렸다.

"사기로 접어들기까지 아직 시간이 있습니다. 아주 작은 요마로 한번 해보세요."

다이키는 고개를 끄덕였지만 그날 그의 주언에 멈춘 요마는 한 마리도 없었다.

003

하지가 다가왔다. 산시는 침소에서 깊이 잠든 아이를 흔들었다.

어젯밤, 정확하게는 오늘 아침 동틀 녘이 다 될 때까지 황해에 있었던 다이키는 산시의 몸에 팔을 두르고 정신없이 잠들어 있었다. 곤히 잠든 얼굴을 보면 차마 깨울 수가 없지만, 슬슬 일어나지 않으면 다이키가 후회하게 된다.

"다이키, 기침하셨습니까."

요카의 목소리가 들리고 방장이 걷혔다. 안을 들여다보고 요카가 쓴웃음을 지었다.

"어머나……."

미소 짓고는 산시를 보았다.

"어젯밤에 늦으셨던 모양인데. ……어땠어?"

요카의 질문에 산시는 고개를 가로저었다.

새벽까지 황해를 헤맸지만 결국 요마는 잡지 못했다. 게이키와 여선이 날짜를 골라 대비해도 요마는 시선을 피하고 도망쳐 버린다. 말로는 하지 않지만 게이키도 산시도 다이키의 패기가 부족하다는 사실을 알고 있었다.

"……그래. 크게 낙심하셨겠네. 딱하지만 그만 일어나셔야지."

산시가 고개를 끄덕이고 다시 한번 다이키의 몸을 흔들었다.

"……다이키."

요카가 방장을 크게 젖히고 빛을 들였다.

"다이키, 일어나세요. 경 태보가 돌아가십니다."

"……응……."

간신히 다이키가 꿈지럭거린다. 몸을 뒤척이더니 다시 색색거리는 숨소리가 들렸다.

"어쩜……."

"아직 어리시구나."

뒤에서 목소리가 들려 요카와 산시가 허둥지둥 침소 입구를 돌아보았다.

"현군."

교쿠요는 복스럽게 웃었다.

"억지로 깨우는 것도 너무한 것 같구나."

"어젯밤에 늦게 주무셨으니 그냥 자게 둬."

교쿠요 뒤에 서 있던 게이키의 말에 요카는 크게 당황했다.

"죄송합니다. 다이키, 일어나셔요."

"됐어. 그대로 쉬게 두어라."

게이키가 그렇게 말했지만 요카는 거세게 고개를 저었다.

"그랬다가는 나중에 다이키가 실망하십니다."

산시도 고개를 끄덕였다.

지칠 대로 지친 채 돌아와서도 다이키가 잠들지 못한 이유를 산시는 알고 있다. 그래서 몸을 세게 흔들었다.

"다이키. ……다이키."

여러 차례 흔들고 나서야 다이키는 눈을 떴다. 눈이 부신 듯 깜빡이고는 이내 벌떡 일어났다.

"태보는……."

산시가 머리카락을 매만졌다.

"아직 계십니다."

다이키는 눈을 깜빡이고는 웃음을 참으며 침소를 들여다보는 어른들을 보았다. 빨개진 얼굴로 고개를 숙인다.

"죄송합니다……! 안녕히 주무셨어요."

"현군께도 태보께도 죄송합니다. 평소에는 이런 일이 없는 분이신데."

교쿠요는 웃으면서 요카에게 찻잔을 받아들고 게이키를 보았다.

"아주 사랑받고 계시는구려. 잘되었소."

게이키는 침울해 있었다.

"그래서 경 태보는 도움이 되었는가."

요카가 애매하게 미소 짓자 당사자인 게이키가 한숨 섞인 목소리로 대답했다.

"……저한테는 역부족이었습니다. 면목없군요."

"타고난 힘을 가르치기는 어려운 법. ……태보의 입에서 기특한 말을 나오게 한 것만으로 충분하다고 치지."

더욱 언짢아하는 게이키를 보고 교쿠요가 웃었을 때 몸단장을 마친 다이키가 산시를 데리고 들어왔다.

"죄송합니다."

게이키는 찻잔을 탁자에 내려놓고 일어나서 인사했다.

"다이키. 이만 작별 인사를 드려야겠습니다."

게이키를 올려다보는 어린아이의 눈이 붉다.

"정말로 돌아가시나요?"

"나라를 그리 오래 비울 수 없습니다. 도움이 되지 않아 송구합니다."

"아니요. 저야말로 좋은 학생이 되지 못해서 죄송해요."

"그렇지 않습니다."

"……조심히 가세요."

"다이키도 무탈하십시오."

"네."

게이키는 무언가를 참는 듯한 표정으로 자신을 올려다보는 다이키를 바라보았다. 머리에 살짝 손을 얹었다.

"서두르지 마십시오. ……기린은 하늘이 빚은 존재. 천제께서 반드시 좋은 쪽으로 인도하실 겁니다."

"네……."

"빨리 왕을 만나실 수 있기를. 모국으로 내려가면 허해를 사이에 두고 경국이 있습니다. 또 뵐 기회도 있겠지요."

그렇게 말하자 다이키는 작은 손으로 게이키의 옷자락을 잡았다.

"정말 그런 기회가 있을까요."

게이키가 미소 지었다. 넌지시 만나고 싶다는 뜻을 비친 말이 기뻤다.

"약속드리죠. 모국으로 내려오시면 가장 먼저 축하 인사를 드리러 찾아뵙겠습니다."

다이키는 활짝 미소를 지었다.

"네!"

할 수 있다면 사령 한 마리를 잡을 때까지라도, 아니면 승산자와 대면하는 데 익숙해질 때까지만이라도 곁에 있어주고 싶지만 그럴 수는 없었다. 이미 오랫동안 나라를 비웠다. 애초에 길어도 하지까지라고 말해두었다.

"……어디에서 돌아가세요?"

"백귀궁입니다."

"궁까지 배웅해도 될까요."

게이키가 미소 지었다.

"물론이죠. 한쿄와 잣코를 불러드릴까요."

"네."

교쿠요도 일어나서 크고 작은 기린을 차례로 보았다.

"다이키는 경 태보의 사령과도 친해지셨는가."

"한쿄가 잔뜩 놀아주었어요."

"그거 잘되었구려."

웃고 나서 작은 기린의 어깨에 손을 얹은 게이키를 보았다.

"경 태보께도 잘되었소. 조금은 남에게 상냥해지는 법을 배운 모양이니."

"하지만……."

다이키가 교쿠요를 올려다보았다.

"경 태보는 처음부터 상냥했어요."

진심 어린 말투에 교쿠요와 요카는 눈빛을 교환했다.

"그러셨는가."

"네."

단호한 목소리에 교쿠요가 웃었다. 게이키는 몹시 복잡한 표정을 지었다. 키득거리며 숨죽인 웃음이 방 한쪽에 서 있던 여선들 사이에서 새어 나왔다.

여선은 물론이고 교쿠요조차 예상하지 못했다.

게이키가 드러낸 서투른 상냥함 때문에 경왕 조 가쿠舒覺가 도에서 벗어나리라는 것을.

그러나 이는 또 다른 이야기다.

004

게이키를 보내고 다이키는 다소 상심한 모습이었지만 실망하고 있을 틈은 없었다.

하지 다음날부터 여선들은 보도궁에 이르는 길이 내다보이는 곳을 교대로 지켰다. 보도궁에서는 성대하게 진향을 하고 여선의 의복이 화사해졌다. 궁의 장식과 다이키의 의복 역시 사치스러워졌다.

봉산에 축제가 시작되었다.

다이키는 사신목 근처 기암 위에 있었다. 미로 안에 있으면 꽃 향내가 나는 바람이 불지만 기암에 오르면 오로지 바다 냄새만 난다. 그것이 신기하다.

남서 방향에서 무언가 온다.

다이키는 전변한 게이키의 등에 타고 내려다본 황해를 떠올렸다.

봉산은 기암의 산, 이끼 낀 기암이 복잡한 무늬를 그리며 기슭까지 이어졌다. 기암이 만든 미로는 엄청나게 복잡해 보이지만 실제로 보도궁까지 오는 길은 하나밖에 없다. 아득하게 오랜 세월 동안 수없이 많은 승산자가 지난 그 길은 어느덧 깊이 파여 한눈에 알 수 있었다.

길이 하나밖에 없으니 봉산의 입구 또한 하나밖에 없다. 봉산 기슭에는 짧은 돌계단 위에 문짝 없이 기둥과 지붕뿐인 거대한 문이 서 있다. 주위를 벽이나 담이 두르고 있는 것은 아니지만, 그것이야말로 봉산의 하나뿐인 입구였다. 그 단 하나의 문을 향해 세 방향에서 길이 모여들었다.

길은 황해를 관통한다. 이 길 또한 봉산의 길과 마찬가지로 오랫동안 수없이 많은 사람이 그곳을 지난 흔적이 있었다. 기암을 닳게 만든 인간의 발자국, 험준한 비탈에 새겨진 발판. 늪이나 강에 던진 징검돌, 황무지에 세워진 돌비. 균열에 가로놓인 쓰러진 나무로 만든 다리, 가지를 수없이 헤치고 지나가 어느새 나무숲을 꿰뚫은 좁은 길.

그런 길이 황해의 사방, 네 개의 문을 향해 이어져 있다.

그중 하나, 남서쪽에 있는 영곤문은 이미 열렸다 닫혔다. 하지에 문을 넘은 여행자는 지금은 어디쯤 있을까.

황해는 요마와 요수의 소굴이라 여행은 결코 쉽지 않다. 같은 날에 문을 지난 사람들은 대상隊商처럼 집단을 이루어 위험한 길을 서로 도우면서 온다. 그들을 지키기 위한 용병 같은 직업마저 있다고 들었다.

"가슴이 콩닥거려……."

품에 끌어안은 무릎 위로 턱을 받친 다이키가 중얼거리자, 옆에 앉은 산시가 조용히 말했다.

"긴장하실 것 없어요."

"응……."

그것은 예감과 비슷했다.

놀고 있을 때, 여선에게 간단한 주역을 배울 때, 문득 시선을 들고 남서쪽을 보면 뜬금없이 가슴이 답답해지고는 한다. 그 방향에 영곤문이 있다는 사실을 떠올리면 어쩐지 오싹한 기분이 들어 심장 박동이 빨라진다.

결코 좋은 예감이 아니다. 다가오는 무언가가 무서운 존재라는 생각을 떨칠 수 없었다.

"내가 제대로 할 수 있을까."

"할 수 있고말고요."

산시는 강한 어조로 그렇게밖에 말하지 않았다. 왜인지 말보다 바람 소리가 귓가에 남았다.

"……저 안에 임금님이 있을까?"

"글쎄요."

"아직 없겠지."

"계시지 않는 편이 좋으십니까?"

"응……."

산시는 무릎을 끌어안은 채 한껏 긴장한 주인을 응시했다.

저 안에 왕이 있으면 봉산을 떠나야 하니까 그게 싫은 건지, 아니면 시험받는 것이 무서운지.

어느 쪽이든 하지가 지나면서 다이키의 긴장감이 산시에게까지 전해져 마음이 아플 지경이었다.

승산한 자는 스스로 왕이 되고자 결의한 자, 또는 왕이 될 만하다고 주위 사람에게 추거된 자이니 실제로 왕은 승산한 사람 중에서 나오는 경우가 압도적으로 많다.

어쩌면 다이키는 왕을 얻는 것 자체를 두려워하는지도 모른다.

기린은 왕을 선택함으로 일국의 운명을 짊어지고, 왕은 어떻게 살아가느냐에 따라 기린의 운명을 짊어지게 된다.

왕이 정도를 벗어나면 보복은 왕을 선택한 기린에게 향한다. 왕이 나아가야 할 길을 잘못 들어서면 기린이 병드는데, 그 병을 실도失道라 한다. 한번 걸리면 대부분 치유 방법이 없는 심중한 병이다. 따라서 왕은 기린의 생명을 쥐고 있다고 해도 과언이 아니다.

자신의 운명을 남에게 맡기는 데 두렵지 않을 턱이 없었다.

"이렇게 빨리 오르지는 않았을 거야……."

스스로에게 이르는 말투였으므로 산시는 말을 아꼈다.

사령도 없거니와 전변도 하지 못한다. 기린이라는 자각이 옅다. 자부심을 가지지 못하는 것도 무리가 아니니 회피하려는 다이키를 나무랄 수 없다.

"경 태보께서……."

다이키는 남서쪽을 향하던 시선을 떼고 산시를 돌아보았다.

"말씀하셨죠. 하늘이 바람직한 방향으로 인도하실 겁니다."

다이키는 다시 시선을 하늘로 옮기고 굳어 있는 어린 얼굴을 드러냈다.

"……응."

바람이 기암 위를 빠르게 지난다.

7 장

001

"다이키, 오늘은 별궁으로 납시어주세요."

하지가 지난 지 한 달도 되지 않았을 즈음에 데이에이가 말했다.

다이키는 아침 식사를 마치며 드디어 그날이 왔음을 깨달았다.

"……응."

평소보다 아침 일찍 깨우고, 산시가 준비한 옷도 호화로워서 막연히 각오는 하고 있었다.

요카가 가볍게 등을 두드린다.

"그렇게 긴장하실 필요 없어요."

"요카도 함께 가?"

요카가 미소 지었다.

"가지요. 계속 곁에 있을게요."

"산시도?"

안 된다는 대답을 예감하면서 물었는데 데이에이는 예상과 달리 고개를 끄덕였다.

"물론이지요. 단, 산시는 은복隱伏한 채 갈 겁니다. 모습은 보이지 않더라도 반드시 가까이 있을 거예요."

다이키는 실망하며 한숨을 쉬었다. 은복이란 말 그대로 모습을 감추고 숨어버리는 것이다. 그러면 손을 잡아주거나 등을 쓰다듬어주지도 못한다.

"……응."

진향하러 가는 여선과 데이에이와 요카를 비롯해 열 명 정도의 여선에게 둘러싸여 사잇길을 걸어, 봉려궁 끝에 있는 문 앞에서 걸음을 멈추었다.

눈앞에서 여선이 빗장을 뺐다.

문이 열릴 때까지 다이키는 바깥의 넓고 황량한 미로를 생각하고 있었지만, 실제로 문이 활짝 열리자 문밖 풍경은 백팔십도 바뀌어 있었다.

치솟은 기암과 기암이 줄지어 이룬 초록빛 물결, 기암 사이에 펼쳐진 풀밭. 그곳에는 색들이 넘쳐났다. 천막이 세워졌고, 수없이 많은 깃발이 꽂혀 있다. 땅에 박은 말뚝이며 울타리, 그곳에 매인 말과 신기한 짐승, 그리고 널어놓은 마구와 덮개. 온갖 다양한 차림의 사람들.

그곳에는 홀연히 마을이 생겨나 있었다.

저도 모르게 움츠러든 다이키의 손을 데이에이가 잡았다.

"겁내실 필요 없어요. 호흡을 가다듬고 당당하게 계세요."

다이키는 눈짓으로 대답하고 등을 곧게 편 채 숨을 깊게 내쉬었다.

데이에이의 손에 이끌려 걸음을 내디디자 가까운 천막 옆에서 있던 남자가 일행을 알아채고 그 자리에서 무릎을 꿇었다. 거기서부터 파문이 퍼지듯, 들판에 퍼져 있던 사람들이 술렁이면서 그 자리에 무릎을 꿇었다.

다이키는 데이에이의 손을 꼭 쥐고 앞에 가는 여선의 비녀가 흔들리는 모습을 응시하며 수많은 시선이 자신을 후려치는 고통을 견뎠다.

"……괜찮으세요?"

뒤에서 요카가 슬쩍 물었다.

"응. ……얘기해도 돼?"

"상관없어요. 마음 편히 가지세요."

"응."

걱정한 만큼 딱딱한 의식은 아닌 모양이다. 그런 생각을 하며 다이키는 숨을 작게 내쉬었다.

"이 사람들이 전부……?"

이번 질문에는 데이에이가 대답했다.

"아니요. 반 이상은 수행인이에요."

"다행이다……."

둘러보니 갑옷을 입은 사람이 많았다. 젊은 사람도 있고, 노인도 보인다. 대부분 남자지만 여자도 적지 않다.

"여자도 꽤 많네."

데이에이가 웃는다. 평소처럼 웃지 않고 조심스럽게 미소 짓는 것으로 보아 데이에이도 나름대로 긴장하고 있는 모양이었다.

"그럼요. ……다이키는 왕과 여왕 중에 어느 쪽을 섬기고 싶으세요?"

"모르겠어."

문에서 보도궁까지는 포석이 깔려 있다. 그리고 길 양쪽에 많은 어른이 무릎을 꿇고 고개를 숙이고 있었다. 그 모습이 몹시도 부자연스러웠다.

"……왜 다들 무릎을 꿇고 있는 거야?"

"그게 예의이기 때문이에요."

데이에이는 다이키가 신분이라는 말을 제대로 이해하지 못한다는 사실을 알고 있었다.

“나는 인사하지 않아도 될까.”

“지금은 괜찮아요. 이야기할 때에 신경쓰이시면 일어나라고 하세요.”

“말을 걸어도 돼?”

“진향하고 나서요. 신기한 이야기를 잔뜩 들을 수 있을 거예요.”

“……커다란 짐승이 많아.”

“요수예요. 다들 저 짐승을 타고 왔지요.”

기린기를 기다리며 금강산 주위를 돌던 자, 또는 대에서 기린기를 보고 영곤문으로 달려온 자, 어느 쪽이든 발이 빠른 특수한 말이나 요수가 없다면 제때 도착할 수 없다.

“흐음…….”

호랑이 같은 짐승도 있고, 사자 같은 짐승도 있고, 말이나 소 비슷한 짐승도 있다.

“요수도 절복하는 거야?”

“요수는 생포하지요. 조련해서 길들이는 거예요. 아, 발치를 조심하세요. 안에 들어가면 제단에 인사를 올리셔요.”

주위를 둘러보던 시선을 정면으로 돌리자 코앞에 보도궁이 있었다.

봉려궁의 건물과 달리 벽으로 둘러싸여 있다. 안으로 한 걸음 들어서자 쫓아오던 시선이 사라져 다이키는 마음이 한결 편해졌다.

안에는 천장이 높은 큰 객실이 하나 있고, 정면에 제단이 있다. 절의 본당과 비슷한 분위기다.

데이에이의 말대로 인사를 올리고 제단 앞까지 나아가 향을 들고서 제단 오른쪽 벽에 마련된 한 단 높은 곳으로 갔다. 다다미가 여덟 장 크기의 제단은 안쪽이 벽이고 세 방향으로 발이 쳐져 있다. 지금은 정면의 발이 걷혀 있어 단상 안쪽에 있는 의자에 앉자 보도궁 입구에서 제단까지 훤히 보였다.

그곳에서 여선들이 진향하는 모습을 얌전히 바라보는 사이에 다시 들러붙는 시선을 느꼈다. 돌아보니 궁 입구에 많은 사람이 모여 있다. 진향을 마치고 여선 대부분이 단상으로 올라왔다. 다이키는 발이 쳐지고 나서야 크게 한숨을 돌렸다.

"이제 편히 계셔도 됩니다."

데이에이는 웃음기 어린 목소리로 말했다.

"……사람들의 시선이라는 게 편치 않구나."

"곧 익숙해지실 거예요."

"산시를 부르면 안 돼?"

"발을 내렸을 때는 괜찮아요."

데이에이의 말에 "산시" 하고 불렀다. 금세 발치에서 몸을 일으키듯 산시가 스르륵 나타났다. 다이키는 산시의 몸에 팔을 두르고서야 진정했다. 힘을 내라는 듯 머리를 감싸 안는 팔이 따스하다.

"많이 긴장하셨군요. 그렇게 굳어 있을 필요는 없는데."

데이에이는 쓴웃음이 섞인 말투로 말했다.

"머리로는 아는데……. 이제 어쩌면 돼?"

"승산한 사람이 진향하러 들어올 겁니다. 돌아갈 때까지 여기서 그 모습을 바라보셔도 되지만 지루하면 바깥에 나가서 승산자와 이야기를 나누셔도 됩니다."

데이에이가 말하는 동안에도 누군가 진향하기 위해 궁으로 들어왔다. 맨 처음 들어온 사람이 묘하게 굳은 동작으로 제단 앞에 나와 진향했다.

"다이키, 왕기는?"

데이에이가 귓속말로 물어서 다이키는 고개를 가로저었다. 모르겠다는 뜻이었는데 데이에이는 제대로 이해해준 듯했다.

"앞으로 다이키는 가끔 이리 오셔야 합니다."

"이렇게 임금님이 계신지 안 계신지 살피는 거구나."

"그러합니다. 만약 왕이 계시면 저희에게 귀띔해주셔요."

"……응."

진향을 마친 남자가 다이키 정면으로 돌아왔다. 인사를 올리고 단상 아래에 무릎을 꿇은 남자는 아버지 정도의 연배였다. 스모 선수처럼 뚱뚱하고 크다. 다이키는 단 아래 여선과 말을 주고받는 그의 목소리를 들으며 어떠한 것인지도 모르는 천계가 있는지 없는지 알아내기 위해 열심히 의식을 집중했다.

데이에이가 눈짓으로 묻기에 고개를 가로저었다.

천계라 생각되는 특이한 일은 아무것도 일어나지 않았다.

002

다이키는 얌전히 진향하는 사람들을 지켜보았지만 이틀 만에 질렸다.

나흘째에야 바깥으로 나갈 마음이 섰다.

진향은 오전에 잠깐만 한다. 다이키는 단상에 앉아 그 모습을 바라본다. 처음에야 여선이 아닌 사람이 신기해 보이고 다양한 용모와 차림을 바라보는 것만으로도 즐거웠지만 앉아만 있으려니 금세 고통스러워졌다.

정오 전에 궁으로 돌아가도 되지만, 앉아만 있는 시간이 어찌나 길던지.

"……바깥으로 나가도 돼?"

다이키가 묻자 단상에 같이 있던 여선들은 다들 반기는 눈치였다. 그녀들 역시 지루했던 것이리라.

"당연하죠."

요카도 얼굴 한가득 미소를 띠고 있었다.

"혹시 내가 그렇게 말하기를 기다렸어?"

"그런 건 아니지만."

요카가 웃었다.

"사실 좀 질리기는 했어요. 그도 그럴 것이 오늘 아침에도 벌써 호박 대부의 얼굴을 여섯 번은 보았는걸요."

여선들 사이에서 소리 죽인 웃음이 일제히 터져 나왔다.

진향하는 이들 중에는 하루에 몇 번이나 찾아오는 사람도 있었다. 첫날 가장 처음 들어온 남자가 대표 격으로, 다이키가 돌아갈 때까지 날마다 열 번은 진향하러 온다. 어딘가의 대부인 모양인데 둥글고 불그스레한 얼굴이 호박을 닮은 까닭에 여선들이 은밀히 호박 대부라는 이름을 선사했다.

"바깥으로 나가도 괜찮을까?"

데이에이 역시 미소 지었다.

"괜찮습니다. 저희도 함께하고, 사람도 많아요. 일전에 만났던 사람같이 분별없는 자가 있더라도 주변 사람이 앞다투어 도와주겠지요. 다들 다이키에게 좋은 모습을 보여주고 싶어서 안달이 났으니까요."

봉려궁에 숨어들려 한 멍청이가 벌써 열 명쯤 봉산 바깥으로 쫓겨났지만 어느 여선도 그런 사실을 다이키에게 알릴 생각은 없었다.

"……그래."

"둘러싸여 인사 공세를 받겠지만 여기에 앉아 있는 정도의 고행은 아니에요. 다만 일찌감치 말을 하지 않으면 매우 오랫동안 붙잡혀 장황한 말들을 듣게 될지도 모른답니다."

"말? 말을 걸면 돼?"

"예, 만약에 왕이 계시다면 예로부터 내려오는 관례대로 예를."

"어전에서 떠나지 않고 왕명을 거스르지 않으며 충성을 맹세할 것을 서약드립니다—?"

데이에이가 고개를 끄덕였다.

"예."

"혹시 왕이 아니라면?"

"지금은 하지, 지일至日이니까 중일中日까지 무탈하라고 말씀하시는 것이 관례입니다. 중일이라면 지일까지 잘 지내라고 하시고요."

"다음 안합일까지 잘 지내라는 소리구나."

"그러합니다."

"어느 쪽인지 모를 때는 어떻게 해야 하지."

데이에이는 더욱 웃었다.

"그런 일은 없어요."

"산시도 같이 가도 돼?"

"은복한다면요. 단, 광장에서는 절대로 불러내지 마세요. 말이나 기수를 위협하니까요."

단상의 여선들은 다이키를 둘러싸고 단 아래 여선들의 부러워하는 시선을 받으며 바깥으로 나갔다. 단 아래에 있던 여선들은 오늘 내내 진향하는 사람을 지켜보며 승산자들을 상대해야만 한다.

승산의 계절은 옥좌를 원하는 사람들에게도 큰 제례이지만 여선에게도 축제였다.

여선이 된 것을 후회하는 경우는 적지만 수명이 긴 만큼 삶에도 질린다. 하지가 지나고 어느 여선이고 몸단장에 공을 들이는 까닭은 위엄 때문만은 아니다. 승산하는 남자들을 새치름한 얼굴로 놀리기가 마냥 즐겁고, 그러는 동안 진심이 되어 남자가 하산할 때 함께 내려가는 여선도 있다.

모처럼 바깥에 나왔건만 맨 먼저 달려온 사람은 예의 호박 대부였다. 근처에서 대기하고 있었는지 다이키 일행이 궁에서 나오자마자 무시무시한 형상으로 달려왔다.

땅이 울리도록 무릎을 꿇고 평복할 때 힘이 넘쳐 이마를 땅에 박는 바람에 여선뿐 아니라 뒤늦게 온 사람들 사이에서도 소리 죽인 실소가 새어 나왔다.

"보…… 봉산공 옥체 강녕하셨사옵니까."

긴장해 높아진 목소리가 우스웠다.

"저는 대국 수주垂州 사마司馬, 로하쿠呂迫라 하옵고, 워…… 원래 마주 남옹향南擁鄕의……."

평복한 채 빠른 말투로 더듬어대는 통에 다이키는 길게 이어지는 말을 거의 알아듣지 못했다.

"고귀하신 존안을 배알하다니 이보다 더한 영광이 없습니다. 공의 만세를 기원드립니다!"

다이키가 당황해서 요카를 올려다보자 요카는 눈썹을 치켜올리며 다이키를 보았다. 눈빛이 무엇을 말하는지 알아채고 머리를 조아리며 평복한 남자에게 말했다.

"……중일까지 무탈하세요."

남자는 고개를 획 들더니 거구의 어깨가 눈에 띄게 축 처졌다.

"……그……그렇습니까. ……그러하군요."

풀이 죽어 중얼거린다. 요카가 웃음을 참으면서 다이키의 등을 떠밀었다.

"자, 주변을 둘러보셔요."

남자를 몇 번이고 돌아보며 떠밀려 걸었다. 조금 떨어진 곳에서 한 여선이 다이키에게 속삭였다.

"끝까지 말을 들으시기에 설마 했어요, 다이키."

"……입을 열 새가 없었어."

"아, 다행이다. 다이키의 주인이 저래서야 뫼신 보람이 없는걸요."

진심으로 안도하는 여선의 모습에 다이키는 고개를 갸우뚱했다.

"저 사람은 안 돼?"

"천계가 있다면 안 되고 자시고도 없지요. 그래도 왕이 저런 호박이라면 대국의 위용도 땅에 떨어질 거예요. 미남일 필요야 없지만 보기 좋은 떡이 먹기도 좋다잖아요. 적어도 저 사람보다는 세련된 분이 좋지요."

"그런…… 거구나."

요카가 웃었다.

"진지하게 듣지 마세요. 결국 천계가 있느냐 없느냐가 중요하니까."

다이키에게 그렇게 말하는 요카에게 여선들이 가볍게 덤벼들었다.

"어머나, 요카. 하지만 동서고금, 못생긴 왕이 오른 예가 있던가요."

"맞아. 얼굴에 풍격이 나오는 거지. 왕이 될 분은 겉모습부터 왕이 될 만한 풍격이 드러나는 법이야."

"사람들 눈이 있어요."

요카가 나직하게 속삭이자 여선들이 입을 딱 다물었다.

그 모습을 웃으며 둘러본 요카는 기린을 향해 몸을 돌렸다.

"가벼운 입놀림에 신경쓰지 마세요. 다이키는 그저 천계를 기다리시면 됩니다."

"……응."

003

많은 사람에게 둘러싸였다. 온갖 말을 들었지만 다이키에게는 아무 일도 일어나지 않았다.

승산자는 주종을 합해 삼백 명 남짓, 옥좌에 도전하기 위해 찾은 사람은 주인이지만 종자에게도 기회는 동등하게 주어진다.

다이키를 발견하자마자 달려오는 사람도 있고, 하고 싶은 말이 있는 듯한 시선을 보내기만 할 뿐 말을 걸지 않는 사람도 있었다. 이야기를 나누지 않더라도 그곳에 왕이 있다면 알 수 있다고 여선이 말했지만 천계라 할 만한 것은 찾아오지 않았다.

말을 걸거나 걸지 않거나 어느 쪽이든 기대에 찬 시선을 배신하기는 마찬가지로 괴로웠다.

사람이 뜸해진 틈에 깊이 몰아쉰 한숨을 요카가 알아듣고는 다이키의 얼굴을 들여다보았다.

"피곤하세요?"

"아니. 한 번에 많은 사람을 봐서 그래."

"오후가 되었으니 보도궁으로 돌아갈까요? 쉬고 싶으시지요. 아니면 그만 봉려궁으로 돌아갈까요?"

"……응."

다이키는 고개를 끄덕이고 생각 없이 주위를 둘러보다가 시선을 멈추고 요카의 손을 잡아끌었다.

"요카. 날개 달린 개가 있어."

그리 멀지 않은 천막 바깥에 말들과 함께 거대한 개가 묶여 있다. 여러 사람들이 짐승들을 돌보고 있었다.

"천마예요. 옆에 가서 보시겠어요?"

"괜찮을까?"

"그럼요."

요카는 그렇게 대답하고서 다이키의 손을 잡고 개가 묶여 있는 천막으로 다가갔다.

크고 하얀 몸에 검은 머리, 짤막한 날개를 등에 접은 개의 모습이 아름다웠다.

"……봉산공 아니십니까. 옥체 강녕해 보이시니 기쁘기 한량없습니다."

짐승을 돌보던 사람들 가운데 다이키 일행을 확인하고 맨 먼저 무릎을 꿇은 사람은 덩치 큰 여자였다.

"이 천마는 그대의 기수인가요?"

"그렇습니다."

"공께 보여드려도 되겠습니까?"

"얼마든지 보세요."

여자는 웃으며 일행을 천마 근처로 서둘러 안내했다. 요카에게 떠밀려 머뭇머뭇 다가가보니 천마는 멀리서 본 것보다 더욱 커다란 생물이었다.

"……크네요."

다이키가 중얼거리자 천마 곁에서 무릎을 꿇은 여자가 대답했다.

"천마치고는 작은 편입니다."

기수를 돌보던 사람들 가운데 그녀가 주인인 듯했다.

"그만 일어나세요. 만져도 되나요?"

"황공합니다. 괜찮으시다면 쓰다듬어주세요. 아주 얌전합니다."

여자의 말에 다이키는 조금 망설이다가 손을 뻗어보았다. 반들반들한 털을 만져보니 생각보다 거칠었다. 목덜미 부근을 쓰다듬어주자 천마는 기분 좋은 듯이 눈을 감는다.

"정말로 얌전하네요. ……이름은 뭔가요?"

"히엔飛燕이라 합니다."

히엔, 하고 부르자 천마는 눈을 감은 채 손에 귀밑을 비볐다.

"물지 않나요?"

"걱정하지 마세요. 원래 천마는 요수치고는 아주 온순한 짐승이에요. 히엔은 특히 얌전한데다 물면 안 되는 상대를 잘 아니까요."

"기특하네요."

다이키는 여자와 한동안 천마 이야기를 나누었다. 어떻게 손에 넣고, 어떻게 길렀는지. 탔을 때 느낌은 어떠한지.

여자의 대답은 명료했다. 나긋한 목소리와 부드러운 말씨지만 똑 부러지는 대답에서 군센 느낌이 났다.

다이키는 겉모습만으로 어른의 나이를 가늠하지 못한다. 몇 살쯤인지는 모르겠지만, 여자는 요카나 데이에이보다 훨씬 나이가 많아 보였다.

어쩌면 그녀가 지닌 분위기 탓인지도 모르겠다. 여선들이 지닌 분위기와는 너무나 달라서 나이까지 차이 나는 것처럼 느끼는지도 몰랐다.

여선들은 대부분 단아하고 화사했다. 특히 지금은 화려한 옷을 입고 아름다운 머리 장식을 하고 있어 더욱 그래 보였다.

반대로 여자는 수수한 색의 남자 옷에 다갈색 머리카락을 묶지도 않고 늘어뜨렸고, 몸 어디에도 장신구 하나 달지 않았다. 키도 크고 움직임에도 가냘픈 구석이 전혀 없다. 예쁜 사람이지만 교쿠요나 여선들에게 느끼는 아름다움과는 종류가 달랐다.

"……감사합니다."

다이키는 아쉬워하며 히엔의 목에서 손을 뗐다.

"아니에요. 히엔도 반가워하네요."

"그대는 어디서 오셨나요?"

"저는 승주承州에서 왔습니다. 승주사 장군 리사이李齊, 이름은 류 시劉紫라 하옵니다."

다이키는 눈을 동그랗게 떴다.

일국에는 아홉 주가 있고 주후가 각 주를 통치한다. 주후마다 군대가 있는데, 이를 주후사州候師, 약칭 주사州師라고도 한다. 군대 규모는 주의 크기마다 달라 이군二軍에서 사군四軍까지 있다. 따라서 장군 역시 두 명에서 네 명밖에 없다.

"장군이세요?"

그렇다면 여선과 분위기가 많이 다를 수밖에 없다.

"예, 부족한 점이 많습니다."

유쾌한 사람을 실망시키려니 괴롭다. 하지만 아무리 생각해도 천계라고 느껴지는 것은 다이키를 찾아오지 않았다.

"……중일까지 무탈하세요."

리사이는 자조하는 듯한 미소를 지었지만 그뿐이었다. 금세 처음처럼 웃는 낯으로 인사했다.

"감사합니다. 공도 건승하시길 바랍니다."

"고맙습니다."

남을 선별하기는 어렵다. 천계가 다이키의 호감과 아무 관계도 없어 보일수록 한층 안타까웠다.

"저기…… 히엔을 또 만나러 와도 될까요?"

리사이는 개의치 않고 웃었다.

"물론이죠."

004

천마와 헤어지고 주변을 한 바퀴 돌고서 돌아가는 길에 다투는 장면을 맞닥뜨렸다.

앞쪽에 사람들이 모여 있다. 여선들이 무슨 일이냐고 수군거리던 참에 싸움이 났다는 소리가 들렸다. 다이키는 반사적으로 요카의 소매를 붙잡았다.

어떤 종류든지 다이키는 폭력이 두려웠다. 피를 두려워하는 것과 똑같은 공포다. 맞는 것이 무섭지는 않다. 때리는 행위 자체가 무섭고, 폭력을 행사하는 존재가 두려워서 몸이 움츠러들 정도이다.

"무슨 소란입니까."

여선이 나무라듯 묻자 일행을 알아본 사람이 무릎을 꿇었다.

"아…… 저기……."

봉산의 주인은 피를 싫어하고 폭력을 꺼리는 생물이므로 이곳에서 유혈 사태를 일으키는 행위는 절대적인 금기다. 이유에 따라서는 봉산 바깥으로 추방할 수도 있다.

"에잇, 이러하니 대국 인간은 방심할 수가 없어. 정말 혈기가 넘친다니까."

여선은 말을 내뱉고서 모여든 사람들 쪽으로 갔다.

나라마다 제각각의 민족성이 존재한다. 대국의 백성은 성격이 거칠기로 유명하다. 본디 그런 기질은 기린 안에도 흐르는 법이지만 무슨 일에든 예외는 있다.

"그만두시오! 예가 어디라 생각하십니까!"

여선의 목소리에 사람들이 갈라졌다.

인파 한가운데에 두 남자가 있었다.

한쪽은 장검을 치켜든 바위 같은 거한, 한쪽은 그보다는 몸집이 작지만 당당한 체격으로 주먹을 올리고 있는 남자였다. 검을 차고 있지만 뽑지는 않았다. 그래도 한눈에 작은 쪽이 우세해 보였다.

눈길을 끄는 사람은 몸집이 작은 쪽이었다.

검은 갑옷과 하얀 머리카락의 대비. 피부는 볕에 잘 그을린 갈색이다. 키가 크고 체격도 좋은데다 동작이 유연해서 사나운 짐승 같은 인상을 주었다.

사람들 사이로 달려 들어간 여선이 말릴 틈도 없이 사적인 다툼은 끝이 났다. 검을 재빠르게 피한 주먹이 거한을 처리했다.

쓰러진 거한은 흙바닥을 긁을 뿐 일어나지는 못했다.

남자가 그 모습을 흘끔 본다.

"봉산공이 계신 곳이라 검은 뽑지 않았다. 공께 감사드려."

조금도 흥분한 구석이 없는 동작과 목소리다.

냉담하게 내뱉고 돌아본 남자와 다이키의 시선이 맞았다.

진홍빛 눈동자. 흡사 피와 같은.

다이키는 저도 모르게 요카의 옷자락을 잡고 물러났다. 그가 두려웠다.

요카를 끌고 도망치기 전에 남자가 다가와 무릎을 꿇었다.

"계시는 줄 몰랐습니다."

눈매가 누그러지며 조금 온화한 인상으로 바뀌었다. 그래서 다이키는 간신히 자리에 서 있을 수 있었다. 하지만 요카의 옷을 잡은 손에 힘이 들어간다.

"무례를 저질러 송구스럽습니다. 부디 관용을."

다이키는 대답할 수가 없었다. 다이키 대신 요카가 남자의 말을 받았다.

"봉산에서 다툼은 삼가도록 하세요."

"죄송합니다."

다이키의 몸을 감쌌던 요카의 손이 다독이듯 움직였다. 등을 가볍게 쓰다듬으며 부드럽게 앞으로 밀려고 했다.

"이제 괜찮아요. 싸움은 끝났고 아무도 다치지 않았어요."

타이르는 말에 다이키는 고개를 끄덕였다. 본인을 앞에 두고 이 남자가 무섭다는 말은 도저히 할 수 없었다.

무릎을 꿇은 남자는 리사이보다 나이가 더 많아 보인다. 아래쪽에 대충 묶은 머리카락이 푸르스름한 은백색인 탓에 나이가 들어 보일 뿐인지도 모른다. 단정한 풍모의 눈매가 영리해 보이고 똑바로 쳐다보는 시선은 찌를 듯이 강렬하다.

남자는 살짝 쓴웃음을 지었다.

"크게 겁을 먹으신 모양이군요. 송구스럽습니다."

"아니요……."

간신히 목소리가 나왔다.

"조금 놀랐을 뿐이에요. ……어디에서 오셨나요?"

"홍기鴻基에서 왔습니다. 대국 금군禁軍, 사쿠乍 장군입니다."

주위 사람들 사이에 가볍게 술렁임이 이는 것으로 보아 유명한 인물인지도 모르겠다.

금군은 왕 직속 군대다. 반드시 삼군三軍이고, 기린에게 맡겨지는 수도 주후의 삼군을 더해 육사六師라고 한다. 기린은 본성 탓에 군을 지휘하지 못하니, 실제로는 왕이 기린을 대신해 이를 장악한다. 그래서 육사를 왕사王師라고도 했다.

"이름은 소綜. 자를 교소驍宗라 합니다."

똑바로 응시하는 시선이 무섭다. 무슨 말이든 해야 한다는 기묘한 강박관념에 사로잡혀 하지 않아도 좋을 말을 입에 담았다.

"……장군이시군요."

같은 장군이라도 온화한 인상을 주는 조금 전의 리사이와 달리 이 남자는 한없이 냉엄한 인상을 주었다.

그 까닭이 교소와 리사이의 개성 때문인지, 아니면 금군 장군과 주후사 장군이라는 입장 차이 때문인지는 분간할 수 없었다.

"네. 검술 말고 달리 잘하는 것이 없는 터라."

입으로는 그렇게 말하지만 자신의 모든 것에 자신감을 품고 있음이 느껴졌다. 몸이 움츠러들 만한 패기다.

한시라도 빨리 이 자리에서 도망치고 싶었다.

다이키는 지금까지와 마찬가지로 자신의 상태를 살펴 아무 이변도 없음을 확인하고는 남몰래 요카의 옷을 잡아끌었다.

"……중일까지 무탈하세요."

겨우겨우 그 말만 하고는 시선을 피하며 인사했다. 그래서 그가 그때 어떤 표정을 지었는지는 알지 못한다.

주위가 다시 가볍게 술렁였다.

"사쿠가 아니었나."

누군가의 말로 그가 태왕으로 촉망받고 있었다는 사실을 알 수 있었다.

005

"교소? 아, 왕사의 사쿠 장군 말이군요."

물은 것은 다음날, 상대는 전날 만난 리사이라는 여장군이었다.

그녀는 낙담한 기색은 털끝만큼도 내비치지 않고 다시 히엔을 만나러 온 다이키를 환영해주었다. 여선이 종자와 이야기에 빠져 있는 사이에 다이키는 리사이와 히엔 곁에 앉았다.

"리사이 경도 장군이지요? 아는 사이인가요?"

리사이는 아니라고 부정했다.

"저는 장군이라고 해도 주후군의 장군. 교소 경은 왕 직속인 금군 장군이니 신분이 전혀 달라요."

주후사의 장군과 금군 장군의 신분은 하늘과 땅만큼 차이가 난다. 금군 장군이라면 입궐하여 왕을 직접 대면할 수 있고, 조의에도 참가해 정치에서 한몫 차지할 수 있다. 주후군의 장군이 단순한 군인인 데에 비해, 금군 장군 정도 되면 왕의 중신이라 해도 틀린 말이 아니다.

"유명한 분인가요?"

"예. 대단한 검객이시죠. 병사들의 신망도 두터워요. 단호하고 전투에서는 격렬하지만 예의를 알고 도를 깨친 분이라고 들었습니다."

리사이가 다이키를 바라보았다.

"교소 경께 흥미가 있으신가요?"

"……어제 싸움을 맞닥뜨려서……."

리사이가 "아아" 하고 말했다.

"어딘가의 목숨 아까운 줄 모르는 놈이 교소 경을 화나게 했다고 들었는데, 그 일이로군요. 그 싸움은 상대방 잘못이에요. 장군을 몹시 모욕했다고 들었습니다. 쉽사리 사사로운 싸움을 하실 분이 아니에요."

"그런가요……."

리사이가 다이키를 똑바로 보았다.

"교소 경이 왕이십니까?"

다이키는 허둥지둥 고개를 저었다.

"그런 건 아니에요. 그저 무척 무서운 분이라서……."

리사이는 뜻밖에도 실망한 표정을 보였다.

"아아…… 교소 경이 아니었군요……."

"어제도 그런 소리를 들었어요."

리사이가 웃었다.

"온화한 분은 아니지만 무서운 분도 아닌 모양이에요. 훌륭한 분이죠. 일군 1만 2500명의 병졸 모두에게 존경받기란 예삿일이 아니죠. 적도 적지 않은 분이지만 아군에게는 더없는 흠모의 대상이시죠. 참 아쉽네요."

"리사이 경은 교소 경의 편이군요."

리사이는 히엔의 털을 만지작거렸다.

"네, 뵌 적은 없지만 존경하는 분이에요. 저도 군대를 맡는 몸이니까요. 교소 경이 왕이라면 납득이 갑니다."

"그렇게 강한 사람인가요?"

리사이가 고개를 끄덕였다.

"검객으로 치면 첫째가 연왕延王, 둘째가 교소라고들 합니다."

"예에……."

"교소 경과 견줄 자가 없지는 않지만 그는 인망이 두터워요. 능력과 덕 양쪽을 겸비한 사람은 드물죠."

다이키가 고개를 끄덕였다.

'……하지만 그에게는 천계가 없었어…….'

"아쉽네요."

리사이의 진심이었다.

금군의 사쿠 장군이 얼마나 뛰어난 인물인지 군에 관계된 자라면 모르는 이가 없다. 그는 파격적으로 젊은 나이에 금군의 장으로 임명받았고, 반란을 토벌한 교소를 토벌당한 해당 민중들이 칭찬하는 이야기도 들었다.

단순히 강하기만 한 장군, 그저 덕만 있는 장군이라면 다른 나라에도 얼마든지 있지만 양쪽을 겸비한데다 이런 사실이 타국에까지 널리 알려질 정도의 인물은 좀처럼 없다.

실제로 영곤문으로 달려왔을 때 이번 승산자 안에 교소가 있는 것 같다는 소문을 듣고 자신이 옥좌에 오를 일은 없으리라 생각했다.

온정 있는 장군, 훌륭한 인물이라고 주위가 부추겨 떠받들어지듯이 승산했지만 리사이라고 바라는 바가 없던 것은 아니다. 그래도 사람들 사이에 떠도는 이야기를 믿는 한 솔직히 자신은 교소를 이길 수 없다고 생각할 만한 것이 그에게 있었다.

"정말로 아쉬워요……."

리사이의 중얼거림에 다이키는 망설이며 말해보았다.

"나는 리사이 경이 임금님이었으면 했어요……."

리사이가 활짝 웃었다.

"그런 명예로운 말씀을 해주시다니, 황공합니다."

"정말로 그렇게 생각해요."

"말씀만은 영광이지만 너무 쉽게 마음을 허락하지 마세요. 공의 환심을 사서 출세 영달을 바라는 인간일지도 모릅니다."

리사이가 장난스럽게 바라보아서 다이키는 깜짝 놀랐다.

"그럴 리가요."

“아니, 어째서요. 그런 놈들도 많답니다. 승산자 중에는 애초에 옥좌는 포기하고 이 기회에 공이나 왕과 친분을 맺으려는 사람도 있는걸요.”

“그런가요?”

“안타깝게도 그렇습니다. 이리 말하는 저 역시 공이 대국으로 내려오신 뒤에 왕사로 불러달라고 부탁할 심산인지도 모르죠.”

다이키는 고개를 갸웃거렸다.

“리사이 경은 그런 분이 아니죠. ……아니라고 생각해요.”

리사이가 더욱 환하게 웃었다.

“공은 정말로 이 리사이가 뛸듯이 기뻐할 말씀만 해주시는군요.”

“그런가요.”

“그럼요.”

리사이는 웃으며 일어났다. 옷에 묻은 풀을 가볍게 턴다.

“함께 오신 여선은 한창 이야기꽃을 피우고 있는 듯하군요. 괜찮으시다면 저와 함께 부근을 걷지 않으실래요?”

8
장

001

"요카, 밖으로 나가도 돼?"

보도궁에 도착하자마자 들떠서 묻는 통에 요카는 살포시 웃었다.

"그러시지요. 또 리사이 경께 가세요?"

"안 돼……?"

"아니요. 리사이 경은 좋은 분인 듯하더군요. 장군이시니 실력 역시 믿을 만하겠지요."

허락을 받은 다이키는 교대로 단상을 지키던 여선들에 둘러싸여 궁을 나왔다.

날이 지나면서 여선들도 승산자와 친해졌다. 한 사람, 두 사람 멈추어 서서 이야기꽃을 피우다 보니 뒤따르던 여선의 숫자가 줄어든다. 요카마저 리사이의 천막이 보이는 부근에서 걸음을 멈추고 어딘가의 종자와 이야기를 나누기 시작했기 때문에 다이키는 남은 거리를 잰걸음으로 서둘렀다.

붙들려 인사를 받는 횟수는 줄었지만 이러쿵저러쿵 말을 거는 사람은 줄지 않는다. 그들에게 붙잡히지 않는 가장 좋은 방법은 아무튼 간에 서둘러 가는 것임을 익혔다.

"리사이 경."

말을 걸기 전에 리사이가 천막에서 나왔다.

"오셨어요."

"오는 줄 알았어요?"

"공이 오시면 히엔이 반가워서 우니까요."

"정말로?"

"예. 어쩌면 히엔은 공을 주인이라고 생각하는지도 모르겠는데요."

"설마."

"글쎄요. 요수는 말을 못 하니까 직접 듣지는 못했지만."

리사이는 웃으면서 히엔의 목을 두드렸다.

"어때, 히엔?"

천마는 고개를 훽 돌려 다이키의 가슴에 머리를 비볐다. 리사이가 쓴웃음을 지었다.

"보세요. 제 말이 맞죠?"

다이키는 히엔의 털을 빗겨주고, 리사이와 한낮까지 산책을 했다.

리사이는 다이키의 질문에 자상하게 대답해주고 다이키가 신기해하는 것을 귀찮아하는 법 없이 하나하나 집어서 설명해주었다.

지인도 소개해주었다. 리사이가 승산하고 나서 친해진 사람들인 듯한데, 다들 편한 사람들이라 리사이와 주변을 산책하는 것은 마냥 즐거웠다.

"전부 대국 사람이네요. 대국 말고 다른 나라 사람은 없나요?"

기암 아래 솟아난 샘을 둘러싸듯 펼쳐진 광장을 걸으며 다이키가 별생각 없이 묻자 리사이가 웃음을 터뜨렸다.

"당연하죠. 대국의 왕은 대국 사람이라고 정해져 있으니까요."

"네? 그래요?"

"모르셨습니까?"

리사이가 황당하다는 얼굴을 했다.

“저는 얼마 전까지 봉래에서 자라서 아는 것이 많지 않아요.”

아아, 하고 리사이가 고개를 끄덕였다.

“그랬지요. 실례했습니다. 왕은 그 나라 출신자라는 규칙이 있어요.”

“그럼 여기에 있는 사람들은 전부 대국에서 온 건가요?”

“꼭 그렇지는 않아요. 대국에서 태어나기만 하면 되는 모양이에요.”

“흐음…….”

리사이의 손에 이끌려 걷던 다이키가 갑자기 발을 멈추었다.

“리사이 경, 아주 예쁜 짐승이 있어요.”

다이키가 본 방향을 돌아보고 리사이가 고개를 끄덕였다.

“아, 추우騶虞로군요. 멋지네요.”

호랑이와 많이 닮은 짐승이었다. 긴 꼬리 끝까지 신비한 오색으로 빛나는 멋진 모습이었다. 천마가 얌전한 인상을 주는 생물인 데 비해 이 짐승은 아주 용맹스럽고 강해 보인다.

“추우는 최고의 기수예요. 한 나라를 하루면 통과할 수 있죠.”

“굉장하다.”

여선은 한 나라가 말로 한 달쯤 달리면 횡단할 수 있는 크기라고 했었다.

"예. 게다가 주인을 잘 따르고 아주 영리해요. 용맹해서 전쟁터에 데려가기에 이보다 적합한 짐승은 없죠."

리사이는 추우에게 다가가 홀린 듯이 바라보았다.

"저도 추우를 만날 수 있으면 좋겠는데."

"추우가 필요해요? 히엔이 있는데도?"

"필요합니다. 히엔은 길이 들어 귀여운 만큼 성격이 온순해서 전쟁터에 데려가기가 가여워요. 저는 무인이니까 아무래도 그 점을 우선하게 되죠."

"……그렇군요."

"봉산에서 돌아가는 길에 무사히 마주쳐야 할 텐데."

"마주치면 붙잡아서 데리고 돌아가나요?"

리사이가 웃어 보였다.

"그럴 생각입니다. 공을 뵙는 것도 기대했지만 사실은 그것도 기대하고 왔어요."

"흐음……."

"사재를 있는 대로 쏟아부으면 구입할 수도 있지만, 사 온 요수는 주인을 우습게 여기죠. 그렇지 않더라도 역시 기수 정도는 제 기량으로 잡고 싶어요."

"그렇군요."

리사이가 미소 짓고 고개를 끄덕이더니 추우가 묶인 천막에 대고 외쳤다.

"실례하오. 바깥에 있는 추우 주인 계신가."

"게이토計都라면 내 기수인데."

목소리는 등뒤에서 불쑥 들려왔다. 리사이가 흠칫 놀라 돌아보았다. 긴장한 듯한 움직임이었다.

"……장군."

그 남자였다. 오늘은 갑옷을 입지 않았지만 검은 잊지 않고 차고 있었다. 잊을 수 없는 얼음 같은 백발과 홍옥의 눈동자.

리사이는 다이키와 교소를 번갈아 보고 나서 등을 꼿꼿이 했다.

"처음 뵙겠습니다. 저는……."

"승주사의 리사이 경이로군."

교소는 살짝 웃었다. 그에 반해 리사이는 눈을 크게 떴다.

"어떻게……."

"장군은 자신이 유명하다는 사실을 모르시는가."

"역시."

다이키가 무심결에 이야기에 끼어들자 리사이와 교소가 그를 바라보았다.

"아…… 죄송합니다."

교소는 재미있다는 듯이 다이키를 부추겼다.

"역시?"

"아뇨……. 리사이 경이라면 무척 훌륭한 장군일 것 같아서. 그냥 그런 느낌이 들어서요……."

리사이는 얼굴을 살짝 붉히며 교소를 보았다.

"공은 저를 과대평가하세요."

교소가 웃었다.

"아니, 공은 안목이 높으십니다. 그 말씀이 맞습니다. 리사이 경은 승주사에 난사람이 있다고 칭송이 자자한 분입니다."

"믿지 마세요, 공."

리사이가 전에 없이 쑥스러워하는 것이 이상하다.

교소도 그 모습을 보고 가볍게 웃었다. 곁에서 웃는 얼굴을 보고 있자니 그리 무서운 사람 같지는 않았다.

002

"해서, 게이토에게 볼일이 있는 분은 리사이 경인가, 공이신가?"

교소는 다이키와 리사이를 차례로 보았다.

"공이 보고 싶으시다고."

“공이라면 게이토도 이의는 없겠지요.”

교소가 추우를 가리켰다.

가까이 다가가보니 용모보다 눈이 더욱 인상적이었다. 믿기지 않을 만큼 복잡하고 아름다운 빛깔이었다.

“저기…… 이 추우는 교소 경이 잡으신 건가요?”

“예. 기수를 사는 것은 좋아하지 않습니다.”

“어째서요? 요수를 잡는 것은 위험하지 않나요?”

불현듯 교소의 입꼬리가 올라갔다. 다이키는 몸을 주춤 물렸다. 호탕한 미소에 영문도 모르게 겁이 났다.

“들에서 살던 짐승에게 목줄을 채워 기수로 삼는 것이니 잡는 쪽도 그만한 위험은 감수해야 공평하지 않겠습니까.”

“……아 ……네.”

교소는 게이토를 귀여워하듯 쓰다듬었다. 무서운 미소는 짓고 있지 않았다.

“이 녀석은 제가 잡아서 길들였습니다. 검과 이 녀석이 제 보물입니다.”

리사이는 놀란 듯했다.

“직접 조련하셨어요?”

“간신히. 가르친 사람이 부족한 탓에 내가 아닌 사람은 전혀 따르지 않아.”

교소는 웃으며 말하고 다이키를 보았다.

"함부로 손을 내밀지 마십시오. 훈련을 잘 시키기는 했으나 만에 하나라는 것이 있으니."

"……네."

"그러고 보니……."

리사이가 교소를 보았다.

"선왕께 검을 받으셨다고요."

"그렇지."

"대단한 명검이라 들었습니다."

"글쎄, 확실히 잘 들기는 하는데."

검은 장식품이 아니다. 다이키는 그 사실을 깨닫고 몸을 움츠렸다.

교소는 군인이니까 누군가를 벤 보상으로 검을 받고, 누군가를 베기 위해 검을 차고 있는 것이다.

"……공적을 세워 받으신 건가요……?"

다이키의 물음에 교소는 고개를 가로저었다.

"무공이 아닙니다. 예전에 선왕 앞에서 연왕께 검 상대를 부탁드릴 기회가 있었죠."

"이기셨어요?"

"졌습니다."

교소는 구김살 없이 웃는다.

"세 판 중 한 판밖에 이기지 못했습니다. 선왕은 그래도 한 판을 이긴 것을 기뻐하며 검을 하사해주셨지요. 사람을 죽여서 받은 검이 아닙니다. 그러니 보물인 겁니다."

"역시 연왕은 강하군요."

"무례인 줄 알면서 말씀드리자면……."

교소는 다이키가 두려워하는 그 미소를 또다시 지었다.

"제가 오백 년을 산다면 연왕께 뒤지지 않을 겁니다."

격렬한 자신감으로 가득찬 말이다.

농담을 할 때면 그리 무섭지 않은데 이따금 보이는 표정을 보면 몸이 움츠러들 정도로 무섭다.

"저도 추우가 있었으면 좋겠어요."

리사이가 게이토를 본다. 교소는 흔쾌히 대답했다.

"좋은 사냥터를 아는데 같이 가지."

"괜찮습니까?"

"나도 여기서 볼일은 끝났어. 달리 할일도 없어서 안합일까지 추우를 찾아볼까 하던 참이야."

"게이토가 있는데요?"

"추우가 한 마리 더 있으면 게이토를 절반은 쉬게 해줄 수 있지. 세 마리까지는 필요 없지만 두 마리는 탐나는군."

"마음은 이해하지만, 사냥터를 비밀로 하지 않으셔도 되나요?"

"꽁꽁 감춘들 무슨 소용인가. 원하는 사람이 가서 잡으면 그만이지."

"씨가 마르지 않으면 좋겠네요."

교소가 희미하게 웃었다.

"무슨, 어차피 주인이 될 만한 기량이 없으면 잡을 수가 없는데."

교소와 헤어져 다이키는 한숨을 깊이 내쉬었다. 사실은 자신이 몹시 긴장하고 있었음을 깨달았다.

"왜 그러십니까."

"아뇨……."

리사이가 다이키의 얼굴을 들여다보았다.

"공은 여전히 교소 경이 무서우십니까?"

"리사이 경은 괜찮으시군요."

"적으로 돌리면 무서운 분이겠다는 생각은 들어요. ……맞아요, 솔직히 말하면 긴장하게 만드는 분이죠."

"……역시?"

"무시무시할 정도로 패기가 있는 분이더군요. 개라고 믿고 마음을 놓고 있었는데 사실은 늑대였다는 것을 깨닫고 가슴이 철렁하는 느낌이에요."

그 표현은 다이키의 기분을 잘 나타내고 있었다.

"그런 느낌은 잘 압니다."

리사이가 중얼거렸다.

"소문이 맞았어요. 범상한 패기가 아니에요. ……왕이 아닌 것이 애석하군요."

"그런가요."

다이키에게는 지나치게 두려운 존재로 느껴졌다.

리사이가 고개를 끄덕였다.

"왕이라는 자리는 인품만 좋으면 되는 것이 아닙니다. 너무 여린 왕은 나라를 어지럽히고, 고상한 왕은 나라의 기둥뿌리를 뽑죠. 교소 경이라면 정말 좋았겠지만……."

"리사이 경은 그걸로 만족하세요?"

리사이는 올려다보는 다이키에게 답하듯 쓴웃음을 지었다.

"교소 경을 뵙고 태평하게 승산한 자신이 부끄러워졌어요. 저 분은 저와는 그릇이 달라요."

003

"아무래도 이번 승산자 중에는 왕이 계시지 않는 듯하군요."

하지가 지난 지 한 달 반쯤 되었을 무렵에 요카가 말했다. 승산자 모두가 대열을 짜서 오지는 않는다. 그중에는 아무도 동행하지 않고 자기 혼자만, 또는 자신의 일행하고만 찾아오는 이도 있다. 그런 자들이 얼마 전까지 띄엄띄엄 봉산에 올랐지만 이제는 새로 오는 이의 발길도 끊겼다.

"그럼 내일부터는 보도궁에 가지 않아도 돼?"

요카는 침소를 정리하면서 고개를 끄덕였다.

밤, 달은 높고 어렴풋이 벌레 소리가 들린다. 산시는 말없이 다이키의 옷을 갈아입혔다.

"별궁의 대문을 닫지요. 그러면 다들 희망이 없다는 것을 알 테니까요."

"이제 어떻게 하면 돼?"

"내키는 대로 하세요. 바깥으로 놀러가고 싶으시다면 그러셔요."

"그래도 돼?"

"상관없어요. 지금은 봐주시는 분들이 있으니까요. 어차피 교소 경과 리사이 경이지요? 두 분이 옆에 계시면 걱정할 것 없어요. 산시도 함께 있고요."

그 뒤로 자연스레 교소와도 만나고 있다.

리사이를 찾아가 히엔과 놀고 나서 교소를 찾아간다. 언제부터인가 그것이 습관이 되었다.

여전히 교소를 보고 흠칫 놀랄 때가 있지만 그 감각에도 제법 익숙해졌다. 봉산에 남자가 드문 탓인지 익숙해지고 나자 만나지 않으면 서운한 기분이 든다.

"그게……."

다이키는 요카를 올려다보았다.

"내일은 리사이 경이랑 교소 경이 황해에 추우를 찾으러 간대."

요카가 눈썹을 치켜세웠다.

"그래서요?"

"……나도 가면…… 안 되겠지, 역시."

리사이가 같이 가자고 했지만 아마도 여선이 허락하지 않으리라고 말해두었다.

요카는 방 한쪽에 서 있던 데이에이와 눈빛을 교환하고 나서 한숨을 쉬었다.

"좋아요. 다이키가 조르는 일은 좀처럼 없으니까. 단, 다치기라도 해서 저희 간담을 서늘케 하지만 말아주시어요."

다이키가 활짝 웃었다.

"응!"

깊은 밤에 가까운 이른 아침, 다이키는 보도궁에서 리사이의 천막까지 단숨에 달렸다.

주위는 아직 어둡고 사람 모습도 거의 보이지 않았지만 곳곳에 있는 횃불 덕에 광장은 밝았다.

"리사이 경!"

"공."

그곳에는 이미 갑옷을 입고 게이토를 끄는 교소의 모습도 보였다.

히엔에게 안장을 얹으며 돌아선 리사이도 처음 본 갑옷 차림이다. 그녀는 다이키의 뒤에 있는 여선을 발견하고 고개를 살짝 숙였다.

"가도 된대요."

리사이가 웃었다.

"잘되었네요."

"히엔에 태워주실 건가요?"

"그럼요."

따라온 데이에이가 조신하게 인사했다.

"리사이 경, 교소 경. 둘도 없는 분이시니 아무쪼록 잘 부탁드립니다."

리사이와 교소는 정중하게 답인사를 했다.

"두 분을 믿고 보내드리는 겁니다. 만에 하나라도 공께 위험이 없도록 해주세요. 번거롭겠지만 정오까지는 반드시 돌아오셔야 합니다."

"알겠습니다."

데이에이는 고개를 끄덕이다가 천마와 추우만 안장 준비가 되어 있는 것을 확인했다.

"종자는 함께하지 않으십니까?"

"종자의 말로는 낮까지 돌아올 수 없어요."

리사이가 난처해하며 말하자 데이에이 역시 눈살을 찌푸렸다.

황해는 매우 위험한 곳이다. 오산은 수호받고 있지만 황해에는 수없이 많은 요마가 산다. 잡아서 훈련하면 주인의 말을 잘 듣는 얌전한 요수도 야생에서는 사람을 덮치는 위험한 생물이다.

게다가 황해에는 요마 말고도 수많은 위험이 존재한다. 땅이 무너져내리고 독한 연기가 피어오르는 늪이 있고 낙석이 많은 산이 있다.

"상처 하나 없이 공을 돌려보내주시겠다고 약속하시겠습니까."

리사이가 고개를 크게 끄덕였다.

"다치실 일은 절대로 없을 겁니다."

"우리가 함께하면 좋겠지만 여선은 현군의 허가 없이 오산을 내려갈 수 없습니다. 위험한 곳은 곤란합니다. 사냥하실 때에도 공의 안전을 첫째로 생각해주세요. 피를 보이는 부정도 곤란합니다. 아시겠습니까."

"예에…… 알겠습니다."

리사이는 당황한 표정을 지었다. 데이에이는 개의치 않고 말을 이어갔다.

"만약 하는 수 없이 요마를 베어야 하는 상황이 온다면 한 분이 공을 데리고 도망쳐주세요. ……설령 다른 한 분을 버려야 할지라도요."

"……데이에이."

말이 너무 심해서 다이키가 데이에이의 옷자락을 잡아끌었을 때였다.

"우리는 유람하러 가는 것이 아닙니다."

교소였다. 얼굴에 불쾌한 표정이 떠올랐다.

"요수를 사냥하려면 황해 끄트머리만 갔다올 수는 없습니다. 다소의 위험이야 있게 마련입니다. 지켜드릴 자신이 있기에 함께하자 권하였을 뿐. 그렇게 몇 번이고 다짐을 받다니 아무리 봉산의 여선이라 해도 무례가 지나치군요."

데이에이는 교소를 응시했다.

"……대단한 자신감이지만 자만이 아니라고 하실 수 있습니까."

그 시선을 되받아치는 교소의 눈빛이 한층 뜨거웠다.

"여선이 걱정할 것이 무에 있겠소. 공은 우리 대국의 기린. 대국의 백성 이상으로 공의 존체가 안전하기를 바라는 이가 있다고 보십니까. 그거야말로 여선의 자만이라고 생각하는데 어떠신지?"

잠시 서로 노려보다가 데이에이가 시선을 피했다.

"……잘 부탁드립니다."

"알겠습니다."

발길을 돌리는 데이에이를 보고 교소는 추우의 고삐를 잡았다.

"해가 오르겠군. 리사이 경, 가지."

004

천마는 대단히 빠른데도 흔들림은 거의 느껴지지 않았다.

바위를 건너뛰고 평지를 달리고 쓰러진 나무를 뛰어넘어도 타고 있는 사람에게는 충격이 거의 전해지지 않는다. 도저히 동물의 등에 탔다고 생각할 수 없는 안정감에 다이키는 매우 놀랐다.

천마는 밤눈도 밝은지 바위나 수목이 달빛을 가로막은 곳조차 속도를 떨어뜨리지 않고 달렸다.

"……어떠세요?"

다이키는 뒤에서 자신을 안듯이 고삐를 쥔 리사이를 돌아보았다.

"꼭 기린 같아요."

리사이가 눈을 휘둥그렇게 떴다.

"기린에 타신 적이 있으세요?"

"네. ……이상한가요?"

리사이가 쓴웃음을 지었다.

"황공한 경험을 하셨네요. 히엔도 기린과 비교당하면 필시 부끄럽겠죠."

"그럴까요."

"그럼요. 공은 자신이 기린이니까 기린을 가벼이 여기시겠지만 저는 기린에 올라탄다는 생각만으로도 몸이 움츠러듭니다."

"흐음……."

그런 거였구나, 하고 다이키는 생각했다. 확실히 게이키라는 인물의 등에 올라탔다고 생각하면 머뭇거림은 생기지만 황공한 일이라는 생각은 들지 않았다.

"이렇게 같은 안장에 타고 있는 것만으로 황공한 마음이 드는 걸요."

다이키는 미소 짓는 리사이의 얼굴을 올려다보고 그런 건가 싶어 고개를 갸웃거렸다.

의견을 구하기 위해 바로 옆에서 달리는 게이토 쪽으로 고개를 돌리니, 리사이와 다이키의 대화를 듣는 낌새도 없이 딱딱하게 굳은 표정으로 앞을 보고 있는 교소의 옆얼굴이 눈에 들어왔다.

여전히 무서운 기운이 교소의 주위에 감돌았다. 데이에이의 말에 크게 화가 난 것이리라.

천마에 흔들리며 고양되었던 기분이 갑자기 시들었다.

자신의 탓이라는 마음이 들었기 때문이었다.

희엔과 게이토는 황해에 깊이 들어가 바위산을 가볍게 달려 나가 오산 북쪽, 항산 기슭으로 돌아 들어갔다.

살벌한 바위가 울퉁불퉁하게 늘어선 언덕에서 앞서가던 교소가 게이토를 멈추고 안장에서 내렸다. 아직 하늘에는 달이 떠 있다.

"교소 경, 여기인가요?"

히엔을 세운 리사이의 물음에 교소는 말없이 고개를 끄덕였다.

다이키는 리사이에게 안겨 내려가면서 패기가 전혀 사그라들지 않는 교소의 옆얼굴을 보았다.

"저기…… 교소 경."

"무슨 일이십니까."

교소의 목소리가 매몰차게 울렸다. 안장에 묶은 짐을 풀면서 다이키를 돌아보지도 않았다.

그 등을 향해 다이키는 고개를 숙였다.

"아까는…… 여선이 실례를 저질렀습니다."

교소는 손을 멈추고 한숨을 쉬었다. 갑자기 그를 둘러싼 패기가 누그러졌다.

"……공이 사과하실 일이 아닙니다."

"아뇨, 저…… 교소 경께도 리사이 경께도 정말로 죄송합니다."

리사이는 바위 뒤 적당한 곳에서 모닥불을 피울 준비를 하며 웃었다.

"신경쓰실 필요 없어요. 여선이 걱정하는 것이 당연하죠."

"아니요."

다이키는 그렇게 말하고서 두 사람을 번갈아 보았다.

"……저는 병든 기린이에요."

두 시선이 집중되어 다이키는 얼굴을 붉혔다.

"비유이기는 하지만……."

다이키는 열심히 말을 골랐다.

"데이에이는 리사이 경과 교소 경이 못 미더운 것이 아니에요. 제가 미덥지 못해서 걱정하는 거예요."

리사이는 온화하게 웃었다.

"공은 아무도 대신할 수 없는 분이세요. 자신을 가벼이 생각하시면 안 됩니다."

다이키는 고개를 내저었다.

"아니요. 제가 기린다운 일을 하나도 하지 못하니까 여선들이 걱정하는 거예요. 아마도 그럴 거예요. ……제게는 사령이 없어요."

교소도 리사이도 눈을 부릅떴다. 서로 눈빛을 교환했다.

기린은 피를 꺼리므로 스스로 무기를 들고 다른 생물과 싸울 수 없다. 상대가 요마든 짐승이든 마찬가지다.

그런 기린을 대신해 싸우는 존재가 사령이다. 상식적으로 기린은 수많은 사령을 지니고 있어야 한다. 사령이 없다는 이야기는 몸을 지킬 방도가 없음을 뜻한다.

"그뿐만 아니라 전변도 하지 못해요."

이 말에 교소와 리사이는 더욱 놀랐다.

“원래 같으면 많은 사령들이 지켜주겠지만 저는 그럴 수 없어요. 도망칠 때도 기린으로 변하면 무리 없이 도망칠 수 있겠지만 그럴 수가 없으니까.”

부족한 자신을 고백하기가 부끄러웠다. 다이키는 저도 모르게 몸을 움츠렸다.

“그래서 여선들이 지나치게 걱정하는 거예요. 어떻게든 고쳐보려고 경국의 태보까지 어렵게 불러주었는데.”

부족한 자신이 주위 사람들의 마음을 얼마나 아프게 하는지, 그럼에도 얼마나 깊은 애정을 받고 있는지 생각을 하면 안타까웠다.

“태보도 정말로 열심히 가르쳐주셨는데 하나도 해내지 못했어요. 그래서…….”

교소가 커다란 손으로 다이키의 머리를 가볍게 토닥였다.

올려다보자 부드러운 시선과 마주쳤다. 교소는 때로 겁이 날 정도로 무섭지만, 때로는 넋이 나갈 만치 상냥한 얼굴을 한다.

“처음부터 공의 사령에 기댈 마음은 없었습니다. 걱정하지 마십시오.”

“저기…… 여괴라면 있는데요.”

교소가 미소 지었다.

“그거 든든하군요.”

커다란, 게이키보다 한층 커다란 감촉의 손이 머리를 쓰다듬었다.

"……네."

005

"먹이는 무얼 쓰나요?"

다이키는 덫을 친 리사이에게 물었다.

"옥입니다. 추우는 특별히 마노를 좋아합니다."

리사이는 달걀만 한 마노를 꺼내 보여주었다.

"이, 이런 것까지 먹어요?"

리사이가 웃었다.

"고양이들이 개다래나무를 좋아하는 것과 똑같아요."

"와아……."

리사이는 마노를 다이키의 손바닥에 얹고 교소를 돌아보았다.

"미끼를 조금 뿌려두죠."

리사이는 천마에 올라탔다.

"미끼?"

"마노 부스러기예요. 교소 경, 공을 부탁드립니다."

"알겠다."

히엔은 크게 뛰어올라 그대로 달려간다. 이제야 동쪽 하늘이 어슴푸레하게 밝아오기 시작했다.

사냥은 한밤중이 가장 좋다고 한다. 해가 높이 뜨면 요수는 좀처럼 돌아다니지 않는 듯하다. 아직 새벽이라고는 하지만 결코 좋은 조건이라 할 수 없는 이런 시간에 두 사람이 사냥하는 까닭은 전적으로 다이키의 안전을 고려했기 때문이다.

교소는 바위 사이에 박은 말뚝에 밧줄을 묶더니 가볍게 손을 털고 일어나 모닥불 곁 바위 위에 길게 엎드린 게이토 옆으로 걸어갔다.

"공, 잠시 쉴까요."

"네."

교소는 게이토에 기대며 자신의 옆구리 쪽을 가리켰다. 다이키는 얌전히 옆에 앉았다.

"잡을 수 있을 것 같나요?"

"글쎄요. 운에 달렸겠죠."

"게이토도 여기서 잡으셨죠?"

교소가 고개를 끄덕였다.

"안합일 때마다 황해에 다니다 여섯 번째였나."

아무래도 안합일 하루 만에 다녀올 수 있는 거리에는 한계가 있다. 반드시 추우를 얻겠다고 결심하기 여섯 번째, 이때에는 다음 안합일까지 황해에 머물렀다고 한다.

다이키는 눈을 똥그랗게 떴다.

"줄곧요? 그럴 수 있어요?"

"충분히 준비한다면 됩니다."

"붙잡는 것은 어려웠나요?"

"솔직히 말하면요. 덫에 걸리고 나서부터 애를 먹죠."

복잡한 형태로 친 사슬과 밧줄이 어떤 역할을 할지, 다이키는 한동안 멋대로 상상했다.

"공은 제가 무섭습니까?"

갑작스러운 물음에 다이키는 놀라서 교소를 올려다보았다.

"아뇨……. 저기……."

"이따금 주춤하시는 것처럼 보입니다. 혹시 제 몸에 사취死臭라도 뱄습니까."

"아니에요."

"그러면 제게는 기린을 뒷걸음치게 하는 무엇이 있는 모양이군요."

교소는 희미하게 쓴웃음을 지었다.

"기린은 인仁의 생물이라고 합니다. 아무래도 제게는 인의가 꺼릴 만한 것이 있나 보군요."

"그렇지는……."

"무인이니 하는 수 없을까요. 자애로움과는 거리가 있으니 말입니다. ……만약 제게 부족한 점을 아신다면 말씀해주시지 않겠습니까. 무엇이 미흡했는지 알아두고 싶습니다."

교소의 목소리는 조용했다. 담담히 밤에 녹아든다. 다이키는 난처했다.

"……저, 그런 건 아닐 거예요."

교소는 묻는 듯한 눈빛으로 보았다.

"어쩌면 눈동자 색이…… 피를 떠올리게 해서 무서운지도……."

"마음 써주시는 것은 감사하지만, 그건 제게 그리 친절한 처사가 아닙니다."

조용하지만 격렬한 말에 교소의 눈을 쳐다보았다.

"……잘 표현하지 못하겠어요."

"어떤 말이든 상관없습니다."

"저는 마음이 무르대요. ……아마도 그런 걸 거예요. 여선들은 패기가 적다고, 그러니 좀더 자신감을 가지라고 해요. 하지만 아무리 노력해도 늘 똑같아요."

교소는 말없이 다이키를 보고 있었다.

"교소 경은 무척 자신감이 넘치는 분이에요. 솔직히 패기라는 말은 잘 모르겠지만, 이런 게 패기겠지 싶은, 그런…… 기척 같은 것을 이따금 강하게 드러내죠. 제가 하는 말 아시겠어요?"

교소가 고개를 끄덕였다.

"그래서 무척 주눅이 들고는 해요. 부러운 거랑은 좀 다르고."

다이키는 게이토 옆 모닥불을 응시했다.

"……불은 따뜻하고 밝지만 너무 거세면 무섭지요? 그걸 맞닥뜨렸을 때처럼 움츠러들고 마는 거예요. ……그런 걸 거예요."

스스로도 자신의 두려움을 제대로 이해할 수 없다.

"자신이 한심스러운 것도, 난폭해 보여서 무섭다거나 하는 느낌과도 달라요. 피를 볼 때 무서운 거랑도 조금 다르고……."

말을 골라봤지만 찾아낸 말은 모두 정확하지 않았다. 애가 타고 답답해서 울고 싶은 심정이었다.

"싫지는 않아요. 커다란 불은 무섭지만 아름답다거나 멋지다고 생각하지요? 그거랑 똑같아요. 굉장하다고 생각하지만, 동시에 괜히 몸이 움츠러들어서, 그래서……."

손바닥이 머리 위에 툭 놓였다.

"울지 마십시오."

"……죄송해요."

"저야말로 별수 없는 것을 여쭈고 말았군요. 면목없습니다."

"아니에요……."

교소는 부드럽게 웃으며 다이키의 머리카락을 쓰다듬었다.

"공은 착한 기린이군요."

"아니요……. 그렇지 않아요……."

"성실하고 상냥한 분입니다. 대국은 좋은 나라가 될 테죠."

"그럴까요."

교소는 고개를 끄덕이고 다이키의 머리를 쓰다듬던 손으로 어깨를 감싸며 모닥불을 바라보았다.

그 뒤로 그가 입을 다물어버려서 다이키는 게이토 대신 교소에게 기댄 채 역시 잠자코 있었다.

9 장

001

"교소 경!"

횃불이 불티를 날리며 암벽을 달려온다. 리사이를 태운 히엔이 돌아왔다. 동쪽 하늘이 조금씩 밝아오고 있었다.

"교소 경, 수상한 굴을 찾았어요."

"그래?"

교소가 일어났다.

"조금 떨어진 늪지대 근처예요. 드나든 발자국이 있는데 추우 발자국이 아닐까 싶어요."

"소굴일까."

"그럴지도 몰라요."

"가보지."

리사이는 다이키를 안아 올렸다. 히엔에 태운다. 교소 역시 게이토에 올라탔다.

동굴은 바위산 사이, 어두운 빛깔의 물인지 진흙인지 모를 것이 가득한 늪지 언저리에 있었다. 물가에서는 제법 떨어져 황량하기만 한 풀이 겨우 몇 포기 난 땅바닥에 동굴이 입을 벌리고 있다.

내려가서 보니 횃불 불빛에 동굴을 향해 이어지는 몇 줄기 발자국이 보였다.

교소는 게이토를 멈추었다. 조금 전 게이토가 남긴 발자국과 비교해보니 추우보다 커다란 생물 같았다.

"추우가 아닐지도 몰라. 뭐지?"

리사이는 히엔에서 내려 동굴 입구를 들여다보았다.

커다란 돌이 뒤얽혀 생긴 동굴 입구는 리사이의 키만 했다. 동굴이 아니라 바위와 바위가 맞물리는 틈이 만든 틈새 길이라고 해야 할까.

굴은 조금 들어간 곳에서 구부러져 안쪽이 보이지 않았다.

"아까 조금 들여다보았는데 꽤 깊은 것 같아요. 들어가볼까요?"

"용이 나올지도 모르지."

"그러고 보니 황해 밑바닥에도 용궁이 있다죠."

교소도 굴 안쪽을 들여다보았다.

"그렇다고 하는데, 글쎄."

"황해 밑바닥으로 향하는 굴치고는 조금 작은 것 같군요."

"……글쎄, 어떻게 할까."

리사이는 조금 의아해했다.

"들어가보지 않으실 거예요?"

교소는 대답 대신 다이키를 보았다.

"어쩌시겠습니까?"

"저…… 모르겠어요."

"그럼 안을 살짝 들여다볼까요."

리사이는 벌써 안으로 들어갔다.

"먼저 갈게요. 공을 부탁드립니다."

"그러지."

다이키는 가벼운 불안감에 사로잡혀 교소를 올려다보았다.

"저기……."

"무섭습니까?"

고개를 가로저으려다 그만두었다. 다이키는 솔직하게 대답했다.

"……조금."

"안 오십니까?"

리사이는 벌써 모퉁이를 돌고 있다.

"지금 가지. 공, 제게서 떨어지지 마십시오."

"네……."

바위산 아래를 관통하는 것 같았다. 조금씩 내려가면서 구불구불 굽어 있다. 바람은 없지만 불길이 흔들린다. 공기가 통한다는 증거다. 샛길이라 부를 만한 통로도 없었다.

"……깊군."

교소의 목소리가 메아리쳤다. 앞서가는 리사이가 걸음을 멈추었다.

"막다른 곳이에요."

가리킨 앞쪽은 작은 공터였다. 걸어온 굴 바닥보다 다이키의 키만큼 낮은 곳에 위치했다.

위에서 뛰어내린 리사이는 크고 작은 바위들이 켜켜이 쌓여 있는 공터를 둘러보았다.

"……이상하네, 아무것도 없어요."

"없을 리가 없어. 희미하지만 무슨 냄새가 나는군."

다이키는 눈살을 찌푸렸다. 교소의 말대로 무슨 냄새가 났다.

몹시 역하고 어쩐지 속이 메스꺼워지는 냄새다.

리사이는 공터 바닥을 채운 바위를 오르내리더니 비스듬히 튀어나온 평평한 바위 옆에서 몸을 구부렸다. 뒷모습이 한 걸음씩 멀어지는 것이 다이키는 불안했다.

"아아, 더 내려가는 구멍이 있네요."

"그거군."

교소는 다이키를 안아 올려 아래로 뛰어내렸다. 바위를 하나 오르자 멀리 리사이가 들여다본 구멍이 보였다.

시커먼 구멍.

"뭔가…… 있어."

다이키가 중얼거렸다.

"네?"

교소와 리사이가 다이키를 돌아보았다. 다이키는 발치부터 올라오는 떨림을 느꼈다. 심장 박동이 빨라진다. 가슴이 울렁거렸다.

"……돌아가요. ……그곳은 좋지 않아요."

"왜 그러십니까?"

다이키는 교소의 손을 잡아끌었다. 리사이에게 반대쪽 팔을 뻗었다.

"저곳은 싫어요."

교소와 눈빛을 교환한 리사이가 웃으며 굴 입구에 손을 댔다.

"안이 어떻게 되어 있는지만 확인할게요."

"아니요. 아니에요, 안 돼요."

다이키가 리사이를 말리러 뛰쳐나가려는 순간 바위 사이에서 뭔가 나타나 앞을 가로막았다.

"가시면 안 됩니다."

"산시!"

교소는 느닷없이 나타난 인요에 놀라 순간적으로 검자루에 손을 댔지만, 다이키가 인요에게 안기는 모습을 보고 힘을 뺐다. 다이키가 말한 여괴가 이 인요라는 데에 생각이 미쳤다.

리사이 역시 하얀 인요를 보고 놀라서 눈을 부릅떴다. 바위에 손을 댄 채 상반신을 다이키 쪽으로 돌린 그때, 리사이의 팔에 뭔가 감겼다.

리사이는 소리를 지르지 못했다. 비명을 지른 사람은 교소 옆에 있던 다이키였다.

"리사이!"

놀란 표정의 리사이는 머리부터 구멍 안으로 끌려 들어갔다. 버둥거리는 다리가 눈동자에 아로새겨졌을 뿐, 정신을 차렸을 때에는 이미 리사이의 모습이 보이지 않았다.

"리사이—!"

다이키의 목소리에 대답하듯이 동굴 안쪽에서 비명이 울려 퍼졌다.

002

교소는 울퉁불퉁한 바위를 달려 리사이를 삼킨 굴로 다가갔다. 시커먼 구멍은 아래로 이어져 있다. 높이가 상당해 보였다.

"교소 경!"

"산시, 공을 데리고 도망쳐. 게이토를 타고 봉산으로 돌아가."

산시는 고개를 끄덕였지만 다이키는 이미 교소에게 내달리고 있었다.

"다이키, 안 됩니다!"

달리는 다이키를 산시는 펄쩍 뛰어서 안았다.

"하지만 리사이 경이!"

굴을 가리키는 다이키를 교소는 눈짓으로 말렸다.

"리사이는 제게 맡기시죠. 공은 바깥으로."

"안 돼요!"

교소는 다이키의 외침에는 대답하지 않고 굴로 뛰어들었다. 다이키는 산시의 팔을 재빨리 빠져나갔다.

"다이키!"

다이키는 구를 기세로 굴로 달려갔다. 뻗은 산시의 손을 떼치고 거침없이 굴속으로 뛰어들었다.

—결단코 교소 혼자 가게 해서는 안 된다.

상당한 낙차가 있었지만, 앞질러 간 산시가 다이키를 받아냈다.

"다이키."

"안 돼! 도망칠 수 없어!"

산시는 저도 모르게 다이키의 몸을 잡으려던 손을 물렸다. 무슨 영문인지 목소리를 거스를 수 없었다.

어찌된 거지.

산시는 한순간 상황을 잊고 자신의 손을 보았다.

다이키는 산시의 주인이지만 지금은 무엇보다도 다이키의 안전이 우선이다. 다이키를 데리고 정체를 알 수 없는 이 위험한 장소에서 도망쳐야 한다. 다이키의 분부를 조금쯤 무시하더라도, 다소 난폭한 수단을 써서라도.

그렇게 마음먹고 있었건만 만류하는 팔을 다이키는 가볍게 피해버렸다. 지금은 저도 모르게 손을 물리고 말았다.

어찌하여.

다이키에게는 그런 산시를 신경쓸 여유가 없었다.

굴 밑바닥은 마치 종유굴처럼 생긴 넓은 동굴이었다. 빛은 교소가 든 횃불 하나, 땅에 내던져진 불빛으로는 구멍의 깊이를 가늠할 수 없다.

바로 앞에 검을 뽑은 교소의 등이 보였다. 교소 발치에서 얼마 떨어지지 않은 곳에 쓰러진 리사이.

그리고 리사이를 뒤덮은 거대한 어둠.

어둠 덩어리처럼 보였다. 뱀이 고개를 들듯 쳐든 어둠의 일부가 리사이를 곧바로 노리고 있었다.

"도철饕餮!"

산시의 비명이었다.

어찌 이런 일이.

산시는 요마를 뚫어지게 쳐다보았다.

요마라 불러도 되는 존재인가. 비상식적인 힘을 가지고 있고 거의 모습을 드러내지 않는 까닭에 전설 속에만 존재한다고 믿었던 요물.

산시는 다이키를 완벽하게 지킬 수 없다. 이 세상 누구라도 도철과 맞서 무언가를 끝까지 지킬 수는 없다.

리사이가 얼굴만 들었다.

"공, 도망치세요!"

"그럴 수 없어요!"

다이키를 교소가 떠밀었다.

"공은 대국에 필요한 분. 여기서 목숨을 잃어서는 안 됩니다!"

"저만 도망치다니 그럴 수는 없어요!"

비명이 들렸다.

뱀 머리가 날아들어 리사이를 때려눕히고 그대로 교소를 덮쳤다.

옆으로 날아든 머리는 쓰러진 교소의 머리 위를 할퀴고 다시 높이 치솟았다.

막아야 한다. 저 무시무시한 흉기를 멈추어야 한다.

'어떻게?'

생각보다 먼저 몸이 움직였다.

검인발도檢印拔刀.

"임병투자개진열전행臨兵鬪者皆陳烈前行—!"

'멈추기만 하는 거라면…….'

그림자가 움직임을 뚝 멈추었다.

'그러고서…… 어떻게 한댔지.'

고치. 고치는 몸이 떨려서 마음대로 되지 않는다.

어둠의 일부가 돌아보았다. 낮은 위치에 횃불의 불빛을 반사하는 두 눈이 있다.

시선이 맞았다. 맞고 말았다.

"……도망치세요."

저 두 눈동자를 노려본 채 대체 얼마나 버틸 수 있을까.

"산시, 리사이 경을 부탁해."

"다이키."

"리사이를 데려가!"

또다. 산시는 이를 갈았다.

다이키의 말을 거스를 수 없다.

산시는 쓰러진 리사이에게 달려갔다.

피에 젖은 몸을 안고 서둘러 돌아와 다이키에게 슬쩍 눈길을 주고서 굴 바깥으로 뛰쳐나갔다.

"……교소 경도. 이럴 때 도망치세요."

쓰러진 교소는 시야 안에 없다. 다치지는 않았는지 확인할 여유조차 없었다.

핏덩어리가 괸 듯한 두 눈을 응시한다.

"제발요……!"

나직한 목소리가 대답했다.

"못 합니다."

다시 애원할 여유가 다이키에게는 없었다.

시선이 압력을 지녔다는 사실을 처음으로 알았다.

밀려오는 힘과 밀어내는 힘.

가득찬 두 힘에 동굴 안 시간이 얼어붙었다.

003

'땀이…….'

두 눈을 응시한 채 얼마나 시간이 흘렀을까.

이마를 흐른 땀이 콧마루를 따라 흐르는, 그 감촉.

그저 얕은 숨만을 되풀이했다.

'……이마.'

언제부터인가 미간이 욱신거린다. 뜨겁고 딱딱한 것이 그곳에 묻혀 있다.

통증을 호소하는 곳에서 떨어지는 것은 정말로 땀일까.

'이미 눈이…….'

시력은 진작에 잃었다.

밀려오는 힘을 더듬어 상대의 눈이 있을 곳을 노려볼 따름이다.

힘의 방향을 알아내는 법조차 잃어버릴 것만 같았다.

'시간은…….'

시간은 얼마나 흘렀나.

다이키는 아까부터 무의식중에 시간을 신경쓰고 있었다.

'앞으로…… 얼마나.'

어째서 신경쓰이는지 모르겠다.

불현듯 저항감을 느꼈다.

똑바로 앞을 향하던 힘이 무언가에 가로막힌 듯한 감촉. 또는 들러붙는 듯한 감촉.

'시간…….'

어째서 시간이 신경쓰일까.

저항감이 더욱 커져서 다이키는 눈을 부릅떴다.

이유를 깨달았다.

그것을 안 순간, 이마에 금이 가는 느낌이 났다. 들이쉰 숨이 콧등 안쪽에서 목을 태운다.

도철의 시선이 흔들렸다. 끈적이는 느낌이 더해진다. 내 힘이 상대방의 힘을 제대로 밀어내지 못한다. 두려워하던 순간이 온다.

생기가 사기로 바뀐다.

"교소 경……."

교소는 있나, 없나. 있다면 어디에 있나.

"도망치세요……."

이제 얼마 버티지 못하리라.

조용한 목소리가 뒤에서 들렸다.

"……송구하지만 도망칠 수 없습니다. 다리가 움직이지 않아요."

작은 기린은 눈을 부릅떴다.

정신이 아득해진다.

바야흐로 사기로 바뀌는 한순간.

"다쳤습니다. 움직일 수가 없어요. 살려주십시오!"

사그라들던 패기가 한순간에 다시 타올랐다.

그곳의 힘은 조금 전보다도 훨씬 위태로운 균형을 이루며 교착 상태에 빠졌다.

'……땀.'

이마를 흐르는 것.

'달리…… 방법이 없어.'

교소의 기척을 느낀다. 움직임 하나 없지만 자신에게 쏟아지는 시선이 느껴진다.

'포획하는 수밖에 없어.'

교소는 꼼짝할 수 없고 다이키 역시 움직이지 못한다.

'굴복하라…….'

처음으로 염원했다.

'사령으로 굴복하라…….'

갑자기 어둠이 움직였다. 기척이 느껴졌다.

밀려오던 힘이 약해졌다.

작은 여유가 생겨난다.

'사령으로 굴복하라.'

상대방의 힘이 더욱 약해졌다.

눈을 깜빡거릴 여유가 생겼다. 동시에 땀으로 흐려진 시야가 맑아진다.

흉기를 쳐든 채 굳은 상대방의 모습이 보였다.

상대의 두 눈은 변함없이 강력한 힘을 내뿜었고 어둠이 형태를 바꾸기 시작했다.

어둠은 흔들리고, 우그러지며, 거대한 동굴을 가득 채울 만큼 거대한 괴물로 바뀌었다.

공포는 느껴지지 않았다. 여유가 생겼다. 금속으로 굳힌 것처럼 굳어 있는 자신의 팔다리를 그제야 의식했다.

"굴복해……."

어둠은 더욱 응축하며 엄청나게 커다란 소의 모습으로.

호랑이로.

참수리로.

구렁이로.

천변만화. 범상치 않은 힘의 증거.

마침내 눈앞에 얌전히 앉은 작은 개가 모습을 드러냈다.

"……사령으로 굴복하라……."

정점을 가리킨 손으로 하늘을 받든다.

불현듯 시선을 밀어내던 힘이 사라졌다. 저항감을 잃고 무언가 곧장 달려간다. 하늘을 떠받친 손바닥에서 거대한 힘이 흘러들어와 속박을 잡아 뜯고 빠져나간다.

"귀매는 항복하고, 음양은 화합하라."

손바닥에서 소리의 홍수가 머릿속으로 밀려들었다.

고. 향鄕, 강剛, 교嚙, 호號, 업業, 호豪, 강强.

소리가 소용돌이치며 머릿속에서 형태를 그린다.

사람. 논다. 나온다. 바람에. 깃발, 나부낀다. 채찍, 때리고, 두드린다, 물. ……넘쳐서…….

"급급여율령—!"

단 하나의 직감.

"굴복해! 고란傲濫!"

개가 서 있었다.

반쯤 몽롱한 상태로 시바견 같다고 생각했다. 어둠은 걸음을 뗄수록 줄어들어 갈색 털이 드러났다.

강아지라면 더 좋을 텐데. 발끝만 하얀 개.

생각하자 정말로 그렇게 변했다.

다이키의 발치에 다가와 얌전히 앉은 그것은 고국에서 본 시바견과 조금도 다르지 않았다.

"……고란."

몸을 숙이자 강아지는 다이키를 올려다보고 꼬리를 흔들었다. 손을 내미니 따뜻한 혀가 손가락을 핥았다.

들어올려 끌어안았다. 다리와 허리에서 힘이 쭉 빠져 다이키는 그 자리에 주저앉았다.

004

"믿기지…… 않아."

자신이 인간이 아니라는 것을 실감했다.

다이키는 인간이 아니고, 짐승도 아니고, 거대한, 너무나 커다란 힘의 일부라는 감촉을 느꼈다.

'나는 사람이 아니야.'

기린이라는 확신.

'정말로 사람이 아니었어…….'

기린이라 부르는 존재가 어떠한 종류의 생물인지 직감했다.

하늘의 일부인 존재. 그렇기에 천의를 이해하고 구현할 수 있다는 사실.

망설임이 있었다. 자신이 이전에 자기라고 생각하던 존재가 아니라는 사실이 믿어지지 않았다.

드디어 이해했다.

자신이 지금까지 '자신'이라 믿어온 틀을 크게 뛰어넘은 생물이라는 사실. 하늘과 바로 이어져 있어서 커다란 힘이 보잘것없는 껍데기 안에 부어진다.

"나야말로 믿기지 않는군."

갑자기 어딘가에서 쉰 목소리가 들려서 그제야 정신을 차린 다이키는 이곳에 자신만 있는 것이 아니라는 사실을 떠올렸다.

허둥지둥 돌아보자 교소는 바위와 바위 사이에 앉은 채 넋을 잃은 것처럼 보였다.

"도철을 잡는 기린이 있을 줄이야……."

다이키는 힘이 빠진 다리로 일어났다.

다리가 떨려와서 똑바로 걷기가 곤란했다.

"괜찮으세요? 다친 곳은……."

"아뇨……."

품에 고란을 안은 채 교소 옆에 털썩 주저앉았다. 횃불의 불빛은 이미 꺼진 뒤라 몸을 수그렸다. 바위틈 어느 균열에서 빛이 새어 들어오는지 동굴 속은 어둡기는 해도 캄캄하다고 할 정도는 아니었다.

얼마나 다쳤는지 보려고 얼굴을 가까이 대고 둘러보았지만, 교소의 몸 어디에서도 상처는 찾지 못했다.

"아프세요? 어딘가 부러진 걸까요?"

그런데 올려다본 교소는 고개를 가로저었다.

"아무데도. 아무데도 다치지 않았습니다."

핏빛 눈빛이 깊은 뜻을 담고 있었다.

"……거짓말해서 죄송합니다."

다이키는 어리둥절해 있다가 교소의 뜻을 이해했다.

"교소 경……."

도망치라고 강하게 말했을 때, 교소는 알고 있었다.

움직여서는 안 된다.

자신이 움직이면 다이키의 집중력은 반드시 흐트러진다. 흐트러진 순간 모든 것은 끝나버리리라. 온 힘을 다해 도철을 막는 기린에게 안도할 틈을 주어서는 안 된다.

또한 꼼짝해서는 안 된다.

결단코 기린의 집중을 흐트러뜨리는 짓은 해서는 안 되노라고 생각했다.

그래서 그 자리에 가만히 앉아 기척을 죽이고 다이키만을 응시했다.

작은 아이가 어떤 방법을 써서, 저 유명한 요마를 막는지를 묵묵히 지켜보면서 다이키가 패기라 부른 것이 무엇인지 깨달았다. 동굴에 가득찬 기운을 그 말 말고 어떤 이름으로 부르면 좋단 말인가.

아마 다이키와 똑같은 기분을 실감한 것이리라.

스스로도 놀랐지만, 교소는 눈앞의 아이에게 두려움을 느꼈다.

"구해주셔서 감사드립니다."

"아뇨."

다이키는 고개를 가로저었다.

등뒤의 교소를 지키려 하지 않았더라면 자신은 틀림없이 고란의 패기에 삼켜졌으리라.

다이키가 꺾이면 교소의 목숨 또한 없었다. 도망치지도 않고 움직이지도 않은 채, 가만히 앉아 있던 교소의 담력이 감탄스러웠다.

"저야말로 고맙습니다. ……교소 경은 대단하세요……."

"그 말은 자신에게 하십시오."

교소는 미소 지으며 땀이 배어 묵직해진 다이키의 머리카락을 쓸었다.

"훌륭하군요. ……대국은 좋은 기린을 얻었어요."

다이키는 눈앞에서 부드러운 시선으로 바라보는 남자를 올려다보았다.

'나는 정말 기린이었구나…….'

격려하는 손이 매우 상냥하기에, 그래서 오히려 가슴속에 구멍을 도려내는 듯한 심정이었다.

'그렇다면…… 교소 경은 확실히 왕이 아니야.'

005

"에잇, 무슨 일이 일어난 거야."

데이에이는 손톱을 세게 깨물었다. 옆에 서 있는 요카의 얼굴은 백지장 같았다.

"아직 리사이 경은 깨어나지 못했는가!"

리사이의 종자는 안절부절못할 뿐이었다.

동틀 녘에 인요가 안고 돌아온 리사이는 의식이 없는데다 무참한 상처뿐이었다. 인요는 리사이를 내려놓은 채 자세한 설명도 없이 바로 사라져버렸다.

그것만으로도 기겁할 노릇인데 여선의 질책까지 더해졌다. 기대야 할 주인은 저녁이 다 되어 가도록 의식이 돌아오지 않고 있다.

"리사이 경을 믿고 보냈건만, 리사이 경만 돌아오고 다이키가 돌아오지 못하다니 어찌된 일인가."

아무리 나무라도 그저 넙죽 엎드려 있을 수밖에 없다.

"혹시라도 만에 하나의 일이 있어 보게. 그때는 그 여자와 너희를 절대로 살려두지 않을 것이니."

듣다 못한 주위 여선이 말리려는 찰나 갑작스러운 술렁임이 들렸다.

"무슨."

데이에이가 주위를 둘러보자 여선 한 사람이 먼 곳을 가리켰다.

"저기 추우가!"

"……교소 경!"

햇살을 받아 하얗게 빛나는 추우가 달려오는 모습이 보였다.

뒤에 천마를 거느리고 있다. 리사이의 종자들이 소리쳤다.

"히엔!"

채찍처럼 긴 꼬리를 끌고 달려오던 짐승과 히엔은 가까운 천막을 단숨에 뛰어넘어 소리도 없이 사람들 옆에 내려앉았다. 타고 있던 교소와 교소에게 안긴 아이의 모습이 보이자 와하고 환호성이 들끓었다.

"교소!"

데이에이는 사람들을 헤치고 추우 옆으로 달려갔다.

"대체 무슨 일이 있었는가! 어떻게……."

소리치는 데이에이에게 교소가 조용히 하라며 손짓했다.

"다이키는……."

"잠드셨습니다. 부디 깨우지 마시죠."

조용한 말에 데이에이는 곁으로 다가갔다. 우려하던 상처도 없거니와 어떤 재난의 흔적도 없이 아이는 교소의 품속에서 잠들어 있었다. 데이에이는 그제야 힘을 뺐다.

"……무사하셨나……."

교소는 다이키를 안은 채 추우에서 내렸다.

"괜찮다면 이대로 궁까지 모셔다드리고 싶은데."

"그전에 무슨 일이 있었는지 말씀해보시지요. 경우에 따라서는 용서하지 않겠습니다."

교소가 웃었다.

"공은 피로가 쌓였을 뿐입니다. 게이토에 태우자마자 잠드셨습니다."

"이런 시간까지……. 정오까지 돌려보내주십사 부탁드렸을 텐데요. 가만있지 않겠습니다."

"면목없습니다. 차마 깨울 수도 없으니 궁까지 모셔도 괜찮겠습니까. 사정은 가면서 이야기하죠."

왠지 꿍꿍이가 느껴지는 말에 데이에이는 주위를 둘러보았다. 흥미롭게 바라보는 뭇사람의 시선을 깨닫고 일단 고개를 끄덕였다.

"……아아, 그럼 부탁드리지요."

데이에이는 여선을 재촉해 앞장서서 문으로 향했다. 그렇게 교소를 봉려궁 안으로 들였다.

"그래서 어찌된 일입니까."

미로를 걸으면서 물었다.

"절복에 시간이 걸렸습니다."

데이에이는 눈을 부릅떴다. 요카를 비롯해 뒤따르던 여선들이 술렁였다.

"절복……? 다이키가?"

"공께 사령이 없다고 들었습니다만."

"예……. 그렇습니다. 그건……."

"물론 아무한테도 말하지 않겠습니다. 대를 우습게 여긴다면 참을 수 없지요. 공은 사령을 얻으셨습니다."

데이에이는 미소 짓는 남자와 잠든 다이키를 차례로 보았다.

"그러면……?"

"훌륭하게 사령을 절복하셨습니다. 동트기 전부터 노려보고 계셨습니다만."

데이에이는 깊은 한숨을 내쉬었다. 몇 겹의 의미로 안도했다.

"그랬던…… 건가요. 그런 줄도 모르고 무례했습니다. 용서해 주시어요."

"아닙니다."

웃은 남자의 품속을 바라본다.

어지간히 지쳤는지 잠든 낯빛이 조금 안 좋다. 하지만 그런 것은 아무것도 아니다. 푹 쉬면 금세 회복할 것이다.

절복을 해냈다면 전변도 가능하리라.

이제 봉산공에게 흠은 없다. 다이키가 고뇌할 일도 없고, 그때그때 에둘러서 위로의 말을 건넬 필요도 없다.

"……잘되었어……."

"역시 흑기라 다르더군요. ……도철입니다."

데이에이는 순간 교소를 쳐다보았다.

"지금 뭐라고?"

"도철을 사령으로 절복했다 말씀드렸습니다."

"……말도 안 돼."

여선 사이에서 비명 같은 숨이 새어 나왔다.

있을 수 없는 일이다. 도철은 사령이 되지 않는다. 기린이 절복할 수 있는 손쉬운 요마가 아니다.

"나도 놀랐습니다."

교소는 끌어안은 아이를 내려다보았다. 깊이 잠들었는지 속눈썹마저 죽은 것처럼 꼼짝하지 않았다.

"우연히 팔계가 잘 움직였다 하더라도 평범한 기린은 아니십니다. ……앞날이 걱정스럽군요."

"무례하십니다."

"거슬렸다면 사과하겠습니다. 다른 뜻은 없습니다. 다만, 그만한 힘이 있으면서 자각이 없는 것이 어쩐지 불안했을 뿐."

데이에이 역시 눈썹을 찡그렸다.

"이번 기회에 자신감을 가져주신다면 좋으련만. 나를 지키려고 필사적이셨던 모양인데, 지킬 것이 없다고 힘을 발휘하지 못한다면 위험하지 않겠습니까."

"예……."

"그만한 힘을 가진 것치고는 패기가 부족합니다. 자신감이 없으신 것인지 아니면 달리 이유가 있는지……. 어쨌거나 앞으로의 성장이 기대되기도 하고, 불안하기도 하고."

"걱정하실 필요 없습니다."

"그러면 다행입니다만. ……대국의 백성으로서 천벌받을 말일지도 모르나 공을 위해서는 되도록 오래 봉산에 계시는 편이 좋을 듯하군요."

데이에이는 교소를 빤히 바라보았다.

이 남자는 사리를 알고 있다. 천계가 없는 것이 애석할 정도다.

교소는 품에 안은 아이를 보았다.

"그건 그렇고 훌륭한 기린이다. ……참으로 아쉽군."

10
장

001

"리사이 경, 몸은 좀 어때요?"

다이키가 천막 안을 들여다보자 누워 있던 리사이가 몸을 일으켰다.

"공."

종자는 최소한으로 거느리고 긴 여행 동안의 운반도 고려한 터라 천막은 단출했다. 내부 장식도 아주 간소해서 간신히 필요한 물건만 갖추어져 있었다. 다행스럽게도 봉산은 기후가 좋다. 안이 겨우 보이지 않을 정도로 얇고 가벼운 천으로 만든 천막은 제법 넓었다.

천막 안쪽, 역시 간소한 잠자리에서 몸을 일으킨 리사이는 웃옷을 가져다 걸쳤다. 다이키는 그런 리사이를 말렸다.

"그냥 누워 있어요."

다이키는 천막 안에 있는 종자에게 물병을 건넸다.

"오늘은 여선의 심부름으로 왔어요. 이거."

리사이는 실례가 되지 않을 정도로 의복을 정돈하고 고개를 숙였다.

"황공합니다."

다이키는 종자의 권유로 리사이 바로 옆에 앉아 얼굴을 들여다보았다.

"상처는 어떠세요?"

"가져다주신 선수仙水 덕택에 전혀 아프지 않아요."

"……다행이다."

다이키는 한숨을 내쉬며 말하고 나서 고개를 갸웃했다.

"흉이 지지 않아야 할 텐데요."

리사이가 미소 지었다.

"부디 그리 걱정하지 마세요. 여선분들이 인정을 베풀어 선수도 주셨고, 저는 원래 신선 나부랭이라서 큰 상처로 보여도 대단치 않으니까요."

다이키는 리사이를 바라보며 신기하다는 듯이 눈을 깜빡였다.

"……리사이 경도 선인이에요?"

"주후사라도 어느 정도 지위를 얻으면 선적仙籍에 오릅니다. 그렇지 않으면 주후를 곁에서 모실 수가 없는걸요."

"어째서요?"

이번에는 리사이가 놀랄 차례였다.

"모르셨어요? 주후는 사람이 아니라 신선이니까요. 아주 오래 사시기 때문에 곁에서 모시는 자가 평범한 인간이면 오래 도울 수 없습니다."

"아……."

정말로 이해하지 못하는 표정이라 리사이는 기가 막혔다. 이 기린은 얼마 전까지 봉래에서 자랐다고 듣기는 했지만, 봉래에는 선인이 아예 없는 것일까.

"신선에게는 본디 수명이 없습니다."

"그래요?"

리사이가 가볍게 한숨을 쉬었다.

"……공도 신선 중 한 사람이에요. 아십니까?"

"저도요?"

"네. 원래 왕은 신적에 오른 분, 일단 왕이 되면 나이를 먹지도 않고 어지간해서는 죽지 않아요. 적어도 병이 들어 돌아가시는 일은 절대로 없습니다."

"그렇군요."

"기린도 신적에 올라 있는 생물이에요. 왕과 마찬가지로 늙지도 않고 병들지도 않죠. 상처에도 강하기 때문에 웬만해서는 죽지 않아요. 하기야 기린만 걸리는 병도 있기는 하지만."

다이키는 어리둥절해하며 눈을 동그랗게 뜨고 한동안 생각에 잠겼다.

"……그러면 저는 이대로 나이를 먹지 않나요?"

"다 크면 나이를 먹지 않는다고 들었어요."

"……그건…… 좀 이상한 느낌이겠네요……."

"여선들도 늙거나 병에 들지 않으니 가르쳐드리는 것을 깜빡했나 보군요. 아무튼 그렇답니다."

"네에."

"선인은 왕이 임명합니다. 왕을 옆에서 모시는 자와 주후, 주후의 측근은 보통 전부 선인이에요."

"임금님만 장수해도 소용없으니까?"

리사이가 쓴웃음을 지었다.

"글쎄요, 이유까지는 모르겠네요. 선인 역시 나이를 먹거나 병이 들지 않습니다. 하지만 선인으로 있는 동안만 그렇죠. 신적과 달리 선적은 선택할 수 있어요. 선인이 되거나 그만둘 수가 있죠."

"선인을 그만두면 평범하게 나이를 먹나요?"

"그런 모양이에요. 스스로 그만두는 사람은 그다지 없지만. 예를 들어 저처럼 장군직을 하사받고 선적에 들어간 사람은 장군을 그만두거나 파직당했을 때에는 선적을 반환합니다. 왕에게 선적을 받아 왕 밑에서 일하는 신선은 지선地仙이라고 해요."

"흐음……."

"그 밖에 스스로 간절히 바라서 승선했거나 왕에게 임명받았으나 특별히 왕을 섬기지 않는 선인을 비선飛仙이라고 합니다. 봉산의 여선은 비선이에요."

"그랬구나……."

다이키는 한숨을 토해냈다.

"전에 데이에이에게 나이를 물은 적이 있는데 기억이 나지 않는다고 하더라고요. 어쩌면 정말로 기억나지 않을 정도로 오래 살았는지도 모르겠네요."

"그럴지도 모르죠."

리사이가 경쾌하게 웃었다.

"그러니까 제 몸도 그리 걱정하실 필요 없어요. 평범한 사람보다 훨씬 튼튼하니까요."

"다행이다."

"저보다 공은 어떠세요? 이제 몸은 괜찮으세요?"

"네, 멀쩡해요. 지친데다 피를 보고 좀 놀랐을 뿐이니까요. 사실은 좀더 빨리 병문안 오고 싶었는데 여선이 좀처럼 나가게 해 주지 않아서."

"……면목없습니다."

부끄러워서 고개를 숙인 리사이의 얼굴을 다이키가 들여다보았다.

"리사이 경 탓이 아니에요. 제가 기린인 탓이에요."

"……아니요."

리사이는 고개를 가로젓고 더이상 말하지 않았다.

황해를 얕잡아 보았다. 황해에 사는 요마 중에는 리사이가 도저히 상대할 수 없는 녀석도 있다는 사실을 잊고 있었다. 어설프게 실력이 있던 탓에 어지간한 요마라도 쓰러뜨릴 수 있다는 자신감으로 주의를 게을리했다.

솔직히, 같은 장군직을 맡은 자로서 교소를 의식하는 마음도 있었다. 위험할지도 모르는 장소라는 사실이 막연하게 느껴졌지만 머뭇거리다 기개 없는 놈이라고 생각되고 싶지 않았다.

"죄송합니다."

"저기…… 정말로 리사이 경 탓이 아니에요. 그런 곳에 도철이 있을 줄은 아무도 알지 못했고, 리사이 경은 자신을 방패 삼아 저를 도망치게 하려고 하셨잖아요. 그 덕에 사령을 절복할 수 있었고요."

리사이는 흥분해 열심히 말하는 아이를 보았다.

"……공은 상냥하세요."

"정말이에요."

진지한 얼굴로 호소하는 기린을 향해 리사이는 미소 지었다.

"그보다 가져다주신 선수 감사드립니다. 덕분에 어떻게든 중일中日에는 하산할 수 있을 것 같아요."

다이키는 잠시 놀란 표정을 지었다.

"……하산……."

생각해보면 당연한 일이다.

리사이는 여선들처럼 봉산에 살지 않는다. 다음 안합일은 추분, 황해의 남동쪽에 있는 영손문令巽門이 열린다.

거꾸로 세어보고 리사이가 봉산에 머무를 날이 얼마 남지 않았음을 깨달았다.

……그리고.

리사이의 천막을 나와 말을 거는 사람들에게 건성으로 대답하며 걷다가 걸음을 멈추었다.

'그리고…….'

002

"어찌 그러십니까."

누가 어깨에 손을 얹어 정신을 차리고 살피니 교소였다. 무의식중에 늘 가던 길로 향했던 모양이다.

"아아…… 교소 경."

교소 또한 그만큼밖에 머물지 못한다.

동요할 만한 일이었다. 리사이도, 교소도 산을 내려가버린다.

넋을 놓고 있던 자신이 부끄러워서 억지로 웃은 다이키는 불현듯 눈살을 찡그렸다. 교소가 입고 있는 검은 갑옷이 눈에 들어왔기 때문이다. 봉산에서 처음 만났을 때, 그리고 추우를 사냥하러 나갔을 때 말고는 입지 않았던 갑옷이다.

"몸은 이제 괜찮으십니까?"

"……네."

"무슨 일이십니까. 심각한 얼굴을 하고 계시는군요."

다이키는 잠시 우물거리다 한숨을 쉬었다.

"추분까지 얼마 남지 않았구나 싶어서……."

교소가 고개를 끄덕였다.

"아아, 하산할 시기가 되었지요. 실력에 자신 없는 사람들은 머릿수에 의지해 내려가려고 하산일을 정하는 듯하더군요."

"……그래요."

다이키는 다시 교소의 차림을 보았다.

"어쩐 일이세요? 갑옷을 다 입으시고."

"아아, 이건……."

교소는 말하다 말고 다이키 앞에 무릎을 꿇었다.

"마침 뵙게 되어 다행입니다. 저는 이제 하산합니다."

"네……?"

다이키는 멍하니 교소를 바라보았다. 그 말은 핏기가 가실 정도로 충격적이었다.

"리사이 경에게 인사하려던 참입니다."

"……지금요……?"

교소는 태연하게 웃었다.

"네. 가는 길에 추우를 찾을 생각입니다. 같이 가겠다는 사람도 몇 명 있고. ……어쩌면 이대로 인사도 드리지 못하고 갈지도 모른다 생각했는데 뵙게 되어 다행입니다."

둘러보니 교소의 천막은 이미 없었다. 기수를 묶었던 말뚝도 뽑아서 땅을 평평하게 골라놓았다.

"이런 시간에요……?"

"이번에는 말과 함께 갈 것이라서 지금부터 내려가지 않으면 밤까지 황해에 도착하지 못합니다."

"밤에 황해에 가면 위험하지 않나요."

교소는 일어나면서 웃었다.

"밤이 아니면 추우도 잡니다. 사냥할 작정이라면 밤에 움직여야 하죠."

너무 위험하다고 걱정하다가 이내 교소는 추우를 사냥하는 데 익숙하다는 사실을 떠올렸다. 그는 몇 번이나 그렇게 황해에 들어갔다. 덕분에 게이토를 잡을 수 있었다.

"……포기하지 않았군요."

"포기하지 않았습니다."

"안합일에는 또 오세요……?"

"돌아가는 길에 잡지 못한다면 말이죠."

다이키는 망설이다 그 말을 결국 입에 담고 말았다.

"그럼 봉산에 들르실 수 있나요?"

교소는 다이키를 잠시 응시했다.

"그 부탁은 들어드리지 못하겠군요. 봉산에는 한 번만 승산이 허락됩니다."

그렇게 말하고서 나무라듯 웃는다.

"무엇보다 문이 닫히기 전에 돌아갈 생각이라면 도저히 봉산까지 올 수 없지요."

생각할 필요도 없이 당연한 대답이었다. 질풍 같은 게이토의 다리로도 황해 깊은 곳까지 왕복하기는 쉽지 않으리라. 지난번에 간 사냥터조차 왕복할 수 있을지 의심스럽다. 정오에 문이 열리자마자 달려도 사대문과 더 가까운 적당한 곳에서 밤중에 사냥하고 문이 닫히기 직전 아슬아슬하게 돌아가리라.

"……그래도 교소 경은 왕사의 장군이니까 또 만날 수 있겠죠."

다이키는 교소를 올려다보고 간신히 미소 지었지만 교소는 쓴웃음으로 답했다.

"유감스럽게도……."

"네?"

"왕사로 돌아가지 않을 작정입니다. 선적을 반환하고 대국을 떠날 생각입니다."

다이키는 무의식중에 양손을 쥐었다.

"……어째서……인가요?"

"나는 수치스러운 상황에 익숙하지 않습니다."

다이키는 눈을 동그랗게 뜨고 고개를 떨어뜨렸다.

"공을 탓하는 것이 아닙니다. 제가 왕의 그릇이 아니었으니 하는 수 없지요."

"하지만……."

"걱정하지 마십시오. 나 같은 인간이라도 써줄 기특한 나라가 있겠죠. 무인이 되었으니 이제 와 장사를 할 수도 없고."

다이키는 교소를 쳐다보았다.

"……그럼 다시 뵐 일이 없겠네요."

"아마도요."

교소는 줄곧 미소를 짓고 있었다.

다이키는 그가 자신과의 이별 따위는 조금도 마음에 두지 않는 것이라 생각했다. 다이키가 지금까지 자고 있었다면 인사도 없이 하산해버렸을 테니까.

"아무리 사냥한다고 해도 중일까지는 아직 꽤…… 날이 남았는데."

포기하지 못하고 말하자 교소는 쓴웃음을 지었다.

"꼴사납게 굴 수는 없지요. 선택받지 못한 채 꾸물거리며 봉산에 머물다가 미련한 놈이라고 비웃음을 사고 싶지 않습니다."

그러고는 커다란 손으로 다이키의 머리를 가볍게 두드렸다.

"그런 얼굴을 하지 마십시오. 공이 신경쓸 일이 아닙니다. 외려 나같이 자만하던 놈에게는 좋은 약이죠. 이걸로 조금은 겸허해질 겁니다."

웃는 교소를 따라 함께 웃으려 했는데 그럴 수 없었다.

교소 경, 하고 부르는 남자가 있었다. 교소는 손을 들어 응답하고 다이키에게 고개를 숙였다.

"리사이 경에게 인사하고 오겠습니다."

"네……."

리사이의 천막을 찾은 교소는 금방 돌아왔다. 다이키는 그동안 돌이 된 것처럼 자리에서 한 걸음도 움직이지 못하고 있었다.

"자부심을 가지십시오. 무탈하시기를 기원하겠습니다."

교소는 게이토 옆에 서서 말했다.

작별의 말이다. 다이키가 알았다고 하면 교소는 이대로 고삐를 잡고 기수에 올라타 이곳을 떠날 것이다. 그렇게 두 번 다시 마주하지 못한다.

상상만으로도 견디기 어려울 만큼 고통스러웠다. 그러나 다이키에게는 만류할 방법이 없다.

"그럼."

교소는 인사하고 발길을 돌렸다. 다이키는 그 등을 바라보았다.

돌아봐주지 않을까.

그렇게 바랐지만 교소는 절대로 돌아보지 않으리라는 사실을 막연하나마 알고 있었다.

리사이라면 자신을 따르는 어린아이에게 함부로 하지 못하는 성격이라, 아마도 하루하루 미루다 끝내 안합일이 아슬아슬해질 때까지 봉산에 머물러주리라.

하지만 교소는 절대로 그러지 않는다.

교소는 게이토에 탔다. 주위 사람들이 다이키에게 인사를 올리고 떠나갔다.

주위 기수에 맞춰 게이토는 느긋한 걸음걸이로 멀어진다.

교소는 배웅하는 이를 한번 돌아보지도 않았다.

003

달이 떴다.

얇은 장막에 비친 달빛이 침소 안까지 들어온다.

교소 일행은 봉산 기슭까지 내려갔으리라.

야영은 위험하지 않을까. 아니면 밤중에는 추우를 쫓고, 동이 트고 나서야 자리를 잡고 쉬는 것일까.

"……잠이 오지 않으세요?"

산시가 물어서 다이키는 무의식중에 산시의 털을 쓰다듬던 손을 멈추었다.

"리사이 경은 조금 더 계실 거예요."

"……응."

그 말은 다이키를 조금도 위로하지 못했다.

잠자리 안에서 뒤척이다가 결국 참지 못하고 일어났다.

“……산책하러 나가면 안 될까?”

“밤에는 안 됩니다. 한밤중의 황해는.”

마음을 들키자 다이키는 고개를 숙였다.

“여행도 위험하겠지.”

“아마도.”

또 도철 같은 요마가 나온다면. 많은 사람이 황해를 지나다 목숨을 잃는다고 들었다. 하물며 교소 일행은 숫자가 적다. 애초에 교소가 데려온 종자는 겨우 세 사람, 함께 하산하려는 자들도 숫자가 적어서 다 합쳐도 열 명이 채 되지 않는다.

“고란.”

“무슨 일이십니까.”

침상 아래에서 목소리가 들렸다.

고란의 목소리는 낮고 굵다. 맨 처음에는 작은 강아지 모습이었지만, 요새는 다이키가 특별히 바라지 않는 한 커다란 붉은 개 모습을 할 때가 잦았다.

“교소 경을 영손문까지 바래다주지 않을래? 무사히 도착하시도록.”

“그럴 수 없습니다.”

단박에 대답이 돌아왔다.

“다이키 곁을 떠날 수는 없습니다.”

"내 부탁이라도……?"

"지금은 무엇보다 다이키의 안전이 우선입니다. 교소가 왕이라면 모를까."

……또다. 다이키는 입술을 깨물었다.

교소를 막을 방법도, 절대로 돌아보지 않는 그를 돌아보게 하는 방법도, 무사히 사대문까지 보낼 방법도 단 하나밖에 없다.

교소가 왕이 되면 된다. 그가 왕이라면 좋았으련만.

어째서 천계가 없었을까. 있으면 좋았을 텐데.

'천계는…….'

울고 싶은 심정이 든 순간, 어떤 생각이 스르륵 마음속에 숨어들었다.

'……천계는 기린밖에…… 모르지.'

다이키는 부릅떴던 눈을 허둥지둥 꼭 감았다.

가슴이 쿵쾅거렸다.

'어째서일까.'

그런 생각을 할 만큼 교소와 헤어지기 괴로워하는 자신이 놀라웠다.

리사이가 좋았다. 그녀가 왕이라면 좋겠다고 생각했다. 그런데도 리사이가 하산한다는 사실은 그리 괴롭지 않았다.

기운 없이 일어났다. 무언가에 자꾸 내몰려서 가만히 누워 있기가 고통스러워 견딜 수 없었다.

"……다이키."

"요 앞까지만 나갈게."

잠옷 차림으로 궁의 돌계단에 오도카니 앉았다.

봉산 기슭까지 길은 하나밖에 없지만, 황해로 나가면 길은 수 없이 갈라진다. 게다가 요수를 사냥하며 가는 길이니 교소 일행은 일부러 길을 벗어나리라. 일행이 황해에 들어가버리면 다시 찾기조차 곤란할지도 모른다.

그는 위험한 황해를 건너 사대문에 도착한다. 안합일을 기다렸다가 금강산 바깥으로 나간다.

그러면 더이상 쫓아갈 방법도 없다.

돌아가면 그는 왕사를 사직하고 대국을 떠난다. 어디로 가는지 소식을 물을 방법이 다이키에게 있을까.

……설령 있다 해도.

다이키는 교소를 고르지 않았다. 교소는 대국을 떠난다. 그렇게 되면 다이키는 교소에게 아무런 가치 없는 열 살 꼬마일 뿐이다. 자신의 운명을 개척하는 데 두려울 것이 없는 그는 가치 없는 존재를 절대로 돌아보지 않으리라.

그것은 사별에 가깝다.

봉산에서 한 발 멀어질 때마다 교소는 다이키를 잊는다. 교소와 자신을 잇는 것은 날마다 줄어들어 사대문이 열리고 닫히는 순간에 단절되어버린다.

다이키는 일어났다.

004

"다이키."

힘없이 고개를 숙이고 있던 다이키가 불쑥 일어나는 모습을 보고 산시는 허겁지겁 팔을 뻗었다. 달리는 몸을 붙들어 끌어안았다.

"안 됩니다, 밤에는……."

낮이나 이른 아침에 비할 바가 아니다. 시간은 심야를 지나 이제 막 생기로 바뀌었고, 요마의 움직임은 지금부터 가장 활발해진다.

"안 됩니다, 다이키……!"

다이키는 산시의 손을 빠져나갔다.

도저히 견딜 수 없다. 교소와 결별하는 것만은 견딜 수가 없었다.

"왜 그러니, 산시."

노천궁에서 요카가 얼굴을 내밀었다. 여러 여선이 그 뒤에서 미심쩍은 표정을 드러냈다.

여선과 산시와 고란이 뒤에 있다. 아무리 뛰어도 반드시 붙잡힌다. 알고 있으면서도 다이키는 달려야 했다.

산시는 뛰어올라 도망치는 아이 앞에 내려섰다. 무슨 일이 있더라도 한밤중에 황해로 내보낼 수는 없다.

리사이의 상처와 고란의 몸에 밴 피 냄새 탓에 몸져누워 있다가 이제야 간신히 외출할 수 있게 되었다. 체력이 떨어지면 기력도 줄어든다. 지금 요마를 만나도 절복하기는 불가능에 가깝다.

주인의 힘이 약해지면 사령의 힘 또한 동시에 약해진다. 산시와 고란은 이미 그만큼 다이키와 가까운 존재다. 산시 자신도 알고 있었다. 잔챙이 요마라면 또 모를까, 고란 같은 요마를 만난다면 기린을 도망치게 해줄 수조차 없다.

필사적인 심정으로 달리는 몸을 안아서 붙잡으려 했다.

"다이키."

다이키가 피했다.

산시는 허공을 껴안은 양팔을 보았다. 확실히 잡았다고 생각했다.

잠시 당황하다 이내 돌아서서 다시 손을 뻗는다. 다이키의 팔을 잡으려던 손은 다시 허공을 붙잡았다. 아이는 그저 닥치는 대로 도망치려는 것처럼 보였지만 역시 잡을 수가 없었다.

똑같다. 산시는 눈을 부릅떴다.

고란을 사로잡았던 그때와 똑같다. 덫에 걸린 것처럼 아무리 애써도 다이키를 붙잡을 수가 없다.

어찌하여…….

이제 겨우 자신의 힘에 눈뜨기 시작한 작고 무력한 기린에 지나지 않건만.

"고란!"

산시의 목소리에 바위 뒤에서 나온 짐승이 다이키가 가는 길을 가로막았지만 다이키는 어떤 마술을 썼는지 좁은 길을 빈틈없이 막아선 짐승을 피했다.

다시 한번 뛰어오른 산시가 아이의 정면을 막아섰다. 크게 벌려 안으려던 팔을 다이키가 피하고, 간신히 그의 팔을 잡으려다 그것마저도 놓친 산시가 겨우겨우 잠옷을 붙들었다.

"다이키, 부탁이에요. 밤에는……."

산시의 말이 끊겼다. 달려온 여선 역시 입을 벌린 채 발을 멈추었다.

산시가 잡은 잠옷은 스르륵 저항감을 잃고 손안에 남겨졌다.

"아……."

산시는 자신도 모르게 소리를 질렀다. 고개를 든 여선들이 외마디소리를 지르자 산시는 그들의 시선을 좇았다.

달밤. 기암은 검고 그림자 색 역시 검다. 산등성이만 은은한 은빛인 기암 틈새. 인광을 발하며 밤을 달리는 짐승이 보였다.

"다이키……."

아직 짧은 갈기는 강철빛.

까맣고 은빛이 나는 돌비늘을 흩뿌린 등, 칠흑의 다리, 칠흑의 머리.

이마에 짧은 진주색 뿔 하나.

쫓아야 한다.

산시는 손안에 남겨진 잠옷을 쥐었다.

그러나 전력으로 질주하는 기린을 쫓을 수 있는 존재가 이 세상에 있을 턱이 없다.

005

다이키는 달리는 것밖에 생각하지 않았다.

고란을 피해 산시의 손을 빠져나가 오로지 달릴 생각만 하자 갑자기 몸이 가벼워졌다. 탄력을 받아 몇 걸음 달리고 나서야 자신이 공중으로 떠오른 것을 알아챘다.

전변한 자신을 깨닫기까지 세 걸음. 뒤돌아본 노천궁은 아득히 멀었다.

고통도 위화감도 없다. 앞으로 가기를 원하자 네 다리는 그에 응답하듯 질주했다.

보도궁까지는 또 세 걸음. 승산자들이 밝힌 횃불 불빛은 번지듯이 꼬리를 끌며 멀어졌다.

추우가 맨 처음 그것을 알아챘다.

교소는 기수를 보았다. 달이 떠 있을 때 사냥하기 위해 안장을 준비하던 손을 멈추었다.

"왜 그래?"

추우는 하늘 한쪽을 올려다보고 나직하게 그르렁거렸다.

처음에는 요마의 야습을 의심했다. 하지만 습격치고는 추우가 긴장한 모습을 보이지 않았다.

교소는 눈살을 찡그리고 추우의 시선을 좇다가 그것을 발견했다. 달을 등지고 달려오는 더없이 우아한 짐승.

흑기린.

감탄과 동시에 미련이 고개를 들었다. 미련을 남기는 자신을 용서하지 못하여 이리도 일찍 하산했다.

일어난 이들이 일제히 하늘을 올려다보고 소리쳤다. 기린은 반딧불처럼 꼬리에 빛을 내며 야영지가 내려다보이는 바위에 내려섰다.

그곳은 관목과 바위로 둘러싸인 함지땅이었다. 다섯 개의 횃불 안쪽으로 천막과 기수와 놀라서 하늘을 올려다보는 사람들 모습이 보였다.

"참으로…… 멋진 기린입니다."

제일 처음 말한 사람은 교소였다. 미소 지으며 말하고 안장을 땅에 놓는다.

"어쩐 일이십니까, 공. 일부러 배웅을 나오신 겁니까?"

다이키는 머뭇거리다가 바위에서 내려와 함지땅에 섰다. 자신이 죄를 저지르려 한다는 자각이 있었다.

"무사히 전변하셨군요. 경하드립니다. 둘도 없는 진귀한 모습을 보여주신 것은 기쁘기 한량없지만 도무지 공답지 않군요."

대답은 할 수 없다.

"아무리 사령이 있다 하더라도 너무 경솔하신 듯하군요. 어서 궁으로 돌아가시죠."

다이키가 꼼짝하지 않는 모습을 보고 교소는 짐 속에서 큰 천을 꺼냈다.

"아니면 무슨 용건이 있으십니까?"

천을 펼쳐주어서 다이키는 짐승 모습을 풀었다. 어떻게 해야 인간으로 돌아오는지 막연히 알고 있었고, 실제로 돌아오는 데 아무런 어려움도 없었다. 쿵, 소리와 함께 몸이 조금 묵직해진 느낌이 들었을 뿐이다.

포를 감싼 채 교소를 올려다보았다. 자신을 응시하는 눈은 왠지 모르게 격렬했다. 무섭지는 않다.

무서운 것은 자신이다. 대체 무슨 짓을 하려는 것인가.

"……교소 경."

'……천계가 없는데.'

달리 방법이 없다.

다이키는 무릎을 꿇었다. 교소가 눈을 부릅떴다.

"공."

고개를 숙인다. 깊이. 깊이. 마치 용서를 구하듯이.

"……어전에서 떠나지 않고…… 왕명을 거스르지 않으며…… 충성을 맹세할 것을……."

이것은 배신이다. 섭리에 대한, 여선에 대한, 왕에 대한, 세상의 온갖 것에 대한 배신이다.

"서약합니다……."

'이런 짓을 해서는 안 되는데……!'

교소는 잠시 말이 없었다.

다이키는 따가울 정도로 쏟아지는 시선을 느꼈다.

지금이라면 아직 되돌릴 수 있다, 그렇게 생각했을 때 깊고 나직한 목소리가 머리 위에서 떨어졌다.

"허락한다."

이제는 돌이킬 방법도 없다. 다이키는 고개를 더욱 깊이 숙였다. 그대로 쓰러져버리고 싶을 만큼 괴로웠다.

엄청난 배신. 여태껏 자애를 쏟아준 모든 사람에게, 나라와 왕, 백성과 교소를 기만하는 터무니없는 거짓말.

발등에 머리를 조아렸다. 죄가 온몸을 관통해 눈앞이 캄캄해졌다.

돌이키고 싶다.

이건 전부 거짓이라고 외쳐버릴 것만 같았다.

목구멍까지 치밀어 오른 외침을 가로막은 것은 붕 떠오르는 감각이었다.

교소의 손이 다이키를 안아 올렸다. 놀라서 바라본 곳에 긍지가 느껴지는 교소의 미소가 있었다.

"고맙다, 다이키!"

대답을 하지 못하는 사이에 주위에서 함성이 일었다. 교소는 다이키를 안아 올린 채 주위를 둘러보았다. 더없이 자랑스럽게 둘러보더니 다이키를 향해 활짝 웃었다.

"너는 어려도 보는 눈이 있군."

올곤은 시선을 도저히 참아내지 못하고 눈을 돌리니 달려오는 산시의 모습이 보였다.

11 장

001

왕이었던가.

산시는 교소의 발치에 머리를 조아린 다이키를 보고 그제야 이해했다.

그녀는 다이키가 까닭 없이 교소에게 두려움을 느낀다는 사실을 알고 있었다.

교소를 유별나게 따르기는 했지만 원래 붙임성이 좋은 아이이기에 그 행동이 특별해 보이지는 않았다. 따르는 것으로 치면 교소보다 리사이를 훨씬 잘 따르는 듯했기 때문에 다이키가 교소에게 집착하는 이유를 이해할 수 없었다.

산시의 눈에는 여전히 금빛인 다이키의 기척을 쫓아 황해까지 달리며 석연치 않은 기분을 맛보았다.

어찌하여 도망치는 다이키를 잡을 수 없었던가.

어찌하여 갑작스럽게 기린이 전변했는가.

막연하게 도달한 해답은 '의지'였다. 자신의 행동을 방해하지 못하게 하겠다는 단단하고 강한 의지. 무슨 일이 있더라도 달려가겠다는 의지력.

그것이 다이키를 잡으려 한 산시의 손을 무의식중에 머뭇거리게 하고 오늘까지 불가능했던 전변을 가능케 하지 않았나.

문제는 어째서 교소가 관련될 때만 다이키가 어울리지 않는 강한 의지력을 보이는가 하는 점이었다.

취약해 보일 정도로 패기가 부족한 기린이다. 무슨 영문인지는 모르겠으나 다이키에게는 자신을 몹시 가볍게 여기는 성향이 있다. 때로는 도를 넘어 겸손이 아니라 비굴함으로 비칠 정도였다.

그런 기린이 어찌하여 교소가 관련되었을 때에만 저리도 강한 의지를 보이는가. 산시에게 다이키의 안전 이상으로 중대한 것은 없건만, 그런 산시의 손을 막을 정도의, 도철을 사령으로 절복하고 처음으로 전변을 가능케 할 정도의 의지력을 발휘하는 것일까.

다이키가 간직한 은밀한 힘 때문인지, 또 다른 이유가 있는지 산시는 도저히 가늠할 수 없었다.

은복하고 있으면 다이키의 그림자에 달라붙어 어디까지고 함께 따라갔을 것을, 어쭙잖게 다이키를 막으려고 모습을 드러내는 바람에 떨어져버렸다. 분통해하며 고란과 함께 바위산을 달려 봉산 기슭에서 간신히 주인을 따라잡았다.

그리고 다이키의 모습을 보고 이해했다. 이해했다고 생각했다.

다이키는 필사적이었다.

본인이 의식하고 있는지는 둘째 치고, 본인의 능력을 크게 뛰어넘는 힘을 끌어낼 정도로 다이키는 필사적이었다. 교소가 왕이었기 때문이다.

산시가 함지땅을 향해 암벽을 내려가자 다이키는 그녀를 돌아보았다. 어딘지 겁먹은 듯한, 어쩔 줄 몰라 하는 표정으로 보였다.

산시는 미소를 지으며 자신의 그림자를 녹여 다이키의 그림자 속으로 섞여 들어갔다.

교소가 왕이라면 어째서 다이키가 교소에게 그토록 겁먹었는지, 어째서 지금까지 교소가 왕임을 알지 못했는지 석연치 않은 점은 남는다. 그래도 이제는 다이키를 따라잡았으니 아무래도 상관없는 일처럼 여겨졌다.

결국 산시에게 다이키보다 중대한 것은 없다.

교소 일행이 봉산으로 돌아오자 보도궁 앞에 낯빛이 변한 여선들이 모여 있었다.

"다이키……! 걱정했습니다."

교소에게 안겨서 게이토에서 내린 다이키를 보고 맨 먼저 요카가 달려왔다.

"대체 어찌된 일입니까. 교소 경도……."

교소는 그 말에 그저 미소만 지었다. 대신에 교소의 종자가 소리 높여 대답했다.

"공은 주군을 쫓아온 것입니다!"

보도궁 주위에 모인 사람들 사이에 술렁임이 일고, 술렁임은 이윽고 환호성이 되었다.

요카는 호탕한 미소를 지으며 자신을 바라보는 교소와 그런 교소에게 안긴 채 왠지 모르게 겁먹은 얼굴을 한 다이키를 번갈아 보았다.

"주군……. 그러면……."

요카가 무릎을 꿇었다.

"천계가 있었습니까."

다이키는 대답할 수가 없었다. 대신에 주위 동행자들이 긍정하는 목소리가 나왔고 난데없이 강건한 목소리가 들렸다.

"계약을 마쳤습니다."

산시의 목소리였다.

요카는 놀라서 입을 떡 벌렸다. 휘둥그렇게 뜬 눈으로 데이에이를 보았고, 데이에이는 엄숙한 표정으로 고개를 끄덕였다. 무릎을 꿇고 양손을 짚어 그 자리에 평복한다. 주위 여선이 데이에이를 따랐다.

"교소 전하, 경하드리옵니다."

다이키의 어깨에 손을 얹은 인물은 미소를 지은 채 고개를 끄덕였다.

데이에이는 평복한 채 말했다. 목소리가 희미하게 떨렸다.

"만세를 기원합니다. ……태왕, 그리고 태 태보."

다이키의 죄가 확정되었다.

002

교소 주종의 거처는 신속하게 봉려궁 안으로 옮겨졌다.

교소는 바깥과 가장 가까운 단계궁丹桂宮에 머물렀다.

천칙天勅을 받기 위해서는 봉려궁 안에서 가장 큰 이 궁에서 길일을 기다리는 것이 예로부터 관례이다.

이후 교소를 대하는 여선의 대우는 백팔십도 바뀌었다. 그는 여선의 주인인 다이키의 주군이다. 절대 함부로 대할 수 없었다.

많은 여선이 다이키 일행을 모시기 위해 단계궁으로 보내졌다. 일어나 잠들 때까지 교소 주종의 뒤치다꺼리는 전부 여선들이 맡았다.

극적이라 해도 좋을 변화였다.

얼마 전까지 교소에게 경의를 요구하던 여선들이 지금은 교소에게 예를 다한다.

교소는 어느 여선한테든 고개를 숙일 필요가 없었고, 봉산공에게도 마찬가지였다. 봉려궁 밖으로 한 걸음 나가면 어제까지의 동료가 머리를 조아리며 배례한다.

교소는 정점에 올랐다.

"경하드립니다."

리사이가 축하하기 위해 찾은 것은 길일까지 얼마 남지 않은 무렵이었다.

"이제 일어나도 괜찮나."

"주상께 걱정을 끼쳐드려 송구스럽습니다."

리사이는 평복한 채 고개를 숙이고는 다시 다이키 쪽으로 몸을 돌렸다.

"태보께도 경하드립니다."

"……감사합니다."

리사이는 생기를 잃은 다이키의 목소리가 의아했다.

"실례지만 태보께 무슨 일이라도 있습니까?"

그렇게 묻자 아이는 살짝 걱정스러운 미소를 지었다.

"아니요……. 태보라 부르니까 기분이 이상해서요."

리사이가 웃었다.

"금방 익숙해지실 거예요."

"네……."

리사이는 불안해 보이는 다이키에게 미소 짓고 교소를 올려다 보았다.

"사실은 축하와 동시에 작별 인사를 드리러 왔어요."

교소는 눈살을 살짝 찡그렸다.

"벌써 하산해도 괜찮은가?"

"네, 덕분에. 어쩐지 불안하기도 해서 내일 하산하는 사람들과 함께 내려갑니다."

교소가 고개를 끄덕였다.

"그게 좋겠군. 아무쪼록 무사하길 빈다. 대국에서 다시 만나지."

"예. 감사합니다."

짧은 접견 뒤에 단계궁을 떠나려는 리사이를 보고 다이키는 교소를 올려다보았다.

"리사이 경을 배웅해도 될까요?"

교소가 웃었다.

"갔다 와."

교소는 그렇게 말하고 갑자기 손을 들었다.

"아, 리사이."

"네?"

"금군에 장군이 한 사람 비는데, 어떠한가?"

교소의 물음에 리사이는 태연스레 웃었다.

"계속 비워둘 수는 없겠죠. 여러 장수의 공적과 덕을 비교해 사적인 정을 배제하고 발탁하시는 것이 좋을 줄로 압니다."

"그렇군."

교소가 살짝 웃는다. 가라고 눈짓하며 리사이를 재촉했다.

리사이는 인사를 올리고 궁을 나갔다. 다이키가 뒤를 따라갔다.

003

"리사이 경은 금군 장군이 되고 싶지 않으세요?"

다이키는 리사이와 둘이서 기암 사이의 좁은 길을 걸었다.

"되고 싶기야 하지만, 저보다 자리에 더 걸맞은 사람이 있다면 그분이 하셨으면 좋겠어요."

"……리사이 경은 훌륭하군요."

혼잣말처럼 말하고 무슨 영문인지 고개를 떨군 다이키의 얼굴을 리사이가 들여다보았다.

"정말 무슨 일이 있으세요? 기운이 없어 보여요."

"아무것도 아니에요."

도저히 그렇게 보이지 않았다.

"무슨 고민이라도 있으세요?"

거듭 묻자 다이키가 리사이를 올려다보았다.

"리사이 경은 교소 님이 왕이 되시면 기쁜가요……?"

리사이는 눈을 깜빡이고는 비로소 다이키의 말을 이해했다.

"기쁘고말고요. 교소 님이라면 훌륭한 왕이 되실 테죠. 전에 그리 말씀드리지 않았던가요?"

"말씀하셨어요."

"만약 교소 님이 아니라 제가 선택되었다면 석연치 않았을 거예요. 자국의 왕이 거리낌 없이 존경할 수 있는 분이니 당연히 기쁘죠. 잘 고르신 것에 대해 공께 감사드리고 싶습니다."

다이키는 웃으려 했지만 그러지 못했다.

"공이 신경쓰실 것 없어요. 왕은 하늘이 선택하는 존재니까요."

리사이의 위로는 상처를 후비는 것밖에 되지 않았다.

"태보는 그리 기뻐하지 않는 것 같군."

리사이를 배웅하고 돌아온 다이키에게 교소가 말했다.

"아니에요."

"리사이도 미심쩍어하더군. ……태보를 보면 내가 기린을 유괴한 것 같단 생각이 들어."

"설마요……."

곁에 있던 요카가 웃었다.

"태보는 봉산을 떠나기가 울적하신 거예요. 봉래를 떠나온 지 얼마 되지 않은데다 아직 어리세요. 그런데 간신히 익숙해진 곳을 또 떠나야 하니까요."

"그렇군."

교소가 맞장구쳤지만 요카의 말은 다이키의 마음에 못을 박았다.

봉산을 떠나는 것과 여선과 헤어지는 것을 생각하지 않았던 자신을 떠올렸다.

교소는 다이키를 손짓해 불렀다.

"봉래에서 태어났다면 이름이 있겠군. 무엇이라 하느냐?"

고개를 갸웃거리며 가까이 다가가자 교소가 웃었다.

"다들 태보라 부르는 것은 대임을 억지다짐받는 것 같아서 숨이 막히겠지. 이름이 뭐지?"

"……다카사토 가나메高里要예요."

자신의 손바닥 위에 글자를 쓰게 하며 교소는 웃었다.

"좋은 이름이군. 문자 그대로 대국의 중요한 근간이 될 테니까."

다이키는 눈을 내리떴다.

"재미있는 성이군. 고리高里라는 산이 봉산에 있다는 것을 아느냐?"

"아니요."

"죽은 자의 혼백이 돌아가는 곳이라 한다. 초두머리를 달면 죽은 자가 산다는 산 이름이 돼. 차라리 불길한 것이 재수가 좋은 법이지."

"죽은 자의……."

작은 소리로 되묻는 다이키를 향해 교소가 고개를 끄덕였다.

"사기가 곧 생기로 바뀐다. 죽은 자도 곧 산 자로 돌아가겠지. 고리蒿里, 네가 대국에 있어서도 그처럼 재생을 약속하는 존재이기를."

다이키는 고개를 떨구었다.

죄는 죄를 범한 자를 끝없이 괴롭힌다. 그러나 이제 와 돌이킬 방도를 찾을 수 없었다.

004

다가온 길일.

목욕하고 예복으로 갈아입은 다이키를 칠흑의 의상을 입은 요카가 맞으러 왔다.

경사에는 검은색을 쓰고, 흉사에는 흰색을 쓴다. 봉래와는 반대임을 다이키는 이미 알고 있었지만, 그래도 여선들의 검은 옷은 몹시 암시적으로 느껴졌다.

이 얼마나 불길한가.

요카는 바닥에 평복하고 정식으로 예를 취했다.

"태 태보, 시간이 되었사옵니다."

"네……."

장례식이라도 시작되는 것 같다고 다이키는 생각했다.

얼굴을 든 요카는 걱정스러운 표정이었다.

"어찌 그러십니까? 어젯밤에 주무시지 못하였습니까?"

다이키는 대답하지 않았다.

잠들 수 있을 리가 없다.

이제부터 다이키는 교소와 함께 봉산 정상에 오른다. 그곳에서 천칙이 내려지고, 교소는 하늘도 인정한 왕이 된다.

……거짓은 반드시 들통난다.

그곳에서 어떤 의식이 행해지는지는 모르지만 하늘이 이 죄를 보고 그냥 지나칠 리가 없다.

교소는 왕이 아니라고 탄핵당하고 다이키에게는 왕이 아닌 자와 계약을 맺은 죄를 물을 것이다.

어떤 벌이 내려질지 상상도 가지 않지만 이는 다이키의 죄이지 교소에게는 아무런 책임도 없다. 그 점을 호소하고 문책이 교소에게 미치지 않도록 해야만 한다.

결의로 머릿속이 가득해서 잠이 들거나 다른 생각을 할 여유가 없었다.

요카는 다이키를 빤히 바라보고 나서 무릎을 꿇은 채 양손을 살며시 뻗었다. 다이키는 말없이 요카 옆으로 걸어갔다.

요카는 다이키의 머리카락을 쓰다듬었다.

"……아직 짧아 보이네요."

"그래……?"

"예. 여선들이 지켜보지 않는다고 해서 자르시면 아니 됩니다. 모처럼 고운 모습인데 갈기가 짧은 것은 아쉬워요……."

전변한 모습을 이르는 것임을 깨닫고 다이키가 고개를 끄덕였다.

"잘 봤어?"

전변한 밤, 여선들에게 보여주려는 생각은 전혀 들지 않았다. 여선들도 다이키 자신도 그토록 그것을 바랐건만.

"예. 기뻤습니다."

요카는 정성껏 머리를 쓰다듬었다.

"교소 님은 왕이 될 만한 분이죠. 정말로 기쁜 일만 있네요."

"……기뻐?"

요카는 글썽이는 눈을 깜빡거렸다.

"예. 조금…… 쓸쓸하기도 합니다만."

가장 가까웠던 상냥한 여선. 자신에게 얼마나 애정을 쏟아주었던가.

"……요카."

무릎을 꿇은 요카에게 매달렸다.

작별인 것이다.

"다이키, 부디 무탈하세요."

미안하다고 벌써 몇 번째 되풀이한다.

봉산에 오고 나서 여선들에게 사과만 했다. 전변하지 못하고, 사령을 얻지 못하고, 또다시 지독한 배신을 했다.

백지로 돌려버릴 수 있다면 얼마나 좋을까. 교소를 조용히 보냈더라면.

그랬다면 이만한 죄의식도 봉산과의 작별도 없었으리라. 얼마 전까지 그랬던 것처럼 요카의 노래하는 듯한 목소리에 일어나서 여선들과 웃으면서 밥을 먹고, 산시와 미로에서 놀고, 앞으로도 그렇게 지낼 수 있었을 텐데.

요카는 한차례 등을 쓰다듬어주고 나서 떨어졌다.

"어서 가시지요."

005

이끌려 간 곳은 봉려궁 북쪽, 낭떠러지 기슭에 있는 운제궁雲梯宮이었다.

궁 안쪽에는 주칠을 한 문이 있다. 다이키가 예전에 남는 시간을 주체하지 못하고 걸어서 객궁客宮을 돌아다니다가 문을 열어

보았을 때에는 초록빛 암벽밖에 없었다. 지금은 그곳에 위로 올라가는 계단이 홀연히 나타났다.

수정으로 만들었는지 투명한 층층대 아래에 빛이 비쳐 주변이 밝았다. 어딘지 그윽한 분위기의 계단 위에 까마귀의 모습을 닮은 하얀 새가 기다리고 있었다.

여선들이 바닥에 평복한다. 문 앞으로 나아간 교소와 다이키에게 교쿠요가 정중히 인사를 올렸다.

"주상도 태보도 건승하시기를 바라오."

교소도 다이키도 답인사를 했다.

새가 재촉하여 교소가 첫 번째 계단을 내디뎠다. 그 순간 교소의 등이 경직되었다.

순간 다이키에게는 반드시 벌을 받으리라는 확신이 들어서 핏기가 가셨다.

숨죽이고 지켜보았지만 아무 일도 없었던 것처럼 교소가 다시 한 계단을 올라가기에 그를 뒤따랐다.

다이키는 한 걸음을 내디디고 교소가 몸을 굳힌 이유를 깨달았다.

전류 같은 것이 흘렀다.

발치에서 정수리까지 단숨에 관통한 전류는 다이키의 머릿속에 한 가지 사념을 아로새겼다.

—가로되, 태초에 구주사이九州四夷가 있었노라.

백성은 질서를 모르고, 천자는 질서를 알고도 이를 비웃으며 받들 줄 모르더라. 천지의 섭리를 업신여기고 인도를 소홀히 하고 율법을 가볍게 여김이 심대하였다. 하늘에 연기가 끊이지 않고 전쟁의 업화가 만 리를 태우니 사람과 말이 죽어 새긴 핏줄기가 대하를 이루었다.

천제, 이를 염려하여 도를 설법하여 질서를 바로잡으려 하나, 인간은 음란하고 방탕한 소리를 탐닉하며 향락을 멋대로 즐기더라.

천제, 비탄하여 결단을 내리노라. 나는 지금 구주사이를 평정하여 태곳적으로 되돌려 질서로 천지를 창세하고 율법으로 이를 열겠노라.

이끌리듯 다음 계단을 올랐다.

—천제, 열세 나라를 만들어 그중 한 나라를 황해와 봉산으로 삼으매, 이를 왕모에게 수호하게 하느니.

남은 열두 나라에 왕을 내리고, 각자에게 가지를 건네어 나라의 기틀을 이루노라.

한 마리 뱀이 있으매, 똬리를 풀고 하늘을 떠받쳐 이를 지탱하노라.

세 개의 열매가 있으매, 하나가 떨어져 옥좌를 이루고, 하나가 떨어져 국토를 이루고, 하나가 떨어져 백성을 이루느니.

가지는 변하여 옥필을 이루고 이것으로 개벽이라 한다.

새겨진 정보를 음미할 틈은 없었다.

—태강太綱의 첫째 가로되, 천하는 인도로 이를 다스릴 것.

백성을 학대해서는 안 된다, 전란을 즐겨서는 안 된다, 세금을 무겁게 하고 율령을 무겁게 해서는 안 된다, 백성을 희생해서는 안 된다, 백성을 사고팔아서는 안 된다, 공지公地를 챙겨서는 안 된다, 이를 허락해서는 안 된다. 도를 닦고 덕을 쌓아라. 만민의 안녕을 국가의 행복으로 삼아라.

긴 계단을 한 단씩 오를 때마다 정보가 새겨졌다.

천자의 책무. 재상의 책무. 천지의 성립, 국가의 성립, 제도의 성립. 인도란 무엇인가, 예란 무엇인가. 해서는 안 되는 일, 해야 하는 일. 정해야 하는 사항, 제정해서는 안 되는 사항.

뭐에 홀린 것처럼 계단을 올라가다 정신을 차렸을 때는 햇살 속에 나와 있었다. 놀라서 돌아보자 등뒤로 주칠한 문이 닫혔다. 계단 맨 위에 서서 두 사람을 전송하는 새의 눈이 햇살에 빛났다.

문이 닫히는 희미한 소리와 함께 다이키의 귀에 소리가 되살아났다.

맨 처음 들린 것은 파도 소리, 당황해서 주위를 둘러본 눈에 처음 들어본 것은 끝없이 펼쳐진 창해滄海였다.

"……운해."

그렇게 이르는 바다임을 다이키는 이미 알고 있었다.

하늘의 운해가 천상과 천하를 나눈다.

다이키가 서 있는 곳은 작은 섬 위, 등뒤에는 자그마한 사당이 있고, 주칠된 문은 꼭 닫혀 있었다.

정면에는 돌계단, 돌계단 위에는 웅장하고 아름다운 영묘, 섬 주위에는 멀리 섬 몇 개가 보이고, 파도에 씻기는 그 사이에는 연꽃 비슷한 꽃이 가득했다.

앞으로 무엇을 하면 좋은지 알고 있었다.

영묘로 들어가 서왕모와 천제의 상에 진향하고, 교소가 도를 지키고 덕을 베풀겠다고 맹세하는 말을 늘어놓는다. 그러면 현무玄武가 나타나 대국의 도읍, 홍기에 있는 백규궁白圭宮까지 운해를 헤엄쳐 건네주는 것이다.

다이키는 어안이 벙벙했다. 핏기가 가시는 것이 느껴졌다.

—끝나고 말았다.

여기서도 어떤 선정이 이루어져 다이키의 거짓말이 반드시 폭로되고 단죄가 있으리라 생각했건만. 그것이 어떤 형태이든 반드시 죗값을 치를 기회가 있으리라고 믿었건만.

그런 것은 없었다.

계단을 오르고 천제의 이치와 의지를 듣고 새기는 것, 그것이 천칙의 전부였다.

단숨에 늘어나는 죄의 무게. 과오를 바로잡을 기회는 없었다. 그리고 다이키는 왕의 의의를 알아버렸다.

왕의 책무는 너무나도 무겁다. 왕은 나라를 통치할 뿐 아니라 왕의 존재 자체가 나라를 지키는 핵심이 된다. 왕은 일국의 음양을 조절하고 팔계를 다룬다. 왕이라는 요소가 나라의 운명을 좋은 방향으로 바꾸는 데 한몫하는 것이다.

다이키는 말없이 감개무량한 표정으로 운해를 내다보는 주인의 옆얼굴을 쳐다보았다.

왕은 존재 자체로 국가를 지키고 백성을 안녕하게 한다.

지독한 현기증이 났다.

그렇다면 가짜 왕이 통치하는 대국의 운명은…….

006

다이키는 후회와 절망으로 가슴이 멘 채 서약의 말을 고하는 교소를 지켜보았다.

마침 그 무렵.

천하의 북동쪽에 위치한 대국, 그 수도 홍기산 정상에 있는 백규궁의 후미진 일곽, 이성궁二聲宮에서 소리가 들렸다.

이성궁은 궁의 주인과 주인을 보살피는 소관小官이 열 명쯤 있는 작은 궁이다. 이성궁에서 별안간 날카로운 소리가 울리고 소관들이 갑작스레 활기를 띠었다.

날카로운 소리를 지른 것은 궁의 주인 한 마리 백치다.

"백치 명호白雉鳴號!"

소관 중 한 사람이 희색이 가득한 표정으로 크게 소리치며 궁을 뛰어나갔다.

"일성 명호一聲鳴號!"

소리가 닿는 곳곳에서 수런거림이 생겨났다. 그것이 왕궁 전체를 뒤흔드는 환호성이 되기까지 오래 걸리지 않았다.

백치는 평생에 두 번밖에 울지 않는다. 울음소리도 두 가지밖에 없다. 따라서 백치를 이성이라 부른다.

처음에 지르는 소리가 '일성', 두 번째 지르는 소리가 '이성'이다. 두 번 운 백치는 곧바로 죽어버린다. 그래서 이성을 '말성末聲'이라고도 한다.

일성은 '즉위', 이성은 '붕어'. 백치는 생애에 단 두 번만 사람 말로 우는 것이다.

백규궁의 백치는 십 년 전에 태어나 오늘까지 운 적이 없었다.

즉, 일성이다.

“백치 명호! 일성 명호!”

소리는 처소인 내궁부터 정청政廳인 외궁까지 이어지고 일대는 환희의 목소리로 떠들썩했다.

“태왕, 즉위!”

동시에 그 무렵. 동쪽 경국, 수도 요천堯川. 왕궁 금파궁金波宮에도 소리가 통과했다.

“오동궁梧桐宮, 개문!”

관리의 목소리에 게이키는 고개를 들었다.

돌리고 있던 얼굴을 푹 숙이고 게이키가 읽어 올리는 육관의 상소를 들을 마음도 없이 듣던 경왕 역시 무슨 일인가 하고 고개를 들었다.

여관이 서둘러 창문을 연다.

한 마리 새가 득달같이 창문으로 날아들어 방에 마련된 금으로 된 홰에서 날개를 쉬었다.

“백치 명호.”

오동궁의 주인, 봉鳳이었다.

오동궁에는 봉과 황凰 한 쌍이 산다. 암컷인 황은 타국의 황과 의사를 소통할 수 있고, 짝인 수컷 봉은 타국의 큰일을 알린다.

봉은 소리 높여 외쳤다.

"대국에 일성 태왕 즉위."

게이키는 봉을 빤히 바라보고 희미하게 미소를 흘렸다.

경왕 조 가쿠는 자국 기린의 보기 드문 미소에 한순간 넋이 나갔다.

그리고 또 그보다 조금 뒤.

요카는 봉려궁의 사잇길에서 하늘을 올려다보았다.

탁 트인 푸른 하늘, 봉산 산꼭대기에서 북동쪽으로 한 줄기 서운이 뻗어가는 모습을 발견했다. 현무가 운해에 남긴 일종의 항적이었지만, 요카는 그 사실을 알지 못했다.

우두커니 구름을 지켜보는 요카 옆에서 여선 몇 명이 마찬가지로 멍하니 하늘을 올려다보았다.

"다이키……."

사랑스러운 아이는 허무하게 떠났다.

축제는 안타까울 정도로 짧았다. 봉산에 쓸쓸한 계절이 돌아왔다.

다음 기린이 열릴 때까지 또 몇 년이나 걸릴까.

12
장

001

대는 북동쪽 나라. 도읍은 홍기. 하늘을 찌르는 홍기산 정상에 현무가 도착했다. 거의 하루 밤낮이 지난 뒤였다.

현무는 작은 섬만 한 거대한 거북이다. 교소와 다이키가 봉산 꼭대기의 영묘를 나서자 운해에서 벌써 기다리고 있던 현무가 바위 같은 목을 해안가에 대어 등딱지로 불러들였다. 바위 같은 감촉의 무수한 돌기로 이루어진 등딱지는 봉산 같았다. 어디에서 나타났는지 목과 등딱지에 습기 한 점 없다. 등딱지의 가운데에는 작은 궁이 하나 있고, 개미 새끼 하나 없지만 하룻밤 묵는 데 필요한 준비는 완벽하게 갖추어져 있었다.

배라고 하는 것이 옳을 듯한 거북이를 타고 대를 향해 이동하는 동안에 대국의 왕궁인 백규궁에서도 왕을 맞을 준비를 했다.

거북이의 머리 쪽에 선 다이키가 맨 처음 발견한 것은 험준한 형세의 섬이었다. 편자형으로 생긴 섬에 다가갈수록 편자의 입 안에 해당하는 커다란 만 쪽으로 많은 건물이 보였다.

건물의 벽은 물론이고 기둥과 난간에 이르기까지 흰색이며 지붕은 봉려궁보다 짙은 쪽빛이다. 파도 하나 없이 잔잔한 만에 궁궐이 비친 풍경은 거짓말처럼 아름다웠다.

"저것이 백규궁이다. 훌륭하지."

얼이 빠져서 정신없이 바라보던 다이키는 교소의 목소리에 고개를 끄덕였다.

"저쪽이 정청이 있는 외궁, 저쪽이 내궁이로군."

교소는 손을 들어 가리켰다.

"네가 살 인중전仁重殿은 저 부근에 있지."

교소는 물가에 있는 건물 한 무리를 가리켰다.

"저도 여기서 사나요? 가신인데요?"

"당연히 그렇지. 너는 신하라고 해도 평범한 신하와는 비교할 수가 없어. 나라가 배라면 왕은 돛, 기린은 닻이지. 둘 다 절대로 없어서는 안 되는 존재야."

"네……."

드디어 만에 들어서자 왕궁 여기저기에 서 있는 수없이 많은 깃발과 정면의 커다란 건물 앞에 줄지어 평복한 많은 이들이 보였다. 바다에 면한 커다란 문을 향해 현무가 해안가에 머리를 댔다.

하얀 노대에 내려 지붕과 기둥뿐인 커다란 문을 지나갔다. 그 앞 좌우로 평복한 사람들 사이를 지나 정면 궁전에 올라 많은 사람의 축하를 받는 동안에 다이키는 완전히 당황하고 말았다.

남의 평복을 받거나 남을 부리는 데 익숙해졌다고 생각했다. 화려하고 호화로운 생활에도 익숙해졌다고 생각했는데 왕궁에 준비된 것은 봉려궁과는 규모가 전혀 달랐다.

산시를 불러 손이라도 잡고 싶었지만 그래서는 안 된다고 요카가 타일렀다. 왕을 선택하여 모국으로 간 이상, 어른이 되었다고 간주한다. 산시는 유모가 아니라 사령이니 남 앞에서 사령을 경솔하게 불러내서는 아니 된다.

그래서 하루가 걸린 의례가 끝나고 재보宰輔를 위한 궁전으로 물러나, 자기 방에 들어 침소의 방장을 쳤을 때에는 진심으로 안도했다.

"……산시."

옆방에는 언제라도 다이키가 볼일을 볼 수 있도록 여덟 명이나 되는 시종이 대기하고 있다. 그래서 아주 작은 목소리로 불렀다.

"무슨 일이십니까."

평소에는 바로 모습을 나타내는 산시가 목소리밖에 드러내지 않는다.

"산시."

"이제 어른이 되셨으니 함께 잘 수 없어요."

"……안 돼?"

다이키는 노천궁보다도 넓은 이불 위에서 몸을 일으켰다.

"모습은 보이지 않더라도 늘 곁에 있습니다."

"하지만……."

"편히 주무세요."

하라는 대로 다시 누웠지만 한숨도 잘 수 없을 것 같았다.

문득 웃는 기척이 나더니 이불잇 아래에 넣은 손끝에 손가락이 느껴졌다. 산시의 손이 틀림없었다.

산시의 손이 다이키의 손을 꼭 감싸쥔다.

"……안녕히 주무세요."

"……응."

간신히 안도하고 눈을 감았지만 잠은 얕고 악몽을 꿀 것임을 다이키는 알고 있었다.

002

기린은 모국에서 재보로서 왕의 정무를 돕는다. 나이가 몇 살이든 기린인 이상 그 책무에서 벗어날 수는 없다.

다이키도 재보로서 생활을 시작해야만 했다.

정시에 일어나 예전에 따라 의복을 갖추고 정각에 정청인 내전으로 출사해 조의朝議에 참가한다. 조의가 끝나고 나서는 점심까지 왕 옆에서 정무를 보좌한다. 앉아서 지켜보는 일밖에 못하더라도 기린이 반드시 해야 하는 일이었다.

점심을 지나 오후 집무를 마치면 왕은 처소인 정침正寢으로 돌아간다. 재보 또한 자신의 궁으로 돌아가도 되지만 다이키는 교소가 잠자리에 들 때까지 곁을 떠나지 않았다.

교소는 당장 즉위식 준비를 해야 했다.

그러는 한편으로 새로운 체제를 만들어야만 한다. 선왕이 남긴 것 중에 취해야 할 것을 취하고 버릴 것을 버린다. 신하의 임명과 파면, 법 정비가 그중에서도 가장 중대한 과제였다.

"대사의 주청은 어쩌시려고요?"

교소는 자신의 방에 놓인 긴 의자에 누워 서면을 보았다. 다이키는 옆쪽 바닥에 앉아 있었다.

"받아들일 수 없다."

선왕은 사치 끝에 도를 잃었다. 그 사실을 아는 교소는 옥좌에 오르자마자 사람을 최소한으로만 남기고 시종과 여관을 모두 내보내는 것부터 시작했다. 당장 쓸 일이 없는 궁은 폐쇄하기로 했다.

음악사의 장인 대사가 면직된 악사의 숫자가 너무 많다 주청하였다.

"나는 무인 출신이라 예술 같은 건 모른다고 하지."

"……하지만 면직되면 다들 곤란할 텐데……."

"선왕이 남긴 악사가 얼마나 있는지 아나?"

다이키는 고개를 가로저었다.

"아니요."

"나도 몰라. 하지만 예사 숫자가 아닌 것은 확실하지. 아무튼 내전에 오면 건물마다 다른 음악 소리가 들렸고 음악이 하루 종일 끊기는 일이 없었어. 왕이 내전에 있든 없든 상관없이 조의 자리까지 들렸지."

"예에……."

"왕궁에서 악사를 했다고 하면 직업을 찾기가 어렵지야 않겠지. 빈객이 있을 때 무례하지 않을 정도만 있으면 돼."

"대사는 즉위식에서 쓸 악사도 너무 적지 않느냐고 하던데요."

"그걸로 충분해. 어쨌든 대는 가난하니까."

"춘관장春官長도 즉위식이 이래서야 너무 소박하지 않느냐고 했어요."

육관 중 하나인 춘관장은 예전과 제사를 관장한다.

"초라하다고 웃고 싶은 자는 웃게 둔다. 거드름 피운다고 무슨 소용이 있겠나. 선왕의 사치로 국고가 완전히 기울었어. 창고에는 빚 문서만 있으니."

"네……."

다이키는 어려서 정치의 구조는 물론이고 어른의 사회조직도 잘 모른다. 대국의 사정 역시 밝지 않다.

반대로 교소는 왕궁 깊숙한 곳까지 드나들던 중신이었으니 애초에 다이키의 조언은 전혀 필요하지 않다. 그 점은 스스로도 알고 있다.

"춘관장도 인선을 생각하는 편이 좋겠군."

서면을 보며 중얼거린 교소를 다이키가 바라보았다.

"선왕은 요란한 식전을 좋아했던 터라 춘관장도 화려한 것을 선호해."

"……그렇게 서두르시지 않아도……."

교소는 다이키를 보고 웃었다.

"그렇군. 춘관장은 한동안 지켜보지."

다이키는 고개를 숙였다. 미소를 보고 교소가 자신의 의견에 맞춰준 것임을 깨달았다.

"……죄송합니다. 쓸데없는 소리만 해서……."

"쓸데없지 않아. 다이키가 하나하나 물어주는 덕에 냉정해질 수 있으니."

그것이 배려로 하는 말임을 다이키도 잘 알았다.

"……죄송합니다……."

고개를 떨군 다이키를 보고 교소는 몸을 일으켰다.

"고리, 무슨 근심이 있는지 말할 마음은 없나?"

교소가 물어서 다이키는 당황해서 고개를 내저었다.

"아뇨, 그런 거 없어요."

교소는 보던 종이를 두고 다이키를 번쩍 안아 올렸다.

"아니면 봉산이 그리도 그리운가."

"그런 것은……."

"여선이 그리우면 그립다 말해도 괜찮다. 너는 삼가는 것이 너무 많아."

"그런 것은 아닙니다."

"그러면 울적해하는 이유가 뭐지? 그렇지 않다고 말하지 마. 너는 아직 어리니 무리할 것 없다."

다이키는 대답할 수 없었다.

"즉위식이 끝나면 맨 먼저 경국에 보내주마. 경 태보께 응석이라도 부리고 오너라."

"……그럴 수는 없어요."

"내가 그렇게 무능해 보이나? 내게 맡겨두기가 그리 불안해?"

다이키는 고개를 가로저었지만 진실로 불안하지 않은 것은 아니었다.

지켜보고 있어야 한다.

한시도 눈을 떼서는 안 된다. 교소의 사람됨을 믿지만 만에 하나라도 길을 벗어나게 해서는 안 된다.

교소에게는 천계가 없으니까.

교소는 안아 올린 아이의 고집스러운 표정에 내심 눈살을 찌푸렸다.

대체 무엇이 다이키를 괴롭히는 것일까. 단순히 여선이 그리워서는 아닌 듯하다.

너무나 큰 책무에 몸이 움츠러든 것인가. 아니면…….

봉산에서 다시 만났을 때부터 하루하루 더 우울해하는 듯이 보이는 것은 기분 탓일까.

교소는 아이를 바닥에 내려놓았다.

"아무튼 쉬어. 굳이 밤늦게까지 나와 함께할 것 없다."

"괜찮습니다."

"괜찮지 않잖아. 네 낯빛이 어떠한지 알고 있나?"

"아니요……."

말하다 만 아이의 머리에 손을 얹었다.

"명한다. 오늘밤은 궁으로 물러가. 한동안 점심 이후에는 절대로 궁을 나와서는 안 된다."

"주상……."

"어떤 일도 네 허가 없이 정하지 않겠다고 약속하마. 그러니 한동안 쉬어. 대답은?"

다이키는 눈을 내리떴다.

"……네."

003

재보의 책무는 왕의 보조 말고 또 한 가지 있다. 도읍이 있는 서주瑞州 주후로서의 집무가 그것이었다.

다이키가 기거하는 인중전 옆에는 서주의 정청이 있어 오후부터 짧은 시간 동안 서주의 정무를 보게 되어 있다.

그러나 기린은 왕의 일부, 실제로 서주를 통치하는 이는 왕이라고 해도 틀리지 않다.

현재 다이키는 천칙으로 알게 된 최소한의 지식 말고는 깜깜했다. 그래서 정무라고 해도 실제로는 관이 아뢰는 사항을 묵묵히 듣고 모르는 점을 질문하는, 공부 시간과 다름없는 상태였다.

교소는 그동안 주청을 찾아 이따금 이야기를 거들면서 다이키를 지켜보았다. 그것을 마치면 자신의 집무로 돌아가기 위해 내전으로 갔는데, 다이키가 뒤따르는 것을 단호하게 허락지 않았다.

그래서 하는 수 없이 오후 시간 대부분은 자신의 궁으로 물러가 멍하니 있었다.

측근은 처음에는 여덟 명이나 있었지만 크게 줄어 두 사람이 되었다. 여관만을 남겨준 것은 여선에게 둘러싸인 생활에 익숙한 다이키를 위한 교소의 마음씀씀이리라. 저녁을 먹을 때도 반드시 불러준다. 그것 역시 배려임을 알고 있었다.

그토록 염려해주니 다이키는 도리어 쉴 수가 없다.

교소가 마음을 써줄수록 내몰리는 심정을 금할 길이 없었다.

한숨만이 새어 나오는 오후, 내전으로 돌아간 교소가 갑작스럽게 불렀다.

다이키는 허둥지둥 내전으로 달려갔다. 즉위식이 있는 길일까지 얼마 남지 않은 시점이었다.

"태보, 귀한 손님이 오셨다."

중요한 손님을 접대하기 위한 방이었다. 활짝 열린 문 너머에 교소가 서 있다.

웬일로 태보라 불러서 쳐다보니 교소는 장난스러운 미소를 짓고 있었다.

"……손님인가요?"

내객이 있을 리가 없다.

그렇게 생각하고는 문득 고개를 갸웃거렸다. 주위에서 무언가를 느꼈기 때문이다.

무언가를 본 것 같다. 그래서 다시 주위를 둘러보자 아주 희미한 금빛 거품 같은 것이 흔들거리는 것처럼 보였다. 흔들거리며 희미한 띠를 이룬 것처럼도 보였다.

믿기지 않아 가슴이 뛰었다.

잰걸음으로 방에 든 다이키는 그곳에 있는 사람을 보고 눈을 동그랗게 떴다.

"……경 태보."

남자는 은근하게 미소를 짓고 정중히 인사한다.

"이번에 무사히 나라로 내려오신 것을 진심으로 경하드립니다."

달려가려다 발이 멈추었다. 게이키의 얼굴을 똑바로 볼 수가 없었다.

"……고맙……습니다."

고개를 깊이 떨군 아이를 게이키는 의아하게 여기며 바라보았다. 이렇게 변하다니 어찌된 영문일까.

일부러 교소가 사신을 보낸 이유를 알 것 같았다.

즉위식까지는 방문을 정중히 피하는 것이 예의, 그렇지 않더라도 왕이나 기린은 타국의 주종과 그리 깊이 오가지 않는다. 사실 게이키도 교류라 부를 만한 친분이 있는 이는 왕을 찾는 과정에서 신세진 옆 나라 연왕과 엔키延麒 정도가 고작이었다.

교소는 선왕의 중신, 그것을 모를 리가 없지만 감히 관습을 깨고 게이키를 지명해 사신을 보낸 이유가 이 때문이었음을 납득했다.

"약속대로 제일 먼저 왔습니다. 아무 변고 없으십니까?"

"네."

고개 숙인 표정이 딱딱하다. 올려다보던 올곧은 눈도, 넘칠 듯한 미소도 보이지 않는다.

"그리 보이지 않습니다만. ……어찌 그러십니까."

"아니에요."

눈살을 찌푸리고 두 사람을 지켜보던 교소가 끼어들었다.

"쌓인 이야기가 있겠지요. 나는 이만 실례하겠습니다."

게이키가 인사해서 다이키도 하는 수 없이 따라서 인사했다.

교소는 이제부터 번잡한 정무로 돌아간다. 오늘은 손님까지 계시니 따라가겠다고 해도 평소보다 더욱 통하지 않을 것을 알고 있었다.

살짝 고개를 숙인 채 교소가 나가는 모습을 지켜보고 나서 게이키는 다이키를 돌아보았다.

"정원을 안내해주시겠습니까?"

"네……. 안내할 수 있을 정도로 잘 알지는 못하지만."

"정원을 산책할 여유도 없으셨습니까?"

다이키는 정원으로 향하는 문을 열던 손을 멈추었다.

대답할 말이 없었다.

004

"역시 대국은 바람이 차군요."

한쪽에 있는 광대한 못 언저리에 선 게이키가 중얼거렸다.

"잠깐 앉을까요?"

그렇게 물으며 뒤에서 몸을 움츠리고 서 있는 다이키를 돌아보았다.

바로 옆에 황당할 정도로 화려한 정자가 있었다.

이전 태왕이 지은 정자로 바닥과 기둥이 전부 수정이었다. 못 주위에는 이것 말고 연수정, 황수정, 홍수정, 자수정으로 똑같은 장식을 한 정자가 세워질 예정이었지만, 네 개의 정자를 짓던 중에 선왕이 붕어하면서 공사도 중단되어 그대로 방치되어 있었다.

"대국은 옥의 산지지만…… 이래서야 내란이 끊이지 않을 만하군요."

게이키는 거대한 수정을 쌓아올린 기둥을 더듬었다. 하나하나가 한아름은 되는데도 티끌 없이 투명하고 거기에 섬세한 조각을 새겨 세심하게 윤을 냈다.

대국은 기후가 나쁘다. 작물 소득은 신통치 않지만 대신에 옥천玉泉이 무수히 많아 본디 풍요로워야 할 나라다. 옥천이란 이름대로 보석이 생산되는 샘으로 여기에 종자가 되는 옥을 넣어두면 종자가 커서 거대한 결정이 된다. 금천, 은천도 마찬가지로 많다.

"이 크기라면 삼십 년 정도는 걸렸을 텐데."

온 나라의 곳간이라는 곳간이 텅텅 비었다고 할 만하다.

그런 왕의 치세가 그래도 백 년 넘게 이어진 것은 전적으로 그가 유흥과 정치를 혼동하지 않았기 때문이다. 그는 함께 여흥을

즐길 상대를 시종과 여관으로 불러들였지만 관직을 주어 정치에 참여시키는 법이 결코 없었다.

"앉지 않으십니까?"

게이키는 말없이 서 있는 아이를 보았다.

"……괜찮습니다."

"태 태보는 무슨 고민이 있으신가요?"

"……아뇨."

들릴락 말락 하게 대답하는 표정이 완전히 굳어 있다. 그러니 믿을 수 있을 리 없다.

"사령을 얻으셨다고 태왕께 들었습니다."

"네."

"전변하셨다는 이야기도요."

"……네."

"유감이군요."

다이키는 의아해하며 게이키를 바라보았다. 게이키는 야유인지 자조인지 모를 미소를 지었다.

"저는 약속대로 다이키를 찾아왔습니다. 더 기뻐하실 줄 알았어요."

다이키는 고개를 떨구었다.

"정말로 유감입니다."

조용한 목소리가 다이키의 오장육부를 후볐다.

만나고 싶었던 사람을 만나고도 조금도 기뻐하지 못하는 자신의 비참한 심정을 생각한다.

모두에게, 여관에게조차 면목없고, 미안하고, 똑바로 상대를 쳐다볼 수가 없다. 마지막으로 편히 잠든 것이 언제였을까. 양심의 가책 없이 사람을 만난 것은 언제였을까.

—이것은 벌이다. 죄가 드러나기 전까지 앞으로 영원히 이어질 것이다.

울 자격이 없다는 사실을 알지만 눈물이 흘렀다.

"다이키……."

게이키가 내민 손을 잡고 무릎을 꿇었다. 머리를 쓰다듬는 게이키의 손길에 그대로 그의 무릎에 머리를 얹었다.

"어이 그러십니까?"

게이키의 목소리는 억양이 없는 만큼 가슴에 저밀 정도로 조용했다.

"……태보는…… 기린으로 태어난 것을 후회하신 적 없으세요?"

"없습니다."

"……왕을 선택한 것을 후회하신 적은요?"

"없습니다."

다이키는 고개를 들었다.

“하지만 경 태보는 왕과 그리 사이가 좋지 않다고 들었어요.”

“누가 그런 소리를.”

“여선들이 그렇게…….”

게이키는 한숨을 쉬었다.

경왕은 정무를 완전히 놓아버렸다. 국정은 중심을 잃고 크게 흔들리는 징조를 보였다. 제후는 왕을 우습게 여기고, 관리는 전횡을 일삼는다.

“저는 어전에서 떠나지 않고 왕명을 거스르지 않겠다고 서약했습니다. 설령 왕이 어디로 향하든 따라오지 말라고 명령하지 않는 한 함께할 작정입니다.”

그 일에 얼마나 큰 괴로움이 따를지는 모르지만, 그 정도의 문제라고 생각한다.

다이키는 짙은 빛깔의 눈동자로 게이키를 지긋이 바라보다 이윽고 눈을 내리깔았다.

“……그렇게 단호할 수 있다면 얼마나 좋을까요.”

“다이키는 후회하십니까?”

담담하게 물어서 다이키는 잠시 망설였다.

“……네.”

게이키는 고개만 갸웃거리고는 아무 말도, 아무런 표정도 보이지 않았다.

그래서 다이키는 더는 입을 다물 수가 없었다.

"저는 돌이킬 수 없는 짓을 저질렀어요."

게이키는 말없이 이어질 말을 기다렸다.

"이만한 배신은 없어요."

작은 기린은 눈을 들었다. 필사적인 기색이 내비쳤다.

"……주상께는…… 천계가 없었어요."

아연실색했다.

게이키의 상상을 훨씬 뛰어넘는 고백이었다.

"천계가…… 없다?"

다이키는 고개를 끄덕였다.

"아무 계시도 없었어요. 왕기도 보이지 않았고요. 저는 그전에 한번 왕이 아니라고 말씀드렸습니다."

"어째서……."

"저는 그저…… 교소 님이 돌아가시는 것이 싫었어요."

아이는 내리떴던 눈을 들어 게이키를 올려다보았다.

"어쩌면…… 좋을까요."

게이키의 무릎을 잡은 손이 떨렸다.

"어쩌면 이 과오를 바로잡을 수 있나요? 어떻게 죄를 갚으면 될까요."

"……다이키."

"전부 거짓이에요. 어떻게 되죠? 대는 망하나요? 왕은 벌을 받을까요? 만약 이 사실을 안다면 하늘은, 백성은 어쩔까요."

눈물이 뚝뚝 떨어진다.

게이키는 입을 열려다 결국 도로 닫았다. 무릎을 붙든 작은 손을 톡톡 두드리고서 일어났다.

정자 바닥에 앉아 올려다보는 다이키에게 인사를 올렸다.

"저는 아무 말도 드릴 수 없습니다. ……오늘은 그만 가보겠습니다."

다이키는 정자 구석에서 무릎을 껴안은 채 금빛 머리카락이 멀어지는 모습을 지켜보았다.

게이키는 필시 경멸했겠지. 두 번 다시 만나주지 않을지도 모른다.

소문이 돌까. 다이키의 기만은 폭로될까.

교소는 다이키의 배신을 어떻게 받아들일까.

13장

001

그로부터 이틀 뒤에 게이키가 다시 다이키를 찾았다.

게이키는 교소에게 아무 말도 하지 않은 듯했다. 저녁 식사 때에도 아무 변화 없는 교소의 얼굴을 보고 다이키는 안심하는 한편 낙담했다.

여전히 우울하게 오후를 보내고 있는데, 심부름꾼이 와서 예복으로 갈아입고 내전으로 들라고 전했다. 서둘러 내전으로 가자 지시받은 건물 한 방에 교소와 게이키, 그 밖에 두 사람이 기다리고 있었다.

정면에 앉은 사람은 교소와 동년배로 보이는 남자였다. 아마도 이 남자가 주빈이리라. 옆에는 다이키보다 나이가 조금 위인 듯한 소년이 서 있었다.

소년은 게이키 같은 금발로, 마치 금발이 잔상을 남긴 것처럼 주위에 어렴풋하게 금빛이 보였다. 보이는 것처럼 느껴졌다. 게이키의 주위에도 그것이 있다. 이것이 기린의 기척이리라. 그래서 그 소년이 어느 나라의 기린이리라 짐작했다.

기린의 기척은 보이게 되었는데.

입구에서 인사를 하고 다이키는 교소를 흘끔 보았다. 교소 주변에 왕기라 부를 만한 것은 무엇 하나 찾아낼 수 없었다.

입실하여 그대로 말석에 선 다이키에게 게이키는 앞으로 나오도록 손짓하며 말했다.

"안주국의 연왕과 연 태보를 모셔 왔습니다."

다이키는 눈을 동그랗게 떴다.

'연왕…….'

교소가 한 단 아래에 앉아 있는 이유를 이해했다.

다이키는 무릎을 꿇고 고개를 가볍게 숙였다.

왕에게는 최경례하는 것이 법식으로 정해진 규율이었다. 무릎을 꿇고 손을 짚고 이마를 땅에 대고 머리를 조아리는 것이 최경례인데, 기린만은 무릎을 꿇고 가벼운 인사만 하면 된다.

"저…… 처음 뵙겠습니다."

예의는 익혔지만 이럴 때 흔히 하는 말까지 익히지는 못했다.

그래서 그냥 그렇게 인사했다.

그런 다이키에게 교소가 작은 목소리로 말했다.

"고리, 고두례를."

"……네?"

다이키는 당황해서 교소를 쳐다보았다.

"연왕은 종왕宗王 다음으로 오랫동안 치세를 이어온 분. 다른 왕과 동렬로 생각해도 될 분이 아니다."

"하지만……."

어찌할 바를 모르고 두 기린을 번갈아 보았지만 게이키도, 연왕 곁에 서 있는 엔키도 교소의 말을 부정하지 않았다.

"……네. 죄송합니다."

다이키는 허둥지둥 양손을 짚고 다시 고개를 숙였다.

깊이 고개를 숙여 머리를 조아리려다가 중간에 움직임을 멈추었다.

"왜 그러지."

물은 이는 정면에 앉은 연왕이었다.

"아니요."

대답하고는 다시 한번 고개를 숙이려다 역시 중간에 멈추었다.

할 수 없었다.

"왜 그러는가? 대국의 기린은 안국에 불만이라도 있는가."

"아니요."

도움을 구하려고 본 교소는 험악한 얼굴을 하고 있다.

"다이키. 무얼 하느냐."

강경한 말투에 다시 고개를 숙이려 했다.

역시 도중에 몸이 멈춘다. 있는 힘껏 숙인 이마에서 바닥까지는 얼굴 앞에 짚은 양손과 무릎 거리밖에 되지 않는다. 그 좁은 공간에 단단한 물건이라도 있는 것처럼 아무리 애써도 꼼짝하지 않았다. 더이상 고개를 숙이거나 팔을 굽힐 수도 없었다.

"호오. 정말로 무슨 불만이라도 있나 보군."

연의 목소리는 냉랭했다. 허겁지겁 연을 올려다보았다.

"아니요……!"

매몰찬 목소리로 말한 사람은 연 옆에 있던 엔키였다.

"아니면 예의를 모르는가. 본래 같으면 연왕이 친히 찾으실 연유도 없거늘, 경 태보가 하도 간절히 청하여 어렵게 걸음을 했건만 예의 하나 모르다니 어찌된 영문인가."

연은 힐난하는 미소를 지었다.

"신참 기린에게 이토록 얕보이기는 처음이로군. 다이키는 안이 그리도 싫은가 보오. 아니면 태왕에게 명령받았나? 안에 아첨하는 것은 허락지 않는다고?"

"아닙니다……!"

다이키는 주위의 험악한 얼굴을 차례로 보았다. 어디에서도 도움의 손길을 내밀어주지 않았다.

“그렇다면 이유를 듣지. 이유도 말하지 않고 예의도 갖추지 않는다면 대국은 안국에 적의를 가지고 있다고 판단하겠네만, 괜찮은가.”

“다이키.”

교소의 목소리에 나무라는 기색이 비쳤다.

허둥지둥 고두하려 했지만 머리가 내려가지 않는다. 어떻게든 바닥까지 거리를 줄이려 해도 무슨 영문인지 몸이 말을 전혀 듣지 않았다.

초조함이 아니라 고통에 찬 땀이 배어 바닥에 떨어졌다. 욕지기가, 그것도 지독한 욕지기가 치밀었다.

일어나서 다가오는 연이 시야 끝에 보였다.

“……왜 그러지. 예의를 갖추는 척도 하지 못하겠나?”

목소리가 머리 위에서 들려오자마자 머리카락을 붙들렸다. 그대로 어마어마한 힘으로 짓눌린다.

“그대로 머리만 숙이면 될 일 아닌가.”

어떻게 그 힘에 저항할 수 있는지 다이키도 알 수 없었다. 도저히 거스를 수 없는 힘이 가해졌지만, 그래도 있는 힘껏 그에 저항했다.

"고집스럽기는……."

더욱 거친 힘이 더해졌을 때였다.

갑자기 누르는 힘이 사라졌다.

"그렇게까지 할 거 없잖아!"

딱, 하고 거침없는 소리가 들리고 머리카락을 붙든 힘이 사라졌다. 눈을 들자 엔키가 연의 손을 뿌리친 참이었다.

"이런 꼬마한테 그렇게까지 하냐! 어이, 괜찮아?"

다이키는 숨을 헐떡이면서 자신을 들여다보는 엔키를 어리둥절해하며 올려다보았다.

"아아, 얼굴이 백지장이잖아. ……설 수 있겠어? 누울래?"

거리낌 없이 소매로 땀을 닦아준다. 간신히 일으킨 몸을 게이키가 부축해주었다.

"괜찮으십니까? 일단 의자로……."

연은 반쯤은 어이없고 반쯤은 흥미로운 듯한 표정으로 기린들을 보고 있었다.

"……눈물겨운 동족애로군."

"바보야. 네가 너무했잖아! 이 얼간이가 악역에 심취해서는."

다이키는 얼이 빠져 세 사람을 번갈아 보았다.

"무모한 분인 줄은 알았지만 이리도 난폭하실 줄은 몰랐습니다."

"너희가 꺼낸 말이잖아……."

"무자비한 행동을 해달라 부탁드린 것이 아닙니다!"

"모든 일에는 정도라는 게 있다고!"

게이키와 엔키가 양쪽에서 호통치자 연은 고개를 움츠렸다.

"저기요……?"

어리둥절해하는 다이키를 보며 연이 웃었다.

"알았지?"

무엇을 알았느냐고 물을 필요도 없었다.

"기린은 거짓 서약 따위 하지 못해."

눈매를 누그러뜨린 연의 머리를 엔키가 난폭하게 때렸다.

"왕 주제에 다 아는 것처럼 떠들지 마."

002

바람을 쐬자며 노대로 끌려가 의자에 앉혀진 다이키 앞에 게이키는 무릎을 꿇고 눈높이를 맞추었다.

"표현이 부족한 탓에 죄송하게 되었습니다."

게이키가 다이키의 손을 살짝 잡았다.

"천계란 어떤 것인지 물었을 때에 조금 더 정확하게 대답했어야 했습니다. 공연히 괴롭게 해드렸군요. 죄송합니다."

"태보, 저는……."

"천계에는 형태가 없습니다."

게이키는 살며시 미소 지었다.

"이것이 천계다, 라고 표현할 수 있는 일은 전혀 일어나지 않아요, 다이키."

다이키는 게이키의 얼굴을 들여다보았다.

"전혀……?"

게이키 역시 다이키의 눈을 응시하며 고개를 끄덕였다.

"예. 왕에게는 왕기가 있습니다. 그러나 왕기 역시 눈에 보이는 것은 아니에요."

"빛이 아닌가요?"

게이키가 전에 기린의 기척은 금빛 형태로 보인다고 들은 뒤로 다이키는 왕기도 그런 형태라고 줄곧 생각했다.

"빛처럼 느껴질지도 모르고, 어쩌면 어둠처럼 느껴질지도 모르죠. 또는 패기처럼 느껴질지도 모르고, 반대로 평온한 분위기처럼 느껴질지도 모릅니다."

"정해져 있지 않나요."

"왕기라고 확실히 부를 만한 형태는 없습니다."

"하지만 경 태보는 왕기를 길잡이로 삼아 왕을 찾았다고 하셨지요."

"찾았습니다. 왕이 있는 곳이 그리 멀지 않으면, 막연히 느낄 수가 있어요. 무언가 이쪽에 있다는 느낌이 들지요."

"무언가…… 그 방향에……."

다이키는 과거를 돌아보았다. 승산자가 보도궁에 모이기 전 그런 기분을 몇 번이고 느끼지 않았던가. 그것은 다이키를 내모는 듯한 두렵고 위압적인 느낌이었다.

"왕을 뵈면 이 사람이 그 기척의 근원이었구나 알 수 있어요. 막연히 느낀 것과 같은 종류의 기척이기 때문입니다."

"……그것이 왕기인가요?"

"예. 왕기는 도드라진 기척입니다. 다른 자와는 명백히 다른 느낌. 눈에 보이거나 말로 할 수 있는 것이 아니에요."

살짝 주먹을 쥔 다이키의 손을 게이키가 다독이듯 두드린다.

"천계도 마찬가지입니다. 어떤 특이한 일이나 변화가 일어나지 않아요. 굳이 말하면 직감입니다. 이분이 왕이라는 직감이에요, 다이키."

"직감……."

게이키가 고개를 끄덕였다.

"솔직히 말씀드리죠. 저는 경왕을 뵈었을 때 이분이라고 생각했습니다. 동시에 저분은 결코 왕에 어울리지 않으며, 명군으로

군림하기 위해서는 무언가 부족하고 부족한 점을 얻기 위해서는 많은 희생을 치를 것이며 쉽지 않은 노력이 필요하다는 것을 알았습니다."

"그런……가요?"

"이분은 안 된다고 생각했지만, 거스를 수 없었어요. 천계는 저항할 수 없는 강한 직감입니다. 설령 그 인물을 미워하더라도 기린은 아마 그에 저항할 수 없겠지요. 그러니 하늘이 내리는 것이라 말하는 겁니다."

누가 어깨에 손을 얹었다. 올려다보니 교소가 웃고 있었다.

교소는 알고 있었다. 다이키의 고백을 전해 들었다.

"기린이 선택했다는 사실 자체가 천계인 거예요, 다이키."

003

"저는……."

다이키는 그제야 조금씩 힘이 빠지는 것을 느꼈다.

"교소 님을 처음 뵈었을 때 두려웠어요……."

"네."

"교소 님이 승산하시기 전부터 줄곧 영곤문 쪽에서 무서운 것이 오는 듯한 느낌이 났어요…….”

그것이 공포가 아니라 조금 더 다른, 빛이나 희망 같은 밝은 것이었더라면 다이키는 망설이지 않았을지 모른다.

“무서워할 만한 일을 하실 분이 아닌 줄 알고 나서도 줄곧 두려웠어요. 훌륭한 분이고 상냥한 분인 줄 알았지만 그래도 역시 두려웠어요.”

“그랬습니까.”

“이따금 아주 무서운데 만나면 즐겁고, 만나지 못하면 쓸쓸했어요. 봉산을 떠난다는 이야기를 들었을 때 너무나 괴로웠어요.”

게이키가 고개를 끄덕였다.

“그걸로 된 겁니다. 왕 곁에 있는 것이 기쁘지 않은 기린은 없고, 왕과 헤어지기가 괴롭지 않은 기린도 없습니다. 왕과 기린은 떨어져서는 안 되는 존재니까요.”

“네…….”

“기린은 천의의 그릇에 지나지 않습니다. 바꿔 말하면 기린에게는 의사가 없는 셈입니다. 다만 하늘의 의사가 통과할 따름이지요.”

다이키는 고개를 끄덕였다. 게이키는 다이키의 머리를 쓰다듬었다. 그 손이 따스했다. 따스하다고 생각할 수 있다는 사실이 정말로 기뻤다.

"다이키는 교소 님이 무섭다고 하셨지요. 저는 이유를 알 것 같군요."

"뭔가요……?"

"위축되셨던 겁니다. 공포가 아니라 경외입니다."

"그럴지도 몰라요."

"다이키는 자신의 운명을 만나 움츠러들었던 거예요."

그랬던 것일까. 다이키는 교소를 올려다보았다. 교소의 눈을 보고 그랬을지도 모른다고 생각했다.

"다이키는 거짓말을 하지 않았어요. 원래 기린은 자신의 왕이 아닌 사람에게는 머리를 조아릴 수 없는 생물이니까요. 다이키는 진정한 왕을 선택한 겁니다."

"……네."

게이키는 작은 기린의 짙은 색 눈동자를 응시했다.

"되도록 자세히 설명드렸어야 했는데 두고두고 후회가 됩니다. 하다못해 조금 더 봉산에 머물렀다면. 그랬다면 다이키를 괴롭게 하지 않았으련만. ……정말로 죄송합니다."

"아니요. 제가 지레짐작하지 않고 제대로 물었으면 되었을 것을."

다이키다운 말에 미소가 떠올랐다.

"진심으로 감축드립니다."

"고맙습니다."

드디어 웃는 얼굴을 보여준다.

게이키는 아이 옆에 붙어 있는 교소에게도 시선을 옮겼다. 기린의 고백을 전해 듣고 당황하지도 않고, 낙담하지도 않고, 하물며 나무라는 말은 입에 올리지 않고 강렬한 눈으로 게이키를 응시하며 단 한마디, 그래도 자신은 왕이냐고 묻던 남자다.

"태왕께도 경하를."

"고맙군."

호탕한 미소를 지은 교소에게 연 또한 경하의 말을 했다.

"안에서도 경하드리네."

"감사합니다."

"일전에 겨루었지."

"기억하고 계셨습니까."

"잊을 리가 있나. 한 판을 내주기는 오랜만이었지. 보통내기가 아니라고는 생각했지만 설마 옥좌에 오를 줄은 예상하지 못했어."

교소가 웃었다.

"또 겨루기 상대를 부탁드려도 되겠습니까."

"동업의 정이 있으니 언제든 환영이야."

"태왕."

말을 건 사람은 노대의 난간에 앉아 바깥을 구경하고 있는 줄로만 알았던 엔키였다.

"저 품위 없는 물건은 뭐야?"

엔키는 노대 너머 보이는 정자를 가리켰다.

연은 얼굴을 찌푸렸다.

"예의를 모르는 놈이라 미안하군."

교소는 아니라고 웃으면서 소년을 보았다.

"저 정자는 선왕이 남긴 쓰레기입니다. 해체해서 관고에 곡물을 채우는 데 보태려고 하는데, 안국에는 남는 곡물이 있습니까?"

"태왕은 운이 좋아."

엔키가 웃었다.

"우리는 요새 풍작이 이어지는 바람에 곡물 가격이 내려가 곤란하던 참이거든."

미소 지으며 그 모습을 지켜보던 다이키의 손을 게이키가 흔들었다.

"정원을 안내해주시겠습니까. 지난번에 보지 못하고 갔지요."

"네, 정말로 잘은 모르지만."

난간 위에 앉아 있던 소년이 뛰어내렸다.

"그러면 탐험이다."

다이키가 교소를 올려다보았다.

"다녀와도 될까요?"

"다녀와. 날이 저물기 전에는 돌아오너라. 조촐하나마 연회를 베풀 터이니."

"네."

게이키가 뻗은 손을 다이키는 망설임 없이 잡았다.

"한쿄와 잣코를 부를까요?"

"그래도 되나요?"

올려다보자 게이키가 웃는다.

"기린만 있으니까 상관없겠지요. 다이키의 사령도 보여주세요."

"네!"

에필로그

"왕이 옥좌에 오르시면 고두례를. 그것이 관례입니다."

춘관장이 몇 번이나 말해서 다이키는 고개를 끄덕였다.

"네."

즉위식 날이 왔다.

홍기산 기슭, 수도 홍기. 그곳에 있는 국부 정전이 무대다.

이미 정전 앞 거대한 광장에는 끼어들 틈도 없이 백성이 넘쳐났다. 즉위식이란 타국의 빈객과 백성에게 새로운 왕을 알리기 위한 의식이다.

안쪽 방에서도 바깥의 환호성이 들린다. 다들 새로운 왕의 즉위를 반긴다고 생각하니 괜히 기뻤다.

어제 다이키는 처음으로 백규궁을 내려가 홍기 거리를 보았다. 교소와 헤어져 육로로 봉산에서 귀국한 종자들을 만나고, 함께 돌아온 게이토를 만났다. 즉위식을 찾은 승주후를 따라 홍기를 찾은 리사이와 히엔도 다시 만날 수 있었다.

리사이와 교소와 함께 서주를 한 바퀴 돌았다.

홍기산이 비상식적으로 높다는 사실에 놀라며 마을을 남몰래 구경하고 옥천이라는 신비한 샘도 보았다. 하나부터 열까지 신기한 것투성이라 다이키는 내내 눈이 동그래져 있었다.

"간밤에는 잘 잤나?"

여관이 의복을 정돈해주는 사이에 교소가 물었다.

"네. 피곤해서 잠자리에 들어가자마자 자버렸어요."

"그거 다행이군."

"덕분에 외웠던 인사말을 새카맣게 잊어버렸는데요……."

다이키가 고백하자 교소가 큰 소리로 웃었다.

"어차피 나한테밖에 들리지 않아."

"교소 님께 들릴지도 의심스러워요."

다이키는 바깥의 목소리에 귀를 기울였다. 교소 역시 다이키를 따라 하고는 미소를 지었다.

"그렇군."

어쩐지 진정이 되지 않아 앉아 있지 못하고 방을 왔다갔다하면서 춘관장이 가르쳐준 순서를 입속으로 외는데 느닷없이 목소리가 들렸다.

"여, 꼬맹이."

다이키는 허둥지둥 뒤돌아보았다.

"연 태보."

엔키는 부랴부랴 인사를 올리는 여관을 가볍게 손을 저어 내보냈다.

"이웃사촌이라 구경하러 왔어."

교소가 쓴웃음을 짓고 답인사를 했다.

"일부러 먼 걸음을 해주어 황송하군."

"감사합니다, 연 태보. 연왕은요?"

"귀빈석에서 벌써 만취 상태야. 떨리지 않아?"

"조금……."

다이키가 솔직히 고백하자 엔키는 포기했다는 듯이 웃었다.

"너, 정말로 간이 콩알만 하구나. 생긴 것도 조그맣지만."

교소가 더욱 씁쓸히 웃었다.

"고리는 아직 열 살입니다."

엔키는 얼굴을 찌푸렸다.

"전에도 생각했지만, 이름 취향 끝내주네."

다이키는 볼을 살짝 붉혔다.

"……진짜 이름도 고리라고 해요. 초두머리는 없지만."

"호오."

"그러고 보니 연 태보도 봉래에서 태어나셨지요. 이름이 어떻게 되시나요?"

"로쿠타六太. 성은 없어. 그런 대단한 출신이 아니라서."

다이키는 고개를 갸웃거렸다. 옛날에는 아무나 성이 있지 않았다고 하던데, 그러면 안의 기린은 그런 옛날에 태어난 것일까.

"언제 태어나셨어요?"

엔키는 천장을 잠깐 보았다.

"네가 태어나기 오백 년쯤 전."

"네?"

도읍에 천자의 깃발이 펄럭였다. 간소함을 제일로 삼은 즉위식은 선왕의 사치에 지친 백성들 눈에 오히려 탐탁해 보였다.

옥좌 옆에는 작은 아이가 서 있었다. 보기 드문 머리색이지만, 자리로 보건대 기린이 틀림없으리라.

아는 척하기 좋아하는 노인이 흑기린이라며 설명을 늘어놓는다. 흑기린이 어떤 존재인지는 모르나, 아주 드물다는 사실이 자랑스럽게 느껴지는 까닭은 팔이 안으로 굽기 때문이리라.

다이키는 단상에서 환호성을 지르는 백성을 내려다보았다. 무섭기도 하지만, 죄책감 없이 시선에 응답할 수 있어 기뻤다.

태재太宰가 길을 트고 이어서 교소가 단상에 올랐다. 광장을 뒤흔드는 환호성이 들끓었다.

유유히 옥좌에 앉은 교소 앞으로 나아가 다이키는 무릎을 꿇었다.

어렵지 않게 고개를 숙이고 이마를 교소의 발에 댔다.

연왕에게는 하지 못했던 일이 이토록 쉽다. 아무런 가책도 없이 자신의 책무를 다한 것이 행복한 기분을 자아냈다.

발 디딜 틈도 없이 꽉 들어찬 백성이 열렬한 환희를 담아 소리질렀다.

태왕 즉위.

대극국에 새로운 왕조가 시작되었다.

화원和元 22년 봄, 재보 실도하여 죽다.

주상,

마찬가지로 1월 금중에서 붕어해 시호를 교왕驕王이라 한다.

태왕泰王으로 백이십 하고 사 년,

탁비산托飛山 상릉桑陵에 장사를 지내었다.

같은 해 1월, 봉산에 태란泰卵 열린다.

며칠 지나지 않아

오산에 식이 일어 가지에서 떨어진 태과泰果를 잃어버린다.

백신, 천선이 이를 백방으로 수소문했다.

32년 1월, 봉산에 흑기黑麒 귀환,

천하에 황기가 걸린다.

여름,

사쿠 교소乍驍宗,

영곤문으로 황해에 들어가 봉산에 올라 다이키와 맹약,

신적에 올라 태왕의 칭호를 얻는다.

교소, 본성은 보쿠朴, 이름은 소綜, 하령呀嶺 사람이다.

금군 장군을 맡아 서주瑞州 사현乍縣에 봉해졌다.

천명을 받고 옥좌에 올라

원호를 홍시弘始로 고치고 사乍 왕조를 연다.

—『대사사서戴史乍書』

바람의 바다 미궁의 기슭—십이국기 2

1판 1쇄 2014년 12월 12일
1판 9쇄 2023년 3월 10일

-

지은이 오노 후유미 ◎ **일러스트** 야마다 아키히로 ◎ **옮긴이** 추지나
책임편집 지혜림 ◎ **편집** 임지호 이현 김세화 이송 ◎ **아트디렉팅** 이혜경 ◎ **조판** 정연화
저작권 박지영 형소진 이영은 ◎ **마케팅** 정민호 이숙재 김도윤 한민아 이민경 안남영 김수현 왕지경 황승현 김혜원 ◎ **브랜딩** 함유지 함근아 박민재 김희숙 고보미 정승민
제작 강신은 김동욱 임현식 ◎ **제작처** 영신사
펴낸곳 (주)문학동네 ◎ **펴낸이** 김소영 ◎ **출판등록** 1993년 10월 22일 제2003-000045호

-

주소 10881 경기도 파주시 회동길 210
문의 031-955-1901(편집) ◎ 031-955-2696(마케팅) ◎ 031-955-8855(팩스)
전자우편 editor@elmys.co.kr ◎ **홈페이지** www.elmys.co.kr

ISBN 978-89-546-2647-7(04830) ◎ **SET** 978-89-546-2614-9(04830)

-

엘릭시르는 출판그룹 문학동네의 장르문학 브랜드입니다.

-

잘못된 책은 구입하신 서점에서 교환해드립니다.
기타 교환 문의: 031-955-2661, 3580